她来听我的演唱会

我的演唱会

翘摇 著

江苏凤凰文艺出版社
JIANGSU PHOENIX LITERATURE AND
ART PUBLISHING

图书在版编目（ＣＩＰ）数据

她来听我的演唱会 / 翘摇著. -- 南京 ：江苏凤凰
文艺出版社，2023.9
ISBN 978-7-5594-7680-7

Ⅰ．①她… Ⅱ．①翘… Ⅲ．①长篇小说－中国－当代
Ⅳ．①I247.5

中国国家版本馆CIP数据核字(2023)第068664号

她来听我的演唱会

翘摇 著

责任编辑	周颖若
特约编辑	曹 岩 苏智芯
封面设计	纯白设计工作室
出版发行	江苏凤凰文艺出版社
	南京市中央路 165 号，邮编：210009
网　址	http://www.jswenyi.com
印　刷	嘉业印刷（天津）有限公司
开　本	880mm×1230mm　1/32
印　张	9.875
字　数	294 千字
版　次	2023 年 9 月第 1 版
印　次	2023 年 9 月第 1 次印刷
书　号	ISBN 978-7-5594-7680-7
定　价	49.80 元

江苏凤凰文艺版图书凡印刷、装订错误，可向出版社调换，联系电话 025-83280257

目 录

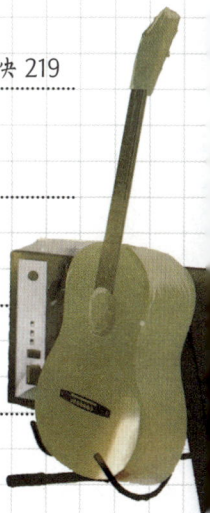

每个男生心里都藏着一个小委同学

She's coming for my concert.

昏黄的光洒在给 CD 和她教室上了一层朦胧的旧时光质感。

你看向窗外，不知那朵樱花得你青睐。

祝你前程似锦，

以后常联系呀。

第 一 章

高中同学

1

一阵秋风细雨，扫落了枝头几片枯叶，也吹散了夏天最后的余温。

小孩儿们撒了欢儿在教室和走廊追逐打闹。

办公室和教学楼隔着一条长长的走廊，也盖不住那嘈杂的喧闹声。

祝温书终于批改完昨天的家庭作业，红笔一放，又拿起一支彩铅，准备描一描小报模板。

刚落笔两个字，一个小女孩儿冲进办公室，哭哭啼啼地喊道："老师！张志豪扯我的头发！"

祝温书叹了口气，伸手摸了摸小女孩的后脑勺，回头一看，一个胖乎乎的小男孩躲在办公室门口往里张望。

见祝温书看过来，他转身就想跑。

"张志豪，你进来。"她沉声道。

张志豪没办法了，只好背着小手，扭扭捏捏地走进来。

还没等祝温书开口，只一个眼神，他就吓得主动招了："老师，我没用力！"

"你用力了！"小女孩一边擦眼泪一边说，"我妈妈给我编的辫子都让你弄散了！"

"我、我就是开个玩笑。"

"呜呜呜……"

"志豪，"祝温书招手，示意他走近点，"你都弄疼同学了，而且别人不喜欢的玩笑，就不可以开，知道了吗？"

张志豪背着手，耷拉着脑袋说道："知道了。"

"现在应该怎么做？"

张志豪撇撇嘴，转身道："对不起。"

"呜呜没、没关系。"

祝温书："那握个手吧，以后要团结友爱哦。"

看见两只肉肉的小短手握到一起，祝温书努力扯出一个笑："快回教室吧，外面下雨，不要出去淋雨哦。"

两个小孩子走后，祝温书理了理头发，继续俯身画小报。

两分钟后。

"老师！老师！令思渊和王小鹏打起来啦！"

"咔嚓"一声。

祝温书手里的彩铅生生被她捏断。

谁能想到，短短二十五分钟的课间操时间，这已经是第五个过来告状的学生了。

不是抢东西的，就是吵架的。

吵完架了，还能来两个打架的。

代理班主任的这十天，祝温书感觉自己已经折寿十年。

而不出意外的话，她还得代班三个月。

"他们怎么打起来了？"祝温书转头问。

来通风报信的小男孩摇了摇头："我不知道，玩着玩着就打起来啦！令思渊好凶！"

此刻祝温书终于明白，原来的班主任收拾东西去休产假的那一天，为什么会给她留了一整箱的太太静心口服液。

她顺了口气，起身朝教室走去。

穿过追逐打闹的走廊，走上"危机四伏"的楼梯，还没到教室门口，她已经听到了震天的吵闹声。

"这是干什么呢？"她嘀咕了一句，赶紧加快步伐。

推开教室后门的那一刻，她只见乌泱乌泱的人头，乱七八糟地堆叠在一起，喊叫声和哭声快把房顶掀翻了。

"安静！"祝温书大喊道，"全都安静！"

外围的小孩子听见声音，齐刷刷地回过头，一个个吓得四处乱窜。

等人群散开，祝温书才看见最里面的肇事者。

传说中很凶的令思渊——

正被一个小孩儿骑在身上，动弹不得。

"住手！"

祝温书两三步冲进去，再定睛一看，令思渊竟然满脸是血。

"王小鹏！你给我住手！"

被喊到的小男孩儿一听到声音，吓得从令思渊身上滚了下来。

"没什么大碍，就是鼻子被撞到了，止住血就好了。"

校医对这种打打闹闹已经司空见惯，没什么表情地扔给祝温书一张消毒湿纸巾，示意她擦擦手上的血。

听到这句话，祝温书狂跳不止的心脏才稍微放慢了些。

还好没出大事，令思渊只是流了鼻血，伸手摸了两下，才抹得全脸都是。

可祝温书也没什么心情擦拭自己的手掌，她眉头紧皱，盯着眼前的小男孩，问道："你为什么打人？"

令思渊鼻腔里塞着纱布，模样看起来很滑稽。

加上他倔强的表情，看起来更像卡通人物了。

"不说话？"

祝温书沉沉说道："做错事情不要紧，要紧的是态度要端正。"

"……"

"跟老师说说看，为什么打架？"

"……"

见他死活不开口，祝温书只好来软的。

她半蹲到令思渊面前，摸了摸他被汗水打湿的头发，柔声道："跟老师说一下吧，好不好？我们说过要当好朋友的。"

祝温书的声音像汤圆里流出的细豆沙，温柔甜糯，听得一旁的校医都觉得心都要化了。

可这个七岁多的小男孩还是无动于衷，扭开头一言不发。

"你再这样……"祝温书说，"老师只能找你家长聊聊了。"

请家长不愧是撒手锏，再倔强的孩子一听，立刻也慌了神。

他漆黑的眼珠骨碌碌一转，像两颗黑葡萄在滚动。

"我、我……是王小鹏先骂我的！"

祝温书问："他骂你什么了？"

令思渊张了张嘴，眼看着就要说了，却不知道又想到了什么，双唇一嘟，头一扭，又变成了锯嘴的葫芦。

"不管怎么样，我们都不能用拳头解决问题。"

在这温柔的声线下，没人知道祝温书的耐心已经消耗殆尽。

"如果你不说，老师真的要请家长了。"

令思渊双颊突然涨红，手指不安地摆弄着衣服下摆，半晌，才结结巴巴地说："我、我爸爸很忙！他没空的。"

"能有多忙呢？"祝温书问，"再忙，来一趟学校还是有时间的吧。"

"我爸爸是、是医生！他每天都在抢救病人！"

"医生也有下班的时候。"祝温书慢条斯理，"老师去医院找你爸爸也可以。"

小孩子就是小孩子，撒起谎来，经不住吓。

眼看着要被拆穿了，他急得婴儿肥的脸都在抖，低着脑袋想了一会儿，突然又说："不是，不是，我爸爸转行了！不在医院了！"

"哦？"

"他、他当大明星去了！"令思渊转着眼珠子回想，"他出门都有超酷的车子接送！一百多个记者堵在楼下！几百个粉丝每天拍他的照片卖钱！老师你不买票是见不到他的！"

"你怎么不说你爸爸是宇航员，这会儿不在地球呢？"

祝温书忍住想笑的冲动，一边掏手机，一边说道："渊渊，人都会犯错的，只要改正就还是好孩子，但是你撒谎就不对了。"

打开钉钉家长群，祝温书找到"令思渊爸爸"。

令思渊一看，急得跳下了诊台，却又不敢做什么，只能含着眼泪，可怜巴巴地扯住祝温书的衣角。

"老师……别告诉我爸爸，他会骂我的……"

祝温书叹了口气，挂了电话，再次问令思渊："那你要不要告诉老师为什么打架？"

令思渊撑不住了，支支吾吾带着哭腔说道："王小鹏说……说我妈妈不要我了……我爸爸也快不要我了……"

在接管这个班之前，祝温书大致了解过学生的情况。

令思渊算是比较特殊的。

据原班主任说，他是单亲家庭的孩子，条件倒是很不错，就是爸爸特别忙，平时都是保姆兼家庭教师在管教。

别说接送孩子和辅导作业了，连家长会都没来参加过一次。

去年九月入学，竟然也是保姆送来的。

这也太离谱了。

听到令思渊的说法，祝温书又生气又心疼。

"好了，老师知道了，老师等下会把王小鹏叫过来批评他的。不过你要记住，发生什么事情都不该用拳头解决，好吗？"

处理完这档子事情，窗外太阳已经西沉。

没一会儿，放学铃声便打响了。

祝温书仰着头揉了揉脖子，长长地呼出一口气。

难怪第一次见到原班主任时，祝温书还以为她三十八岁了，还疑惑她怎么当高龄产妇去了。

结果人家才二十八岁。

这都是班主任付出所致啊。

在办公室接着写了一会儿工作总结，祝温书又有点放心不下班里的卫生，于是起身朝教室走去。

这个时间点，学校里孩子们已经陆陆续续回家了。

画满涂鸦的学校，安静得像一幅卡通油画。

祝温书揉着太阳穴，打算瞄一眼就走，结果站在走廊往里一看，天色暗沉，秋风习习，微弱的光照在一个小男孩身上，显得他特别孤单可怜。

"令思渊？"祝温书吓了一跳，第一反应就是反思自己今天是不是说了什么话伤害到孩子了。

"你怎么还没回家？"

角落里的令思渊趴在桌上，闷闷地说："没人来接我。"

祝温书立刻抬手看腕表："都下午五点半了，你家长呢？"

"我不知道。"

"你不是有保姆阿姨吗，她没来？"

令思渊揉了揉眼睛，声音特别低哑："我不知道……"

祝温书对这个小孩的家庭不知道该说什么了。

"你别一个人待在教室，来办公室写会儿作业吧，老师陪你一起等。"

令思渊点点头，背上书包跟着祝温书走。

回办公室的路上，祝温书分别给令思渊的保姆和爸爸打了电话。

离谱的是，一个都打不通。

她把令思渊安排在旁边老师的办公桌上写作业，坐下来时，低头细细打量这个小男孩。

白皙细嫩的脸上，浓密的睫毛垂下来，竟然有一层阴影，像女孩一样可爱。

唉，父母竟也忍心。

转眼又是半个多小时过去了。

祝温书已经尝试六七次联系令思渊的家长，但没一次成功。

这个点，连加班的老师们都走光了，小孩还可怜兮兮地在等人来接。

眼看着手机都快没电了，祝温书彻底没了脾气，反倒比令思渊还急。

要不是她今天临时去教室看一眼，难不成还真让孩子一个人等着？

万一他一个人跑出去出什么事了呢？

眼看着天也要黑了，孩子还没吃晚饭，外面又在下雨，凉飕飕的，一直待在办公室也不是个办法。

祝温书拉起令思渊的手，轻轻叹了口气："冷不冷？老师先送你回家吧？"

小孩子一个人在外总归是没有安全感的，点点头就开始收拾书包。

令思渊家离学校不远，只有几公里，但今天交通出奇地堵，出租车开了快半小时才到。

送他上楼的路上，祝温书看着这高档小区的环境，越想越觉得离谱。

竟然放心把孩子一个人丢在学校不管不问。

这么不负责任，怎么当爸爸？

不过转念又想，一个单亲爸爸，赚钱养家确实不容易，大概是以为交给保姆就万事大吉了。

可再怎么忙，也该平衡一下工作和家庭啊。

她思来想去很久，觉得自己有必要找机会跟这个单亲爸爸好好聊一聊。

正犹豫着，祝温书突然接到了保姆的电话。

"祝老师吗？"保姆急切地说，"令思渊还在学校吗？"

祝温书："……什么时候了你才打电话过来，我已经送到家门口了。"

"哎呀！太好了！吓死我了！"保姆拔高声音说道，"都怪我！刚刚路上出了点事故，我现在已经处理好了，真是麻烦您了，孩子爸爸今天刚好在家，您把他交到他爸爸手里我就放心了！"

孩子爸爸居然在家？

祝温书眨了眨眼。刚想找机会跟他聊聊，没想到机会来得这么快。

"行，我知道了。"

挂断电话，祝温书拍拍令思渊的头："阿姨说你爸爸今天在家，老师顺便跟他聊一聊吧，你有什么希望老师帮你说的吗？"

这话落在令思渊耳朵里，意思可就不一样了。

他整个人一激灵。

跟爸爸聊聊，这不就是要告状？！

万一知道他今天在学校打架……

正好电梯停到了 28 楼，眼看着电梯门打开，令思渊浑身一颤，立刻小跑两步拦在祝温书面前，狠狠鞠了一躬："我没、没什么想说的！谢谢老师送我回家！老师再见！"

祝温书暂时没有心情去戳穿令思渊的小心思，她只潦草地说了一句"老师不是来批评你的"，随后就伸手去按门铃。

"叮咚"两声，在空旷的入户楼道里格外清晰。

"老师别、别……"

这时，一道男声从可视门铃的扩音器里传来："谁？"

祝温书和令思渊两个人都愣了一下。

仅仅是一个字，祝温书却感觉自己的耳膜被轻轻地挠了一下。

就连扩音器里微弱的电流声，也难掩其声线的清越。

祝温书迅速看了一眼令思渊。

她没想到，这个单亲爸爸的声音竟然这么好听。

听起来还这么年轻。

2

"我是令思渊的老师。"

说完，祝温书想了想，又补充道："这学期才调过来教令思渊的。"

门内迟迟没有反应。

这是可视门铃，里面的人肯定能看见外面的场景。

她抿了抿唇，不知道该再说些什么，只好低头问令思渊："你爸爸怎么不开门？"

"啊？"令思渊飞速眨眼睛，却也掩不住满脸的慌张。

他支支吾吾半天，正想说什么的时候，门终于开了。

一股空调冷气涌出，迎面扑到祝温书脸上。她下意识地皱眉，心想家里有小孩，怎么能把空调开这么低。

一抬眼，想好的开场白却活生生卡在喉咙里。

室内昏暗，几乎没有照明。只有玄关处一盏小灯悬在半空，堪堪照亮走廊一隅。

一个清瘦的男人站在灯下，似乎是刚睡醒，白T恤有点皱，头发也稍显凌乱，被温柔的暖光笼罩着，清晰利落的轮廓泛着一层淡淡的光晕，添了几分柔和。

他的双眸被映成几近透明的琥珀色，直勾勾地看过来时，祝温书的呼吸骤然一紧。

令……琛？！

祝温书愣怔地盯着他，不确定自己是不是看花了眼。

可这张脸，这张大街小巷都能看到的脸，世界上再也找不出第二张了。

眼前的画面和回忆，飞速地碰撞，许多思绪不受控制地一一闪过。

其实自从高中毕业，这个没什么交集的同学形象就在祝温书的记忆里飞速褪色。

上了大学之后，她都快忘了这个人。

直到五年前，歌手令琛横空出世。

他如火箭般迅速蹿红，原创歌曲横扫各大榜单，每年的重量级颁奖典礼必然会有他一席之地，广告代言几乎铺满了所有视线可及之处。

祝温书并不追星，也不太关心娱乐圈，但四处都能听见他这个人和他的消息。

随着令琛在荧屏上的形象渐渐变化，祝温书远远地见证着他的轮廓越发清晰朗朗，清瘦的少年身姿逐渐挺拔如松，就连总是低垂着的眉眼也在追光下变得锐利自信、星光熠熠。

祝温书也渐渐接受了令琛是大明星令琛，而非那个总是坐在教室最后排的同学。

却没想到，会在这样平平无奇的一天，猝不及防地重逢。

祝温书就这么傻站着，久久不能回神。

直到一道清脆的声音打断了她的思绪："爸爸！"

祝温书："？"

你在叫谁？

她猛地低头去看令思渊，又抬头去看令琛，来回两次之后，瞳孔紧缩。

爸……爸？！

背着光，祝温书不太看得清令琛的表情，只听见他说："你在叫——"

没等他把话说完，小东西突然蹿到他身前，用力抱住他的大腿："爸爸！我好想你啊！"

祝温书的瞳孔几乎要裂了。

她再次看了眼令思渊，又看了眼令琛，再看一眼令思渊，然后，不可置信地开口："你……孩子都这么大了？！"

令琛原本在试图推开死死缠着他的令思渊。

听祝温书这么一说，他停下动作，目光轻轻闪动了一下，抬眼看过来。

他眼尾轻扬，半吊着眉梢，抬着下巴，声音里带了几分紧张："你可别乱说。"

像一道雷径直劈了下来。

好一会儿，祝温书才一言难尽地别开脸。

"你放心吧……我不会乱说的。"

"……"令琛半晌才扯了扯嘴角。

祝温书再次看向他，已经不知道该露出什么表情了。

爸爸非常忙。

从来不在学校露面。

他当大明星去了。

"令"这个姓，确实也不多见。

好像一切都说得通了。

等等。

她又猛然低头去看令思渊。

按年纪推算的话……

祝温书倒吸一口冷气。

在她的印象里，高中时期的令琛是一个很孤僻的人。他总是独来独往，没什么朋友，也不爱说话，永远坐在最后一排。

而且他脾气还不好，要么闷声不言，要么敷衍了事。

男生们就更不喜欢他了，祝温书偶尔听见有人背地里说他，穷鬼一个，不知道跩什么跩。

后来他时不时带着伤来学校，没有人知道原因，流言四起也不见他解释。

一切好奇心终究会平复，同学们逐渐习惯了他的离群索居，没人有毅力去撬开这把冰冷的锁。

更何况因为不想戴眼镜而总是坐在第一排的祝温书，和令琛隔着远远的对角线。

两人同窗三年，说过的话十根手指头都数得过来，其中大概还包含几句"借过""谢谢"。

高中时期，令琛的存在丁她而言，就只是一个名字，固定地出现在班级名单里，除此之外再无存在感。

所以她一直觉得，令琛就是一个长得好看些、脾气差些的平平无奇高中生。

现在看来，她还是草率了。

原来他高三后期不怎么来学校，是因为当爸爸去了？

祝温书像石化了一般，一动不动，就那么呆呆地站着。

令思渊还紧抱着令琛，悄悄扭头，微眯着眼，瞄了祝温书一下："老师……已经天黑了，你再不回家你爸妈会担心的。"

祝温书终于被这句话拉回神。

她垂眼，心情百转千回，却没忘记今天过来的主要目的。

"老师这会儿不回家，要跟你……"她实在说不出"爸爸"两个字，只得直接看向令琛："我们聊聊吧。"

令琛对上祝温书别有意味的眼神，很快别开了脸，满不在乎地说："行。"

这次换令思渊蒙了。

他紧锁眉头，眼珠子骨碌碌地转，正想着接下来要怎么办的时候，后脑勺被人拍了下。

"去给老师倒杯水。"

唉，不知道怎么办了。

令思渊"嗯"了一声，鞋子都没换就往厨房跑去。

随后令琛抬了抬下巴，示意祝温书跟他进去："请进。"

在这个寸土寸金的地段，令思渊家的房子大得出奇，还是复式。

装修乍一看很简单，实际花了不少心思，估计也花了不少钱。

当然，也能看出家里有小孩子。偌大的客厅，居然被玩具塞得满满当当，连个下脚之处都难找到，更别说沙发了。

令琛心里大概没意识到这一点。

他都走到了客厅，才意识到这里没法坐人，停滞片刻，又扭头朝另一个方向走去："来书房吧。"

书房比客厅也好不到哪儿去，只是堆积的不是玩具，而是各种杂七杂八的东西，并且看不出有什么音乐艺术的气质，倒全都充满了商业的味道。

墙壁上还挂了几张令琛的专辑封面，电脑桌旁立着一块白板，上面好像写满了日程通告之类的东西。

整个房间的光源只有沙发旁边的落地灯。

令琛进来后，草草环视一圈，走到沙发旁，把上面的纸质文件划拉一把全扫到角落，然后背对着祝温书说道："请坐。"

祝温书："……"

她既有点嫌弃又有些好奇，坐到沙发边角，双手掖进大腿间，克制着想打量这个大明星住处的欲望。

令琛就自在多了，单手插袋，躬身在沙发上又拿起一张纸看两眼，大概也没看懂是个什么玩意儿，便随手扔到一旁，然后又摆弄了半天才坐下来。

他抬头看着祝温书，半晌没开口，搞得祝温书都有点紧张。

"你……"他抿了抿唇，又换了个尊称，"您是令思渊的班主任？"

"准确说，我是令思渊的语文老师。"

多年老同学乍一见面，就撞破了这么大个秘密，是够尴尬的。

说话的时候，祝温书悄悄打量了他好几眼。

这是，没认出她？

"因为原班主任休产假，所以我暂时代替班主任的职务。"

令琛依然没什么表情波动，平静到甚至有些漠然地朝她点点头："哦，您好。"

要不要提醒一下？

但万一提醒了还是没记起她这个老同学，那就太尴尬了。

祝温书踌躇一会儿，开口道："我姓祝。"

令琛果然抬眼看她。

"嗯——

"祝老师。"

祝温书："……"

这样都没想起来，估计是彻底忘干净了。

算了，还是先说正事吧。

祝温书把挡住眼睛的头发别到耳后，坐直了些，严肃地看向令琛："抱歉这么晚来打扰您，但平时也见不到您，所以我今天送他回家，想着顺便跟您聊聊他的情况。"

和祝温书的正经不同，令琛松散地靠到沙发上，侧身对着她，拿了本杂志翻来翻去："您说。"

祝温书："……"

唉，谈到孩子就这态度。

"首先，令思渊今天在学校没人接，您知道吗？"

令琛手上动作顿了顿："他不是有保姆接送？"

"保姆也有出状况的时候，像今天就是，孩子一个人在教室里等，也联系不上任何监护人。"她停了片刻，"如果不是我去教室看了一眼，孩子一个人乱跑出事了，该怎么办？"

闻言，令琛总算有了点儿正色："知道了。"

祝温书小幅度地摇了摇头，叹了口气："我理解您的工作特别忙，也不太方便接送孩子，但最基本的责任，也不该忘记的。"

"行。"令琛点头，"我会跟他……"

话没说完，令思渊小心翼翼地推开门，捧着水杯进来了。

"老师，请喝水。"

祝温书接过，笑着点头："谢谢，渊渊真乖。你先去写作业吧，空调关了，加件外套。"

令思渊点头说"好"，却没立刻走，而是看向令琛。

沙发上的男人好一会儿才感受到小孩儿的目光，后知后觉地抬头，接收到他的信号。

"哦，去吧。"

令思渊悄悄朝他眨眼，随后转头飞跑出去。

确定令思渊听不见了，祝温书才语重心长地说："您该多陪陪他，多关心他，不是一味地让他怕您。"

令琛笑："他看起来像是怕我的样子？"

有你的同意才敢出去，这还不叫怕？

不过这也不是现在最紧急的问题，毕竟这世上有几个小孩不怕爸爸？

祝温书："还有关于成绩方面……"

令琛："他考多少分？"

"……"祝温书面无表情地喝两口热水，以克制情绪，"分数不是最终的目的，我们是要看考试反映出的学习状态。很明显，令思渊很聪明，数学很优秀，但是学习习惯不太好，特别是需要背诵的学科，实在太马虎了。"

令琛点点头："确实，跟我很像。"

祝温书心里嘀咕，离了提词器就开始现场作词的您还挺骄傲？

"平时要多注意培养他的学习习惯，这是受益终身的事情，而不是粗暴地关注分数。"

"噢，行。"

不知不觉，在学习这个事情上祝温书输出了许多理念，但令琛好像没怎么听，时不时地走神，也不知在想些什么。

杯子里的水都快喝完了，祝温书才想起另一件比较头疼的事："对了，令思渊今天还在学校打架了。"

令琛有些震惊："他才一年级就开始打架了？"

祝温书捧着杯子的双手僵在半空，嘴角不自然地抽了一下："你……不知道他上二年级了？"

"……"

不用令琛再说什么，祝温书懂了。

思忖片刻后，她很温和地说："打架的原因，是有同学说他妈妈不要他了，爸爸也不要他了。"

闻言，令琛脸色逐渐变冷，那股漫不经心的神色终于消失，正经地看向祝温书。

反而看得祝温书有点紧张。

她没再跟他对视，移开了视线，说道："我觉得是这样的，孩子正是需要父亲陪伴的年纪，您看有没有什么办法平衡一下工作和家庭呢？"

"哦。"令琛说，"明白了，我之后会多留时间给——"

一阵突兀的手机铃声响起。

令琛摸了摸自己的裤袋，没找到手机，又低头看了一圈沙发，最后从那堆文件里掏出铃声来源。

"喂。"他接电话时，稍微坐直了些，"嗯，我现在就——"

他突然顿住，看了祝温书一眼，才又说道："我先陪令思渊写会儿作业再过去。"

话音一落，他就挂了电话。

祝温书稍微满意了些。

但她也知道令琛待会儿估计有事要忙了，于是起身道："那今天就先不打扰了，以后有什么事情，我们保持联系。"

令琛几乎是跟着祝温书同时起了身："那——"

祝温书："嗯？"

他突然又卡住："那就感谢……"

很明显，忘了她姓什么。

真就一点印象都没了？

"我叫祝温书。"祝温书看着令琛，一字一句道，"祝福的祝，温暖的温，书本的书。"

令琛果然有了点儿别的反应。

他抬了抬眉，眼神逐渐凝住，定在祝温书脸上。

毕竟对面是个正当红的大明星，祝温书被他这样看着，有点小紧张，手指不自觉地揪住了裙子。

令琛："你的名字……"

祝温书盯着他，眨了眨自己的大眼睛，用眼神示意他。

——对，就是这个名字。

——仔细想想。

——有没有想起什么？

令琛："还挺好听。"

祝温书："……谢谢。"

令琛偏了偏头，换了个角度看祝温书，嘴角勾了一抹笑："跟我一个高中同学名字一样。"

沉默两秒后，祝温书舒了一口气，平平地和他对视。

"你有没有想过，或许……我就是你那个高中同学呢？"

3

第二天清晨，空气里还带着雨水的清新，温度却比前段时间高了好一截。

"秋老虎"如期而至，祝温书出门时又换上了夏天的衬衫裙，却还是有点闷热。

她昨晚没睡好，今天起得有点晚，几乎是踩着点到的学校。

经过教室门口时，学生基本已经来齐了。

第一节课是英语课，祝温书没出声，只是站在窗边看一眼情况。

几十个孩子到处乱跑，而令思渊穿着一身英伦套装，在孩子堆里特别显眼。他似乎心情特别好，拿了一堆零食正在跟同学们分享。

看着令思渊活蹦乱跳的身影，祝温书还是有些恍惚。

从昨晚到现在，她都没想明白，自己分明只是去做一个普普通通的家访，怎么就撞破了一个明星的惊天大秘密了。

这个明星还是跟她同窗三年的高中同学。

思及此，祝温书自嘲地笑了笑。

她想起昨天晚上，自己都一个字一个字地说出名字了，令琛才勉强想起她。

而且他明显对她没什么特别的记忆，两人尴尬对视半晌都寒暄不出个所以然。

还真是风水轮流转。

以前是令琛不起眼，祝温书在学校受人追捧。现在令琛红极一时，而祝温书自己倒成了平平无奇的普通人了。

教室里有人看见祝温书，喊了一声，教室里立刻鸦雀无声，各个都往自己座位跑。

令思渊也回头看过来，对上祝温书的目光，还朝她笑了笑。

祝温书这才回神，朝他招招手，把他叫到了教室走廊里。

她弯腰，摸了摸令思渊的头："怎么样？昨天老师走后，爸爸有没有骂你？"

"没有没有。"令思渊笑出了两个小酒窝，"爸爸今天还送我来学校呢！"

"什么？"

祝温书下意识回头朝学校大门看去。

虽是大清早，可上学时间，学校外面的家长络绎不绝。

令琛也真是胆大，都不怕被发现吗？

"真的！"令思渊说，"他还早起给我做早饭了呢！"

看来自己昨晚跟他的谈话，还是有用。

就是不知道这个有效期能有多久。

"好的，老师知道了，回教室准备上课吧。"

回到办公室，正好响起第一节课的预备铃。

祝温书放下包，拿起笔记本便匆匆往大会议室去。

今天有临时的语文组教研会，为此她专门和数学老师调了课。

这会一开就是一个多小时，散会后，她没直接回办公室，而是绕道往教室去看看。

谁知刚到走廊口，便看见一个中年女人站在窗边，身旁围了不少小孩，不知在干什么。

祝温书走近了，见她牵着王小鹏，顿时明了，这是王小鹏的妈妈。

而她眉头紧拧，盯着眼前的令思渊说："给你爸爸打电话。"

令思渊整个人瑟缩着，手里捧着她的手机，哆哆嗦嗦地摁键，拨通了电话。

"怎么了？"祝温书拨开人群走进去，"您好，您是王小鹏的妈妈吗？我是代班班主任，请问您有什么事？"

王妈妈还没说话，令思渊立刻挪了两步，拉住祝温书的衣摆："祝老师……"

"您就是祝老师？"王小鹏妈妈戴着一副红色边框眼镜，头发梳得服服帖帖，走起路来不紧不慢，脸上带着点儿笑，"是这样，昨天王小鹏在学校里被人打了，我今天特地来学校要个说法。"

祝温书："……我昨天已经给王小鹏的爸爸电话说明了情况，我们沟通过了，也批评了他们……"

"批评？"王妈妈打断祝温书，一双眉毛立刻竖了起来，"先动手的是令思渊，为什么要批评小鹏？"

"并不是只批评小鹏……"

"好了，老师你不必说了。"王妈妈一抬手，制止了祝温书的解释，"我老公不管事，你不用听他的。我现在就想令思渊的家长给我道歉，否则我怎么放心让孩子跟这么一个粗鲁暴力的人待在一个班上？以后被带坏了怎么办？"

作为才毕业没多久的老师，祝温书还真没遇到过这种家长。

她满脸问号，不知道王妈妈的逻辑是怎么来的，于是侧过头，想问王小鹏昨晚回去是怎么说的。

可王小鹏一看见她的眼神就立刻躲到了妈妈身后。

正好这时令思渊拨通的电话被人接起。

"爸爸……"令思渊怯懦的声音响起，"你能不能来学校……"

居然这么容易就接通了？

然而下一秒，令思渊"喂"了两声，随后眨巴着眼睛，哆哆嗦嗦地捏着手机："他挂了……"

祝温书："挂了？"

"什么人哪这是？！"王小鹏妈妈怒道，"再打！开免提！"

王妈妈把令思渊唬住了，便转头对祝温书说："您也看见了，就这态度，我怎么放心自己的孩子跟他的孩子在一个班待着？"

祝温书看了眼四周的孩子，说道："小鹏妈妈，我们先去办公室说吧。"随后从令思渊手里拿走手机，还给王妈妈，"学生们等下还要上课，我们不要影响他们。"

王小鹏妈妈看了眼天空，日头正好，晒得人难受，这才同意。

一行人前往办公室的路上，祝温书让王小鹏再说一遍昨天事情的经过。

他牵着自己妈妈的手，支支吾吾地说："我、我和令思渊玩，让他给我吃东西，他不给，就打我。"

祝温书："小鹏，你昨天可不是这么说的，同学们都知道呢，你需要老师把其他同学叫过来作证吗？"

王小鹏："我、我妈妈说先打人的就是不对。"

"先打人的确实不对，令思渊昨天也跟你道过歉了。"

祝温书一边走着，一边看向王小鹏妈妈："不过昨天小鹏确实也先说了不好听的话，伤害到了同学。王妈妈，您觉得小鹏一点错都没有，需要对方家长过来道歉，是吗？"

"打人还有理了是吗？"王妈妈还想说什么，手机突然响了起来，她低头看了眼，接起时，语气冷冰冰的。

"令思渊的家长是吧？你儿子昨天在学校把我儿子打了，你怎么当家长的？管不好儿子以后等着警察帮你管吗？"

祝温书放慢了脚步，注意听着她说的话。

令琛居然打了回来？

令思渊也紧紧抓着祝温书的手，战战兢兢地看着王小鹏妈妈。

几秒后，王妈妈勉强地说："那行吧，放学了我再来，要准时啊。"

挂了电话，她停下脚步，悠悠地看向祝温书："老师，令思渊的家长说下午来跟我聊聊，到时候您得做个见证啊。"

这一整天，祝温书除了给两个班上课，其他时间都有点心不在焉。

令琛居然真答应来学校。

祝温书本来就对处理家长之间的纠纷没什么经验，更何况其中一个还是正当红的大明星。

她不知道王小鹏的妈妈认出令琛之后，事情的走向会怎样。

会不会很快所有人都知道令琛有一个七岁多的孩子了？

令思渊以后还能正常生活学习吗？

而她作为老师，又要怎么处理班级以及学校的同学对令思渊的好奇心？

在种种心绪萦绕下，转眼到了放学时间。

铃声打响后没两分钟，王小鹏妈妈就带着孩子等在了办公室里。

过了一会儿，令思渊也来办公室了。

两大两小面对面坐着，不太好说笑，气氛也有点僵。

王小鹏有自己妈妈撑腰，优哉游哉地写起了作业。

令思渊却很惶恐，拿着笔假装涂涂画画，时不时偷看一眼祝温书。

半个小时后，学生已经基本走完，校园安静得像郊区的小公园，天边浓厚的黑云推着日光消退。

王小鹏妈妈等得不耐烦了，拍了拍桌子："不是说放学了就来吗？这都半个多小时了，祝老师你再给他打个电话！"

祝温书心想令琛八成是要"鸽"了，反而觉得轻松。

刚拿起手机，办公室门被叩响。

祝温书看向门外，愣了愣，有点不自然地说："令思渊的家长来了……"

王妈妈立刻回头，正想说话，一个"你"字却在看清来人的时候卡在了喉咙里。

原本天色就沉，令琛穿着黑卫衣黑长裤，虽清瘦却足够高挑挺拔，挡住了夕阳的余晖，将小小办公室的氛围衬得更沉重。

何况，他还戴着一只黑口罩。

大半张脸被遮住，只露出一双黑漆漆的眼睛，却也不掩他周身独特气质。

莫名抓人眼球，不像是生活在大街小巷形形色色的普通人。

王妈妈显然没预料到令思渊的爸爸会以这种形象出现。而且，她总觉得这人的眉眼有点眼熟，却又想不起在哪里见过。

总之，这和她预想中的家长不太一样，导致她莫名地有点失了气势。

随着令琛走近，王妈妈站起来，抬着下巴说道："我是王小鹏的妈妈，你好。"

令琛经过她身旁时侧头看了她一眼，挺有礼貌地丢了句"你好"，随后也没看祝温书，径直走到令思渊旁边，屈指敲了一下他的额头："你还挺会给我找事？"

令思渊心虚，不敢直视他，反而悄悄地躲在了祝温书身后。

"他今天没有找事。"祝温书护着令思渊，示意令琛看两眼王妈妈，"是王小鹏的妈妈想跟你谈谈昨天打架的事情。"

令琛这才慢悠悠地回过头，给了王妈妈一个正脸。

王妈妈立刻接话道："你家小孩动手打人，把我家孩子脸都挠花了，现在是文明社会，我没见过这么不文明的人，这跟黑社会有什么区别？而且——"

令琛点头："嗯，不过我很忙，您直说吧，想怎么谈？"

王妈妈："……"

她怎么听出了一股"你要用刀还是用枪"的感觉。

"你——"看了令琛两眼，王妈妈没什么底气了，却又不愿输了气势，转而指责起来，"这都几点了？说好放学就到，你有没有一点时间观念？"

"抱歉。"令琛诚恳地说，"刚刚找错学校了。"

王妈妈："……"

祝温书："……"

场面似乎发生了诡异的扭转。

王小鹏妈妈嘴角抽搐一下，缓过神来，又说："那你戴个口罩是什么意思？你礼貌吗？"

祝温书头皮突然绷紧，紧张地看向令琛。

万一摘下口罩……

"得病了，会传染。"令琛抬手，作势要摘下口罩，"介意？那我摘了。"

"别！"王妈妈拉着王小鹏猛退了一步，惊疑不定地打量着令琛和令思渊。

"……"果然是多虑了。

祝温书皱着眉头说："你好好说话，别吓唬人家。"

令琛闻言，扭头看了祝温书一眼，眉间的不耐烦之色卸下，语气也平了："哦，知道了，祝老师。"

这两人一来一回两句话，王妈妈怎么听怎么觉得自己被耍了。

可气势已经矮了一截，半途也不好拔起来，她只好做出一副善解人意的样子："我也不是多事的人，这样吧，咱们就打架这个事情，该道歉就好好道歉，我也不追究了。"

"行。"

令琛退了一步，靠着祝温书的办公桌，弯腰问令思渊："谁先动的手？"

在这短短的几分钟里，令思渊其实已经隐约感知到了现在的局势，不知不觉地腰也直了头也挺了，中气十足地说："我！"

祝温书："嗯？"

你还挺骄傲？

令琛"嗯"了一声，朝王小鹏的方向抬抬下巴。

令思渊没理解令琛的意思，迷茫地眨了眨眼睛："啊？"

下一秒，令琛拎住令思渊的领口，往前一送，直接把人拎到了王小鹏面前："跟人道歉。"

这一动作吓得王小鹏和他妈妈又退了两步。

一旁的祝温书也看呆了。

你平时就是这么对孩子的？是亲生的吗？

她感觉被揪住的不是令思渊，而是自己的心，甚至害怕下一秒令思渊会哇哇大哭。

可现实却是，令思渊不仅没害怕，还虎头虎脑地理了理自己被抓皱的领口，这才挺胸抬头地喊道："王小鹏对不起！以后再也不打你了！"

王小鹏妈妈："？"

这叫道歉？

当事人王小鹏快吓哭了，哽咽着摆手："没、没关系。"

令琛平静地看完全程，甚至还随手拿了祝温书的一支笔转着玩。

等王小鹏不知所措地去扯他妈妈的衣服下摆，令琛这才特真诚地问王妈妈："您看这样满意了吗？"

王妈妈哪儿敢说不满意。

她怕自己说出口，对方问一句"那你还想怎么样"，事情就往她控制不了的方向发展了。

当然，促使她彻底放弃的主要原因，是令琛伸手拎令思渊时，她注意到了他的腕表。

她不怕强势的人，也不怕有钱的人，就怕又强势又有钱的。

"哎呀，小孩子们都是同班同学，打打闹闹的太正常了，大家都别往心里去，以后还是好朋友啊，咱们都别提这事儿了。"

说完后，她其实自己也觉得尴尬，面子上过不去，于是一转头，变脸似的倨傲地抬着下巴看向祝温书："不过祝老师，您作为班主任，连小孩打闹都处理不好，您怎么当这个老师的？"

祝温书：……我昨天不是处理好了？

"你——"她刚张口，字还没完全吐出来，只听"啪"的一声，一支笔被轻轻丢到桌面上，眼前的王妈妈却颤了一下。

令琛的声音在祝温书身后响起。

"那您还想怎么样？"

4

整个办公室沉寂的那三秒，有保安经过窗外，朝里瞥了一眼。

此时的祝温书根本没有工夫担心令琛会不会被认出来，她只担心这人会不会当场动手。

显然王小鹏妈妈也有这个顾虑。她拉着王小鹏的手又退了一步，眼珠子左右转转，没抓住什么反驳之机。

在令琛的目光下，她憋了很久也不知道还能怎么倔强，只好梗着脖子，没什么底气地说："我能怎么样？我哪儿敢得罪老师，我就建议而已。"

说完也不等祝温书再说什么，拉着王小鹏就打算走。

"等会儿。"她刚转身，便听见令琛的声音再次响起，"这会儿是不是该您这边道歉了？"

王妈妈愣怔片刻，僵硬地推了自己孩子一把。

王小鹏噘着嘴说："老师昨天已经叫我道过歉了……"

于是王妈妈立刻扬眉："他——"

"我不是说他。"

令琛盯着王妈妈，没再说下面的话。

在他的眼神下，王妈妈挣扎了许久，转身对祝温书道："抱歉啊老师，刚刚我说重了。"

"没事没事，以后我们多多……"

没等祝温书把客套话说完，王妈妈便拉着自己小孩转身离开了办公室。

等这母子俩的身影完全消失，令琛这才站直，扭头对祝温书说："没什么事的话我也走了？"

祝温书完全没料到今天这个家长见面会以这种形式结束，她几乎还在状况外，蒙蒙地点了点头："哦，好。"

直到一大一小离开办公室，她才反应过来自己忘了什么，连忙抓起包包追了出去。

"令——思渊！等等！"

两人停下脚步，回过头来。

祝温书两三步跑到令琛面前："你是不是不怎么看钉钉群呀？平时发布通知从来没见你回复过。"

"什么……"令琛疑惑，"玩意儿？"

祝温书："……"

也是，怎么能奢望令琛一个大明星会用钉钉这种东西。

"这样吧，我们加个微信。"祝温书低头开始掏手机，"平时令思渊有什么事情我直接跟你微信联系，免得电话总打不通。"

令琛的视线落在她的手机上停留了两秒，才缓缓移到她脸上，没拒绝，也没同意，却莫名其妙笑了一下。

祝温书觉得他这个笑有深意，立刻补充道："就是平时沟通渊渊的事情，我绝对不会把你微信给别人的，你放心。"

"爸爸！加吧！"令思渊也扯住令琛的衣角轻轻摇晃，嘴巴嘟着，可怜巴巴地说，"不然我每次都找不到你……"

对上令思渊疯狂暗示的眼神，令琛轻哂，拿出手机。

"可以是可以，"他低头看着手机，打开微信二维码，没什么语气地说，"但我不保证能及时看到和回复你的消息。"

"没关系，我……咦？"扫了二维码后，祝温书惊讶地抬眼，"你居然没有设置好友验证？可以直接添加？"

令琛没说话，双眼直直地看着祝温书，似笑非笑。

晚秋闷热，连空气都燥热不堪。

祝温书却觉得令琛的笑凉飕飕的。

对视半晌后，祝温书还是一脸莫名。

令琛收了目光，手腕一转，打开好友列表，往下一拉，找到了祝温书的微信。

随后，他点开对话框，发了个"1"过去。

对不起，您还不是对方好友，请先添加对方好友再进行聊天。

祝温书："……"

救命。

救命！！

怎么会这样啊！！

在这个盛夏的尾巴，祝温书的脸颊和天边的晚霞　样，正在以肉眼可见的速度变红。

她根本不记得自己什么时候加过令琛，也完全不记得自己微信里曾经有这么一号人。

也不知道是不是自己哪次清理好友的时候，把那些没备注也没说过话的人顺手全都删了……

删的时候是认定了这辈子不会再有交集，谁想到会当面被本尊抓获啊？！

"那个……"祝温书的脸色已经变了好几回，可偏偏令琛就是看着她不说话，大有一副我看你怎么解释的架势。

"实在不好意思啊，我不是故意删好友的。"

令琛连眨眼的速度都变得慢条斯理："那就是，手滑？"

而祝温书指尖发烫，睫毛不停扇动，以掩盖飘忽的眼神："我忘记我加过你好友，当时没印象，才误删的。"

"……"

片刻后，令琛轻声丢下一句："你还不如不解释。"

然后他拽住令思渊的书包带子，转身下楼梯。

祝温书看着令琛的背影，懊恼地揉了揉脑袋。她这个代班班主任真是给钟老师丢脸了，人家怎么就能把每个家长的名字都记得清清楚楚呢？

暮色四合，天边只剩最后一缕残阳在黑云下翻涌。

厨房里，裹着小麦粉的排骨下锅，热油"嗷啦"爆起，香气四溢。

令兴言回到家里，脱了外套丢到沙发上，随后去餐厅的料理台倒水喝。

歇了口气，令兴言想问问保姆肖阿姨自己儿子的情况，但她正在做饭，油烟大，关着门，应该听不见外面的声响。于是他决定直接去儿子房间瞅瞅。

令兴言端着水杯，刚准备迈步，家里大门突然打开。

这个点还有谁来？

令兴言正疑惑着，就看见自己亲儿子背着书包走进来。

"爸爸！"令思渊扑上来抱住他的腰，蹭了蹭头发，又扭头去看厨房，"好香呀！我饿啦！吃饭饭！"

在他身后跟着的，是令琛。

令琛迎面走进来，睥了自己堂哥兼经纪人一眼："回来了？"然后也没要等他答话的意思，径直就朝书房走去。

"等会儿。"令兴言总算是回过神来，也没管自己儿子，拔腿就跟上令琛，"你带渊渊出去玩了？"

"没。"令琛摘了口罩叠好后扔进过道里的垃圾桶，"我去学校接他放学。"

"什么？"令兴言以为自己听错了，"你去接渊渊放学？去学校接的？"

"不然呢？"

"……你是不是有病？！"令兴言差点被自己口水呛到，一张脸憋得通红，"人家肖阿姨不知道去接？要劳烦您大驾？"

相对于激动的令兴言，令琛的情绪就平静多了。

他推开书房门，把沙发上的东西堆到角落里，随后就像没骨头似的窝了进去，还抓起一本杂志盖在了眼睛上。

"我去接自己侄子放学有什么问题吗？"

换作别人是没什么问题，但令琛这么做就有大问题了。

令兴言气极反笑，把水杯重重搁在桌上："有点意思啊令琛，别的男艺人连跟女制片人上同一辆车都不敢，你倒好，直接去学校接小孩。"

令琛没说话，也不知道有没有在听。

令兴言的声音逐渐冷下来："没关系，你就去接，天天去接。无非是被人拍到然后全世界都知道你有一个七岁多的儿子了，这巨大的流量别人做梦都想要呢。"

过了好一会儿，杂志下的那张嘴才动了动："真的才害怕，假的怕什么？"

令兴言："……"

好像也挺有道理。

安静半晌后。

"你少给我找这些歪理。"令兴言回过神来，劈头盖脸一顿骂，"以前怎么不见你这么贴心？我看你就是这几天休假给你闲的！"

"行了。"令琛朝令兴言挥挥手，"你去操心你儿子的学习，别操心我，我这会儿有事。"

这话显然不应该是一个艺人对经纪人说的。

但令琛和令兴言的情况不同。

令兴言学法律出身，原本是令琛所属经纪公司的一名法务，后来做了他的执行经纪人，专管商务问询。

再后来，令琛脱离原经纪公司，自立门户，同时令兴言也羽翼渐丰，具备了一个经纪人的综合能力。顺理成章地，这位堂哥就成了令琛的经纪人，以及工作室合伙人。

但在公司股权划分上，令琛才是老板，拥有绝对的话语权。

所以平时令兴言虽然全权管理着令琛的商务工作，但在音乐和人身自由上，令琛向来是自己拿主意。

"行。"

令兴言见令琛油盐不进，只能自己说服自己，这段时间是非多，是他过于草木皆兵了。

不过仔细想想，令琛去接个孩子确实也不是什么大事，真要被拍到了澄清一下就行了。

他儿子还真能变成令琛儿子不成？

算了。

令兴言低骂几句，正要转身出去，瞅见令琛的睡相，忍不住说道："你在沙发上睡什么睡？你要补觉去你房间睡。"

令琛的房子最近在重新装修，住酒店也不方便，他就索性在令兴言家里借住一段时间。

过了好一会儿，令琛才很不耐烦地"啧"了一声："你有这时间管我在哪里睡，还不如去管管你儿子的成绩单。"

"我儿子比你好管多了。"

令兴言打开房门，没忍住又想嘱咐两句，一回头却看见令琛手上的腕表。

这不是……

"你戴我手表干吗？我都没舍得戴出去玩你就这么给我戴出去了？"

"噢。"令琛将腕表摘下来，抛给令兴言。

后者双眼瞪圆，敏捷灵活如同闪电般扑过去接住他的珍贵腕表。

"我看着还行，随便戴戴。"

"你说你是不是有病？人家品牌送你那么多你不戴，现在又偷偷戴我的出去，你今天到底有什么毛病？"

令兴言心疼地捧着手表，仔细确认了没什么擦痕，这才放心。

"我再次提醒你啊，以后还是慎重点，没事去什么学校，想陪他玩就在家里玩玩得了。"

令琛翻了个身，声音里已经有了睡意："放心，我没那么多闲心管你儿子。"

虽然加令琛微信时，祝温书说是有事方便沟通，但好几天过去，她一直没跟他说过话。

直到这天傍晚，祝温书在家里备完课，朋友约她一起吃晚饭。

两人说好在商场碰头，祝温书乘坐地铁过去，一路上都在回复家长的消息，导致坐过了站。

重新坐回来再走出地铁口后，祝温书看着熙熙攘攘、热闹非凡的步行街，莫名感觉有点累。

她一抬头，便看见商场大楼的LED大屏幕上放着令琛的手表代言广告。

看到这张脸，祝温书还有些恍惚。

就在一周前，祝温书过着教室、办公室和食堂三点一线的生活。有时候看见关于令琛的消息还会感慨，曾经明明是同班同学，现在倒成了遥不可及的人。

而如今，她再看见令琛，满脑子只有他那个不为人知的儿子。

以及那天被发现她单方面删了微信的尴尬。

要不还是解释解释？

毕竟未来五年如果不出意外，她都会是令思渊的老师，少不了要和令琛打交道，别让人误会她对他有什么意见。

祝温书往下翻着微信，许久才找到令琛的对话框。

敲了几个字，她又觉得不妥。

成年人的默契就在于心里什么都明白，但不说明。

她要是再解释，岂不是再次提起尴尬事？

思及此，祝温书又删了那几个字。

手指正摁着，令琛的微信名称突然变成一行"对方正在输入"。

祝温书下意识地停下脚步，眉心一跳，紧紧盯着两人的对话框。

下一秒，令琛的消息果然跳了出来。

c：祝老师。

祝温书连忙回复：在呢。

祝温书：令思渊爸爸有什么事吗？

顶头那串"对方正在输入"又出现。

但这次，那串文字反反复复出现，却迟迟没有等到令琛的消息。

好几分钟过去，新消息终于跳出来。

c：我家小孩今天在学校表现怎么样？

祝温书一脸问号。

人来人往的商业街，祝温书站在路中间，面无表情地盯着手机。

这辈子没这么无语过。

祝温书：我可能不太清楚。

c：？

祝温书：因为今天是周末。

5

令琛没再回消息。

两人的第一次聊天就停留在那段尴尬的对话。

也不知道他是不是羞愧难当，不好意思再说话。总之，祝温书和朋友聚完回到家里，她的微信也没什么动静。

还好今天原本就该发消息提醒家长进行周末作业的反馈，祝温书就当是缓解尴尬，细致地将各种要求打成文字给令琛发了过去。

但晚上备完课，祝温书打开手机一看，钉钉里面有好几十条消息，都是家长发来的周末作业反馈，唯独缺了令琛的。

做了老师才知道，现在的家长和以前的家长所承受的压力完全不是一个量级。

大家年龄都不大，晚上加完班回家连歇口气儿的时间都没有，又忙不迭去陪孩子写作业，认认真真地完成老师交代的任务。

其实祝温书也没有强制家长必须全程陪着孩子写作业，她认为这样反而不利于小孩锻炼独立思考能力和自我管理能力。

但家长们都自发做了起来，她也不能说你们别管这么多。

思及此，再看看令琛的微信聊天记录，祝温书就有点无语。

这实验小学不是什么普通学校，在整个江城都数一数二。学生家庭不说非富即贵，但整体质量绝对上乘，一个班里就不乏高知分子的孩子。

要不怎么Top师范院校的研究生都削尖了脑袋来这里当个小学老师呢？

在竞争这样大的环境下，令琛居然能这么不负责任。

是，她知道令思渊的保姆不是普通保姆，那是花了大价钱请来既照料生活又辅导学习的。但那和父亲的陪伴成长教育能相提并论吗？

想想都觉得头疼。

爱管管不管算了，反正又不是我儿子。

祝温书将手机丢开，埋头伏案工作。好一会儿，手头上的事情完成后，祝温书见令琛还是没进行作业反馈，深深吸了口气。

不生气，不生气。

要负责，要负责。

默念着这两句话，祝温书给令琛再次发了条消息。

祝温书：令思渊的家庭作业写完了吗？

等了几分钟，对面没回复，祝温书干脆去洗澡洗衣服。

等她再回来，已经是两个小时后，令琛还是没回复。

祝温书："？"

好吧。

祝温书正好也闲了下来，她躺到床上，打开微博想看看新闻，正好首页推送了令琛代言的广告。

祝温书盯着他的脸，倒是想看看这位大明星平时都在忙什么。

连自己亲儿子都没心思过问。

没想到这个时间选得还挺巧，她一搜索"令琛"，跳出来的第一条实时内容就指明了令琛的去向。

酱子贝早点睡："啊啊啊啊今天张老师直播间里的短发令琛好帅！！！我已经晕过去了！！！"

祝温书不知道这个张老师是什么人，她在这个词条里逛了好一会儿，才弄明白这个张老师是那位大名鼎鼎的张瑜明。

他是华语乐坛具有里程碑意义的音乐制作人，制作了不少耳熟能详的歌曲，捧红了很多歌手，而令琛算得上他的"关门弟子"，平时令琛都尊称他一声"老师"。

那首让令琛声名大噪的《小蚕同学》以及其同名专辑便是由张瑜明制作的。

这位制作人这两年处于半隐退状态，没什么新作品，却喜欢上了直播平台，时不时在上面和粉丝们聊聊天，或者唱唱老歌。

顺着这些线索，祝温书摸进了张瑜明的直播间。

画面一弹出来，整个屏幕被张瑜明一张脸占满，吓了祝温书一跳。

他眯着眼睛凑近手机在调试镜头，摆弄了好一会儿，画面中头顶终于没有奇怪的挂件了，才如释重负地靠回沙发。

人一后退，之前被挡住的画面尽数露出。

张瑜明家的客厅是竖厅结构，沙发后面摆着餐桌，只开着一盏落地灯，令琛就在灯下吃饭。

他离镜头远，灯光也不甚明亮，但还是能看出头发有很明显的修剪打理痕迹，短了许多，露着额头，不像前几天那般颓然。

不过祝温书也不在乎这些。

她原本以为令琛直播是在工作，但这么一会儿看下来，这明显是在张瑜明家里蹭饭然后偶然入镜，根本没在忙正经事。

与此同时，张瑜明回头朝令琛招手："你过来聊聊呀，大家都在催你呢。"

令琛闻言，扭头朝这边看了一眼，随后端着水杯走过来。

随着他靠近镜头，五官逐渐清晰。利落的短发再遮不住他的双眼，明亮亮的光在他抬眸的瞬间集聚到他眼里。

明明隔着手机，却像与他隔空对视。

祝温书在那一刻有轻微的愣怔，像是被他发现自己在看他直播一般。

好在他很快便不再直视镜头，垂眼去看弹幕。

其实令琛对这种没有主题的直播不太热衷。

如果他早知道今天张瑜明会直播，是不会过来吃饭的。但是人已经出现在镜头里了，他不可能驳自己老师的面子。

周末的晚上，本就是网络流量高峰期。

弹幕五花八门，令琛不可能看清每一条，只能粗扫一眼，看见哪条是哪条。

祝温书半躺在床上，看着密密麻麻的弹幕，完全没办法理解这些粉丝的狂热，但觉得挺神奇的。

她的高中同学，如今又是她学生的家长，转眼却出现在手机屏幕里。

好像很近，触手可及，又好像很远，那块手机屏幕就是结界。

但见令琛正儿八经地回答弹幕上的问题，祝温书反而有了点想法。

她依然冷着脸，唇角却勾起一个极小的弧度，手指轻点，编辑了一句话。

爱吃橘子的 zws："作业写完了吗你就直播？"

刚一发出去，祝温书就眼睁睁看着它被淹没在弹幕中。

然而下一秒——

令琛："写完了。"

祝温书："？"

她不可置信地看着屏幕，眨了眨眼睛。

恰巧令琛也看着镜头，目光像是在交汇。

还真看见了？

不可能吧？

她就随手一发，不至于吧？

祝温书此时有点蒙，愣了好一会儿，再看向手机下方时，屏幕上原本乱七八糟的弹幕已经变得整齐划一。

全都是复制粘贴的同一句话。

"传下去，令琛新歌写完了，明天就发新专辑！"

"传下去，令琛新歌写完了，明天就发新专辑！"

"传下去，令琛新歌写完了，明天就发新专辑！"

祝温书："……"

哦，原来是在回答粉丝的问题。

她就说，令琛怎么可能在密密麻麻的弹幕里看见她发的那条。

这拨刷屏过去后，弹幕里一个名称自带光环效果的粉丝开始了新一轮提问。

"请问您写歌是与世隔绝人间蒸发断水断电又断网吗？"

这位粉丝看似阴阳怪气，实则是在嗔怪令琛太久不出现在公众面前。

但令琛也不知是真不懂还是装不懂，喝了口水，靠在沙发上，语气正经地说："不会断联。是要减少社交，但有时间也会看看消息。"

祝温书："……"

她在屏幕前笑出了声，然后"啪啪"打字。

爱吃橘子的 zws："然后看了不回是吧？"

发完之后，她翻了个身，侧躺下来，准备随便刷刷就睡觉了。

这时，一直垂眼看弹幕的令琛，目光突然凝住了几秒，瞳孔内收，似乎在想什么事情。

紧接着他低头摸摸自己的裤袋，发现是空的，然后扭头看了一眼沙发后的餐桌。

"等会儿。"他对着镜头轻语一句，随后起身朝餐桌走去。

随着他的身影逐渐远离镜头，一旁的张瑜明笑眯眯地挪到沙发中央，占据了大部分画面，只留远处一个模糊的身影。

几秒后，祝温书的手机突然弹出一条新消息。

祝温书随手一点，屏幕立刻切换到微信。

c：作业都写完了。

祝温书的腰突然就僵硬了。

她直直地盯着聊天框，又莫名其妙地扫视了房间一圈，随后带着一点儿警惕的眼神，脑袋离手机远远的，伸长胳膊点击屏幕，重新切换到直播间。

画面中，隐约可见令琛靠着餐边柜，背微弓，垂着头，手举在胸前。

是标准的玩手机的姿势。

不……会……吧……

难道令琛不仅看见了她发的弹幕，还一下子认出了她？

这眼睛是八星八钻的吧？

僵硬了几秒，祝温书拍了拍脑袋，告诉自己这就是巧合，这根本不可能。

令琛肯定是恰好在这个时间点想起了她的消息而已。

对，就是这样。

祝温书：好的，完成了就好。

但即便自我认定了，在回复令琛消息的时候，祝温书还是有点心虚，又补充了一句。

祝温书：我主要是怕你忙忘了，特意来提醒一下。

祝温书：令思渊的注意力不太集中，你有看着他写作业吗？

c：有。

差点被气死。令琛淡淡地想。

祝温书：嗯嗯，那你继续忙吧。

c：嗯。

这个夜晚，祝温书做了一个噩梦。

她梦见很多很多年后，自己还是令思渊的老师，正在去往少管所的路上，看望被抓起来的令思渊。

她跟着狱警穿过七弯八拐的走廊，最后停在一道厚重的铁门外。

不久后，里面响起铁链碰撞的声音。

祝温书猛抬头，透过铁窗，看见那张熟悉的脸，惊呼出声："令琛？！"

这一喊把她喊醒了。

初秋凉爽，祝温书带着一身湿汗睁眼，迷茫地盯着天花板，陷入一种半睡半醒的混沌中。

十来分钟过去，她思绪回笼，慢悠悠地转头看时钟。

七点二十了！

来不及再去想这个离谱的梦，祝温书连滚带爬地起床，囫囵抹了一把脸，拎起包便狂奔出门。

好在她住的地方离学校不远，踩着点到了学校，还不算太晚。

坐到办公室里，桌上已经摆好了小组长们收上来的家庭作业。

祝温书歇了口气，盯着这摞本子叹了口气，然后拿出小镜子整理了一下乱糟糟的头发，准备去上课。

这时，有人敲门。

祝温书回头，见令思渊扒着门框不敢进来。

"怎么了？"祝温书问，"要上课了，你怎么不去教室呀？"

令思渊举起手臂，拿本子遮住自己半张脸，屁颠屁颠地跑过来。

"老师，我刚刚到学校，来交作业。"

"今天怎么这么晚呀？"祝温书笑着说，"赖床啦？"

"早上拉肚子了……"

"好点了吗？"

"好多了。"

祝温书接过他的作业本，随意翻开，发现字迹居然比平时要工整一些。

她弯了弯嘴角，问："渊渊昨晚的作业又有进步了，是爸爸教你写的？"

"不是，我爸爸睡觉去了。"令思渊挺胸抬头，得意洋洋地说，"我叔叔陪我写的。"

祝温书浅浅的笑容凝固在嘴角，化作一抹僵硬的弧度。

果然啊……

祝温书兀自点点头，然后摸摸令思渊的脑袋："好的，你快回去上课吧。"

等令思渊的背影消失在办公室后，祝温书改了会儿作业，思来想去，还是没忍住拿出手机找到令琛的微信，手指在键盘上删删改改半晌，才发出一句话。

祝温书：学校没有强制要求家长要陪小孩写作业，您如果实在没空，可以不陪。

这个点，令琛回得居然还挺快。

c：？

c：其实也没那么忙。

祝温书：……

你不是歌手吗，怎么还跟我演上了？

祝温书：令思渊已经跟我说了，昨天是他叔叔陪他写的作业，其实您也不用特意跟我撒谎。

c：……

祝温书：毕竟——

祝温书：您家小孩学不到东西，也不会扣我工资。

c：……

第 二 章

来听我的演唱会

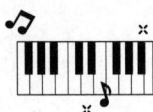

6

摄影棚内。

摄影师打了个响指，示意这一部分拍摄结束，围在四周的妆造师们立刻背着自己的工具上前为令琛整理造型。

为了不影响好不容易调整好的打光，助理直接拿了一个高脚凳过来，供令琛原地落座。

今天的拍摄很重要，是国内某时尚顶刊的年终大片，令兴言自然是要在场的。

他站在电脑后看样片，眼神一晃，突然发现了点儿什么不一样的地方。

平时工作从来不带手机的令琛，竟然在补妆期间看手机，还一脸无语的表情。

令兴言觉得新鲜，走上前歪头往下一看。

"看什么呢，你表情这么怪——"

话没说完，令琛在感觉到令兴言的视线时，立刻按灭了屏幕。

令兴言动作一顿。

如果，他刚刚没看错的话——

令琛微信对面那个人，是一个粉色卡通头像？

令兴言缩了缩脖子，八卦地看着令琛："什么情况啊？有什么是我不能看的？"

令琛压根儿没搭理他，把手机递给助理，随即闭眼仰头，示意化妆师可以继续补妆。

"哎哟。"于是令兴言又慢悠悠地退了两步，上下摆头打量令琛，"神神秘秘的，你'白月光女神'回来啦？"

话音一落，令琛的眉头突然蹙了一下。

这个细微的表情变化像一道闪电，直击令兴言脑门儿，让他觉得事情不对。他表情和话语同时凝固，目光一寸一寸地往上挪，最后定在令琛脸上。

该不会……真被他一句玩笑话说中了吧？

令兴言内心的波动开始向整个摄影棚蔓延。

等他反应过来，意识到自己嘴瓢了想打个哈哈过去时，已经有人兴奋地问："什么'白月光'？令琛有个'白月光'啊？"

至此，以令琛和令兴言为圆心，整个摄影棚在极短的三秒沉默后，迸射出八卦的好奇心。

也不怪大家好奇。

这摄影棚里的工作人员都算是娱乐圈的人，表面上风光霁月私底下脏污不堪的男明星他们见得多了去了。

反观令琛，这几年正如日中天，却像个绯闻绝缘体，连捕风捉影的八卦都没有。

而且也不见得是立人设，他们跟令琛合作好几次了，国外拍摄也去过两回，长期接触下来，别说女朋友了，连个暧昧对象都没见着。

所以这会儿骤然听到令琛的经纪人说他有个"白月光女神"，谁不好奇不兴奋？

当红男明星的"白月光女神"啊，这可比什么性冷淡人设有意思多了。

摄影棚开始变得喧闹，就连来监工的主编都凑到令琛身边问："真的假的？我说你第一张专辑里怎么那么多酸溜溜的情歌呢。哎哟，情窦初开的年纪嘛，写得可真够真情实感的。

"长什么样啊？有照片吗？"

一片吵嚷中，令琛缓缓睁开眼，冷冷地看向令兴言。

始作俑者心虚地挠着下巴，眼神闪躲，大声道："都八卦啥呢！我随口一说，赶紧工作，我们赶时间呢！"

但谁都听得出他的心虚，根本没人搭理。

摄影师阿恒扭着他那33码的腰走到令琛面前，俯身酸溜溜地问："哟，让我家令琛念念不忘的'白月光'呢，是得多漂亮啊？"

令琛只是凉飕飕地瞥了他一眼。

大家瞬间心领神会，不再多问。在娱乐圈里，这种问题基本不可能得到回答。

令琛虽然走的是实力歌手路线，但他的粉丝可不比那些流量男明星少。

摄影师撇撇嘴，自然也想到了这一层，只觉得无趣极了。

这时，令琛忽然开了口。

"都说是'白月光'了。"他淡淡地说，"你说多漂亮？"

祝温书突然连打了两个喷嚏。

隔壁办公桌的王老师转过身来，调侃道："哟，小祝，这是有人在想你呢。"

"别了吧。"祝温书埋头翻找纸巾擦鼻子，一脸避之不及，"我现在只想活到钟姐休完产假回来，没别的事儿还是别想我了。"

整个语文组办公室只有祝温书一个新进教师，听到这话，全都露出一副"看吧当初劝你慎重不要接下代班班主任的担子你偏不听"的迷之笑容。

"哪有那么严重，我当了几十年班主任不还活得好好的。"

王老师打开保温杯抿了一口热茶，突然想起什么，两脚一蹬，把椅子滑到祝温书身边，压低声音问："对了，小祝，你是不是还没谈恋爱啊？"

"啊……"祝温书的动作停滞，纸巾捂着鼻头，瓮声道，"怎么了？"

"怎么回事呀？"王老师越凑越近，两眼放光，嘴角一颗黑痣若隐若现，"不应该呀，你不缺人追吧？是不是你要求太高了？"

"嗯对。"祝温书拿出红笔，翻开家庭作业，一边批改一边说，"我要求是有点高。"

王老师："你跟我说说？我老公是第一医院的，手里一大堆年轻医生的资源，肯定有合你要求的。"

自从本科毕业，祝温书平均每个月都会遇到热心月老，应对起来也算是得心应手，说话都不需要过一遍脑子。

"身高一米八得有吧，不能太胖也不能太瘦，就算没有腹肌也得有胸肌，长相得是校草级别，年龄差不超过三岁，学历至少要跟我一样是顶级 985 本硕，父母最好也是知识分子，工作收入不强求，但得有房有车。王老师，您看看有合适的吗？”

王老师：“……”

她想说你这要求哪里叫"有点高"，光是"校草"这一条就可以直接把筛子堵死。

但仔细一想，这些条件一一对应到祝温书本人身上，好像又不算过分。

怪不得单身。

"也是，不好找。那这样，有合适的我肯定给你留意着。"

"麻烦王老师了。"

应对完热心月老，正好打了下课铃。

祝温书想起自己今天早上差点迟到，早饭都没来得及吃，于是放下笔往学校小卖部走去，准备买点牛奶面包垫垫肚子。

刚离开办公室没走两步，祝温书听见有人叫她。

一回头，祝启森迈着长腿两三步从办公室里跟出来，鼓起手臂展示自己的肌肉："我身高一八五，有胸肌也有腹肌，长相你懂的，以前都叫我校草，跟你同龄又是同校的，爸妈都是医生，我工资不太高但有房有车，怎么样，咱们哪天去领证？"

祝温书："……"

要不是想着自己为人师表，她一定会一脚踹上去。

"周末吧。"祝温书挥挥手让他闪开别挡道，"平时都有课，不太忙得过来。"

祝启森屁颠屁颠地跟在祝温书身后一起下楼。

"周末民政局不上班，这样吧，我力气大，下午就把民政局搬过来。"

祝温书："女神追到了吗？祝启森老师，你明年就二十六了，可抓紧吧，男人过了二十五就走下坡路了。"

提到这个，祝启森烦躁地又开始薅他那本就不太浓密的头发。

"这不是找你想办法吗？前几天雪儿跟我说，要是我带她去看令琛的演唱会就答应跟我在一起，我寻思这多大个事儿啊立刻就答应了下来，谁知道回家一查，这根本买不到好吧，开票一秒就告罄，这合适吗？想说买黄牛票吧，我又不懂，害怕被骗，而且我看那些二道贩子都卖到七八千了，怎么不去抢钱啊？"

从祝启森嘴里听到"令琛"两个字，祝温书倒没什么特别的想法。

她跟祝启森是大学校友，机缘巧合下相识，也不知道是不是因为同姓，两人倒是很合得来，后来又都进了江城实验小学工作，满打满算也是七八年的朋友了。

去年，祝启森看上了隔壁中学的一个音乐老师，使出了吃奶的劲儿也没追上，倒是天天在祝温书耳边念叨那位音乐老师有多喜欢令琛，说令琛是什么天上人间只此一人。

祝温书心说这不废话嘛，世界上没有完全相同的两片树叶，你要能找到第二个令琛那还了得。

不过为了避免不必要的麻烦，祝温书一直没告诉祝启森自己和令琛的关系。

"那你找我有什么用？"祝温书说，"你的手速都抢不到票，我的手速还能比你快？"

祝启森："你为人师表，说话怎么这么不注意呢？"

祝温书："啊？"

祝启森："什么手速不手速的。"

祝温书无语。

她眯眼看向天空，沉沉地叹了口气："你在音乐老师面前但凡有一半在我面前的不要脸，还会追不到吗？"

"哎，说正事。"祝启森说，"你不是说你室友是个追星女孩儿吗？你帮我问问这个买票有没有什么门道，我听说有什么机器还是什么的，或者有没有什么其他渠道？"

"我回头帮你问问吧。"

"别回头啊。"说话间，两人已经走到了小卖部，祝启森打开冷藏柜拿出一瓶营养快线递给祝温书，"你现在就问问呗，反正也没什么事儿。"

祝温书接了饮料，往货架走去，低头挑选面包。

"你急什么急，我室友还没起床。"

"行，你别忘了就行，我上课去了。"

祝启森走后，祝温书慢悠悠地踱回办公室，想着他拜托的事情。

他这人虽然看起来不太靠谱，但对这位音乐老师是认真的。作为朋友，如果祝温书能帮忙，自然也会尽全力的。

思及此，祝温书拿出手机。

在翻到室友的微信之前，她先看到了令琛的对话框，突然噎了一下。

她竟然忘了回复令琛消息。

而且他们的聊天，还停留在一个不是很友好的氛围里。

"唉……"祝温书沉沉叹了口气。

她刚刚是不是说过头了？

犹豫片刻，她打字。

祝温书：抱歉，是我说得有点多了。

祝温书：你也是第一次当爸爸，没什么经验，可以理解。

发出去之后，她继续打字：但还是希望你以后可以——

c：没关系，祝老师也是第一次当老师，没什么经验，可以理解。

祝温书：……

两人无端沉默了许久后，祝温书觉得这话题是没办法继续下去了，于是转而找了室友应霏说正事。

祝温书：霏，问你个事儿啊。

祝温书：你知道令琛的演唱会门票有什么其他方法抢吗？官方渠道根本抢不到。

应霏：他的圣诞演唱会？

祝温书：管他什么演唱会，只要是令琛的就可以。

应霏：？

应霏：你是令琛的粉丝？

祝温书：不是。帮朋友问的。

应霏：哦。

应霏：吓我一跳。

祝温书：怎么？

应霏：没什么。

片刻后，应霏发了条语音过来："他那些粉丝手速跟狗一样快，买不到就买不到呗，也没啥看头。"

祝温书也回了语音过去："那你有没有什么认识的靠谱渠道？"

应霏："黄牛？有倒是有，不过人家没卖令琛的票。"

祝温书："为什么？除了粉丝没人买吗？"

应霏噎了下，嘀咕道："我倒希望是。

"他那边把黄牛抵制得挺死吧，没看见谁有拿到他的票。"

"这样啊……"祝温书说，"好，那没事了。"

刚结束和应霏的对话，令琛那边又回了消息。

c：祝老师，还有什么事情吗？

c：没事我去忙了？

祝温书盯着对话框斟酌了片刻，小心翼翼地敲了几个字。

祝温书：有倒是有的……

c：？

祝温书：就是想问问，您演唱会门票除了官方平台，还有其他购买渠道吗？

c：就这个事情？

祝温书：嗯嗯。

c：祝老师什么时候学会拐弯抹角了？

祝温书：？

c：我们老同学一场，难道还能收你门票？

祝温书：不是，你误会了，我帮朋友问的。

c：你这个朋友不会姓祝吧？

祝温书：……

7

有那么一瞬间，祝温书很后悔自己为什么要答应帮祝启森这个忙。

或者说，她为什么要图省事直接去联系令琛。

算了。

祝温书叹了口气，直接切断这个话题。

祝温书：你当我没问吧。

令琛没再回。

秋阳杲杲，细碎的光晕穿过窗户洒在办公桌上，有老师去楼下摘了桂花上来，整个办公室都飘荡着清淡的香气。

这样的环境下，连琐碎的工作都显得不那么烦人。

祝温书轻声哼着歌，批改完家庭作业，在 To Do List（待办事项列表）第一项后面画了个钩。

下一项，是通过钉钉群布置国庆假期语文作业。

本来轻松的心情，在向家长发布作业内容的时候突然蒙上了一层薄雾。

假期作业，向来是教研组统一布置安排。这次国庆节的语文作业也没什么特别的，只是让孩子们写一篇小游记。

只是一想到别的小孩作业里都会出现爸爸妈妈或者爷爷奶奶，而令思渊很可能只有保姆的监督，祝温书就觉得他可怜巴巴。

如果她没记错的话，令琛自己也是单亲家庭的孩子。

不过高中那几年，祝温书对令琛的了解也仅此而已。更多的信息，还是来自他成名之后各种来路不明的爆料。

据说，他的妈妈去世很早，而爸爸几乎是个地痞，嗜酒、赌博、暴力，一样不落。不仅从来没有尽过一个父亲的责任，还在前两年频繁向令琛索取巨额赡养费。

这种家庭背景，在早些年的娱乐圈屡见不鲜。

所以一度有人认为这是令琛背后的公司故意给他立的美强惨人设。

流言纷纷，令琛从未回应过。

但祝温书知道，这些应该都是真的。

那些黯淡的高中时光，他破旧的衣服，脸上的新伤旧患，应该都是这些流言的佐证。

既然这样，令琛为什么还不吸取教训，做一个尽责的父亲？

祝温书记得她实习那会儿，她的教习老师跟她说过，现在很多家长不负责，必要的时候老师得拉下面子苦口婆心地去劝说家长，否则孩子就真的没人管了。

但也有前辈跟她讲，老师老师，教的是学生，只管做好教学任务，其他的别管，不然吃力不讨好。

唉，祝温书叹了口气，怀揣着人民教师的良心与责任，拿起手机给令琛发了一条消息。

祝温书：你国庆期间有空吗？

c：没有。

祝温书：我理解你现在正当红，工作很忙，但真的一点空闲时间都没有吗？

祝温书：哪怕只是一个晚上？

c：？

祝温书：？

c：抱歉。

c：我卖艺不卖身。

祝温书彻底无语。

她的拳头真的捏了又捏。

以前的令琛明明不是这样的！！！

虽然他们接触不多，但他绝对不是这种人。

娱乐圈果然是个大染缸。

祝温书不想再跟他对话下去，直接把作业内容复制一遍甩过去。

亲爱的家长们！我们即将迎来美好的国庆节，在这个金风送爽、秋色宜人的日子，鼓励大家带着孩子走出家门，亲近大自然，届时语文作业为一篇游记，主题自定，以动物园、植物园为佳。江城实验小学全体教职员工祝您国庆快乐！

点击发送键之前，祝温书顿了顿，把最后一句话删掉。

你还是别太快乐了。

因为教师有带薪寒暑假，所以祝温书不打算在国庆假期七天去体验人挤人的快乐。

原本计划着回家陪爸妈，但老两口又临时起意跟同事一起出门自驾游了，于是祝温书只能一个人待在江城过节。

每天在网上看别人挤破头的日子也不错。

祝温书买了许多零食水果堆在家里，把平时没时间看的综艺和剧全都刷了一遍，从早到晚穿着睡衣，只有外卖和快递能让她打开家门。

仔细一想，似乎完全复制了她那位室友的生活。

说起合租室友应霏，祝温书刚开始还对她的生活习惯非常不理解。作为一个全职插画师，应霏的工作和生活全都在她那间次卧里，平均两三天才出一次门，整个人就像瘫痪了一般"长"在床上。

轮到祝温书自己了，她比应霏还过分，整整六天没见人。

每天和几十个家长打交道，祝温书感觉自己像个老妈子，一面管着几十个小孩子，一面还得操心那一群家长，就没几个省心的。

到假期最后一天，还是应霏看不下去了，拉着她一起去附近的公园晒太阳。

不知是不是因为小孩都被家长带去旅行了，今天的公园格外清静，连下棋逗鸟的老人都没几个。只有那个最出名的能看见江城全景的摩天轮有人游玩。

二十摄氏度左右的天气，一年中也就这么几天。

祝温书和应霏一人占了一张长椅，无所事事地浪费了两个多小时的时间。

日影无声斜移，光柱里飘飘摇摇的落叶从祝温书鼻尖拂过。

她睁开眼，目光在半空中找不到目标，好一会儿才思绪回笼，视线左移，看向应霏："下午六点了，回去吗？"

应霏拿报纸盖着脸，瓮声瓮气地"嗯"了一声。

然后又静止了五分钟，才揭开报纸："走吧。"

太阳快要落山，两人手插着兜，慢悠悠地离开公园，去步行街吃了晚饭，这才掉头回家。

打开门，低头换鞋时，祝温书突然"呀"了一声。

"怎么了？"应霏问，"拖鞋烫脚？"

"不是。"祝温书撩起袖口，皱眉道，"我手链不见了。"

"啊？丢啦？是不是你出门就没戴啊？"

"不可能，我就算不出门也每天都戴着的。"

嘴上虽然很笃定，但祝温书还是进房间看了一下首饰盒。

见里面没有那条手链，她又翻找了床头以及卫生间。

在自己房间没找到，祝温书趿拉着拖鞋急匆匆地到厨房和客厅找，连沙发缝都翻了。

见她这么着急，应霏也帮忙四处找。

"什么样子啊？"

"珠串手链，粉水晶。"

两人在屋子里找了一圈儿没见到，基本断定是丢在公园或者步行街了。

应霏说："看样子得回公园一趟，就是不知道有没有被人捡走。"

"我自己去找吧。"祝温书叹了口气，"你不是还要交稿吗？先去忙吧，实在找不到就算了。"

"没事，反正不拖延到晚上我也不会动笔的。"应霏穿上外套，朝她招招手，"走吧。"

祝温书其实不想麻烦应霏陪她走这一趟，但她实在喜欢这条手链，又担心去晚了被人捡走。

于是两人离开家门后便分头行动，应霏去步行街看看，而祝温书则返回公园。

秋天昼短，祝温书走得极慢，一路上低头寻找。

到公园门口时，夜色已经笼罩了天空。

远远看去，公园中心的摩天轮已经亮了灯，霓虹在半黑的夜空中闪烁。

原本开放的公园大门却莫名拉上了栏杆隔离带，旁边还站了几个挂着工作牌的人。

祝温书有些莫名，试探着走近几步，还没来得及开口，就有一个男的上前阻止她继续靠近。

"不好意思，公园这会儿被清场了，不能进了。"

祝温书点点头，说"好"，转身走了两步，拿出手机问应霏找到没有。

应霏：没有啊，步行街这么多人，我找了几遍了，如果真丢在这里肯定被人捡走了吧。

祝温书捏着手机，踌躇转身，走了两步，又不甘心地回头看公园大门。

这条手链其实算不上珠宝，只是装饰级别的水晶石。

却是她去年入职时，用第一个月的工资送给自己的礼物，纪念自己教师梦成真。

对现在的祝温书来说，是很贵重的东西。

如今突然丢了，祝温书不甘心就这么放弃。

而且公园突然被清场，反而是好事，至少流动游客少了，减少了手链被捡走的概率。

摇摆片刻，祝温书转身走向隔离带。

"请问你们活动什么时候结束？我要进去找个很重要的东西。"

"这……"

男人看了眼腕表，又回头和同事窃窃私语几句，这才有些为难地看向祝温书："不好说啊，我们刚开工呢，快的话两三个小时拍完，慢的话可能得半夜了。"

两三个小时……

想到明早要上班，祝温书又开始犯难。

"姑娘，你要不就明天再来吧。"见她满面愁容，男人说，"而且这黑灯瞎火的，你现在就算进去也找不到啊，还不如白天来找呢。"

也只能这样了。

祝温书拖着沉重的脚步，垂头丧气地点头："那你们晚上——"

话说到一半，祝温书发现这群工作人员的目光突然全都聚集到同一处，随后去拉开隔离带。

顺着他们的视线转身，祝温书看见一辆黑色商务车缓缓驶来，于是立刻自觉地退开一步，给他们让路。

然而这辆车却在她身旁缓缓停下。

祝温书愣了一瞬，立刻又退后一步。

车迟迟不动。

片刻后，车窗降下。

夜色朦胧，车里只开了一盏小灯。

但祝温书依然能看清，陷在黑暗里的令琛的轮廓。

他窝在座椅里，歪着头看过来，漆黑的瞳仁在微弱的光亮里格外摄人魂魄。

眼前的这张脸实在难以穿越时光，和记忆里的少年对应起来。

乍然四目相对，祝温书还是会莫名地恍神。

凉风习习，四周安静得只有虫鸣。

"祝老师，你再看下去我要收费了。"

祝温书："……"

恍然回神，祝温书面无表情地别开脸。

其实祝温书并不意外令琛会出现在这里，这个公园的夜景很出名，平时也有不少名人来取景。

看到隔离带的时候她就知道肯定又是哪个明星团队在这里拍摄。

只是没想到这么巧，居然能在自己走投无路的时候碰上熟人。

于是，祝温书调整了一会儿情绪，努力装出一副特别惊喜的样子，转过头说道："令琛？！你怎么在这儿呀！"

令琛轻轻瞥她一眼，心知肚明地轻哼一声，朝她抬抬下巴："上车吧。"

"好的！"

车里除了司机只有令琛一人。

祝温书落座后，抬起头正想跟他说话——

目光交汇的那一刻，令琛却倏然收回视线，闭眼窝在座椅里睡觉。

全程一言不发，仿佛把她当空气一般。

都不问她来这里干什么的吗？

气氛莫名就变得有些尴尬。

祝温书欲言又止地盯着令琛，寻思着主动开口会不会打扰到他。

这时，令琛似乎感受到祝温书的视线，突然睁开眼看着她，恍然大悟般问道："对了，你来干吗的？"

"……"祝温书，"我来找个东西。"

"哦。"令琛没什么惊诧的表情，转头看着车窗，语气平淡，"什么东西？"

"一条手链，应该是下午丢在这里的，刚刚回来找，没想到进不来。"祝温书说，"谢谢你能带我进来。"

令琛突然转过头看她，却没立刻说话，片刻后："这么晚了还找？"

祝温书虽然目光直视前排，但能感觉到，当她说出是一条手链后，令琛的眼睛不再惺忪，而是直勾勾地看着她侧脸。

她感觉有点不自在，低下头理了理头发："嗯，找不到我睡不着。"

令琛："很特别吗？"

"嗯。"祝温书点头，"特别贵。"

"……"

汽车缓缓朝摩天轮开去。

祝温书观察着车外的道路，盘算着在哪里下车，方便她开始寻找。

身旁的男人冷不丁开口道："男朋友送的？"

祝温书的注意力全在道路上，随口就答："什么男朋友，我自己买的。"

狭小的车厢空间把每一个小动静都放大。

静默片刻后，祝温书清晰地听到他好像轻嗤了一声："你居然还是单身？"

这是什么语气？祝温书莫名听出了一股"你可真垃圾啊这么多年了还是单身"的嘲讽意味。

"嗯，算是吧。"

令琛："什么叫算是？"

祝温书慢悠悠地转头看向他："跟您差不多，去年刚离婚带俩娃。"

"……"

8

因为那句"跟您差不多"，向来把自己当透明人的司机试图努力掩饰自己的惊讶，却还是从脚上暴露了出来。

一脚急刹踩到底，祝温书差点一头撞上前面的座椅。

抬起头，对上后视镜里司机震惊的眼神，祝温书讪讪地笑道："大哥，我开个玩笑。"

司机也有点尴尬，欲言又止地看了眼令琛，这才僵硬地转身继续开车。

坐直后，祝温书也扭头去看令琛。

他也正好整以暇地抱臂看着她，嘴角勾着看戏的笑，仿佛差点被撞破秘密的人不是他一般。

"祝老师，饭可以乱吃，话可不能乱说。"

祝温书没想到令琛把这件事捂得这么严，连自家司机都不知道。

仔细想想却又合理。

这种事情，多一个人知道就多一分危险。

"抱歉，知道了……"

几分钟后，车缓缓停在摩天轮下的空地上。

不远处还停了好几辆保姆车，旁边堆放着各种拍摄器材，挂着工作牌的人穿梭其间。

车门打开，祝温书起身，回头对令琛说："那我就先下车了。"

令琛"嗯"了一声，没再多看她一眼。

因为穿着长裙，祝温书行动不是很方便。她低头拎着裙摆，慢吞吞地伸腿下去。

待车门关上，一直懒懒坐着的令琛忽然绷直了背脊，朝车窗外看了一眼后，几根手指不自觉地在大腿上快速杂乱地敲打。片刻后，他突然伸手摁住开门键，在摁下去的前一秒又停下来，沉吟片刻，不耐烦地叹了口气，坐回了原位。

祝温书双脚刚站稳，就和一个迎面走来的男人打了个照面。

两人皆是一愣。

男人看起来三十岁左右，身材高大挺拔，眉眼间透着一股缜密与稳重，看着挺有压迫感。

而且不知怎的，祝温书总觉得这个男人很面熟，像是在哪里见过一般。

思及此，祝温书又多看了他两眼。

男人也带着审视的目光，不加掩饰地打量着她。

"您好，借过一下。"回过神来，祝温书发觉自己看人家看得有点久，于是礼貌性地跟他问了个好。

他也没说话，只是点点头，随后侧身让开。

祝温书走后，令兴言直接上车。

屁股沾到坐垫，感觉还有点儿余温，他立刻指指祝温书的背影，问令琛："谁啊？"

车门没关，令琛侧头，视野里一抹白色裙摆渐行渐远。

沉默片刻，令琛收回目光，不咸不淡地说："高中同学。"

他语气轻松，令兴言却倏然坐直，瞪大眼睛盯着令琛。

令琛看了他一眼，一字一句道："普通高中同学。"

令兴言这才松懈下来，又坐了回去。

不怪他敏感，自从当上令琛的经纪人，令兴言的头发都白了好几根。

各种商务事宜忙得脚不沾地自不用说，在这个流量为王的时代，多少媒体千方百计地想从令琛身上挖掘点儿桃色新闻出来完成 KPI。

好在令琛在这方面没让他操过心，久而久之，他已经放心到随便狗仔跟踪偷拍了。

能抓到令琛和哪个女明星卿卿我我，令兴言一定第一个奔赴吃瓜现场。

但自从那天在摄影棚得知令琛和那位"白月光"联系上了，令兴言开始有点坐不住了。

既担心，又好奇。

其实他也不是很清楚令琛和那位"白月光"的故事，读书那会儿他和令琛交集并不多，毕竟差了好几岁。

直到那年，张瑜明的公司挖掘签约令琛，准备制作《小蚕同学》同名专辑。餐后小酌，张瑜明问令琛这首歌是不是写给某个女孩儿的。

令琛没否认，但只答了四个字，"高中同学"。

一旁作陪的、半只脚都没踏进娱乐圈的令兴言立刻直起腰板儿竖起耳朵，准备洗耳恭听这位未来大明星的爱情故事。

可是张瑜明没再追问，只是笑了笑，表示自己懂了。

而令琛也像个锯嘴葫芦，在那之后的五年多里，关于此事一个字也没再透露。

因此，令兴言这几天格外纠结。

担心的是，万一令琛和那位"白月光"发生点儿什么，被曝光了，从未处理过这等绯闻的令兴言很是忐忑，未雨绸缪着事态应该如何控制。

好奇的是，这位"白月光"到底是谁，能让令琛念念不忘这么多年。

是以刚刚乍一见有陌生女人从令琛车上下来，再面对面瞧见她的面容，令兴言脑子里没来由地冒出一个念头——这就是令琛的"小蚕同学"。

这个想法，不只是令兴言的直觉。

他在娱乐圈混了这些年，见过各种形形色色的女明星，明艳张扬的，可爱娇俏的，也有清冷如仙的。

但像祝温书这般书卷气的，他还是头一遭见到。

只一眼，就知道这个女孩干干净净，和娱乐圈那纸醉金迷的名利场氛围格格不入。

那张不施粉黛的脸假若真放在娱乐圈，不消公司打造人设，人们自发地都会送上"白月光"的称号。

可令琛说她只是"普通高中同学"。

令兴言一边松了口气，一边又越发好奇。

这样的女同学也只是普通，那他的"白月光"到底是何方神圣。

"那她怎么在你车上？"令兴言问。

"偶遇，进来找点儿东西。"

令琛似乎不太想在这位普通高中同学的事情上多聊，他降下车窗，吹着夜风，岔开了话题："不是让你带你儿子出去玩吗，怎么又过来了？"

"睡了，下午带他去乡下疯跑了大半天，累死我了。"

令兴言又指指车窗外那个长发男人："但是这谢大摄影师是个想法大师，我不放心，必须过来瞧瞧。"

"噢……"令琛的视线漫无目的地游走，一会儿看看忙碌的工作人员，一会儿看看令兴言，忽然又转头看向远处的摩天轮。

"那你觉得我今天这身怎么样？"令琛突然说。

令兴言没怎么明白他的意思，疑惑偏头。

"就这身，"令琛指指自己，"怎么样？新来的造型师搭的。"

"还不错啊。"令兴言抱着双臂打量令琛，"比之前那个造型师的风格简约，但很适合你。"

"是吗？"令琛低声嘀咕，"我感觉一般。"

令兴言一开始以为令琛不满意这个造型师，忽然又觉得不对劲。

明眼人都看得出来，这位造型师真的很厉害。虽然才来了一个多月，但每次出的造型都让人眼前一亮。

令琛也不是非正常审美，怎么突然又开始作妖了？

"都觉得很好看啊。"令兴言皱眉，"你是哪里不满意？"

令琛半晌才给出一个回答："说不上来。"

"……"令兴言懒得理他，忙着回消息去了。

过了会儿再扭头看令琛，光影暗淡，衬得他脸色灰灰的。

祝温书打着手机电筒找了一个多小时也没见手链踪影，应霏那边也传来噩耗。

眼看着快晚上九点了，公园里安静得只闻虫鸣。

祝温书在长椅上坐了一会儿，逐渐接受了这条手链多半是找不回来了的结局。

算了，肯定是被人捡走了。祝温书沉沉地叹了口气，一边起身离开，一边拿出手机给妈妈发消息。

祝温书：我去年买的粉水晶手链丢了。

祝温书：不知道有没有爱我的人给我再买一条。

妈咪：可以呀。

妈咪：找你男朋友给你买。

祝温书：我哪儿有男朋友？

妈咪：那哪儿有爱你的人？

祝温书：……

被妈妈拒绝后，祝温书抬起头，朝摩天轮的方向看去。

那是她唯一没找过的地方，因为令琛在那边工作，她原本没打算过去。

而且希望也不大，毕竟下午她和应霏也就是过去晃了一圈，不至于那么巧。

但——

秉承着来都来了的想法，祝温书探了探脖子，朝那边走去。

忙碌的拍摄现场比祝温书想象的架势要大得多，整个游乐场几乎全被占用，各种没见过的器材把所有空地占满。

驻场的工作人员有二三十个。

祝温书不明白，令琛拍几张照片，怎么就需要这么多人。

她站在远处看了一会儿，见灯光变来变去，而令琛被簇拥在众人中间，只能勉强看见个身形。

不知不觉间，祝温书已经慢慢移动到拍摄现场旁边。

站在一群工作人员身后，祝温书的行动很拘谨，只想大致扫一眼地面，却不自觉地，被站在打光板下的男人吸引。

夜色浓稠，繁星点点，霓虹灯光闪烁流转。

在这斑斓光影里，众星捧月的男人穿着一身简单的黑色西装。众人的注目和天上的星光他照单全收，长腿随意搭着，懒懒散散地靠在护栏边。

相机的闪光灯接连而起，对此司空见惯的令琛不曾眨一下眼睛。

就好像，他天生就是为镜头而存在的人。

可祝温书知道，他曾有过黯淡无光的过去，和现在锋芒毕露的令琛完全判若两人。

也是在这一刻，祝温书突然有一种时空割裂的感觉。

看着这些忙碌的工作人员，她清晰地感觉到，令琛和她这个普通人仿佛生活在不同的世界。

真神奇。曾经在一间小小的教室里，一回头就能看见的人，现在却好像隔着一条银河。

祝温书正沉浸地思考着人生，自己身边什么时候站了个人都不知道。

随着摄影师拍摄角度的变动，有人抬着打光板走动，祝温书随着人群退开几步。一扭头，发现先前下车时遇到的男人正跟她并肩站着。

这人长得也太眼熟了。

祝温书觉得自己一定在哪里见过他，却怎么也想不起来。因此，她不由自主地多看了令兴言几眼。

可能是感觉到了她的目光，令兴言转过头来："你东西找到了吗？"

"嗯？"祝温书没想到这个人知道她是来干吗的，愣了一下才说，"还没。"

令兴言点点头："我是令琛的经纪人。"

祝温书摸不清他是单纯地自我介绍还是在暗示她什么，思忖片刻，说道："我站这里会不会影响你们工作？"

"没关系。"令兴言抱着手臂，指尖在臂弯轻轻敲了两下，"你是令琛的高中同学？"

祝温书点头："嗯，对。"

"那你知不知道他高中的时候有没有……"令兴言停滞片刻，仿佛在考虑措辞，"喜欢哪个女生？"

"啊？"这问题来得猝不及防，祝温书脑海里却不由自主地开始回想。

令琛喜欢的女生？

有吗？他有跟哪个女同学走得近吗？

等等——

令琛高中喜欢的女生，不就是令思渊的妈妈吗？

原来连他经纪人都不知道这些往事？

祝温书欲言又止地看了眼令兴言，踌躇着说道："抱歉，我不清楚，我跟他完全不熟。"

令兴言听见这话倒是有些惊讶，挑了挑眉。

打量了祝温书几眼，随后他哈哈笑着说道："第一次遇到令琛的高中同学，我就随便聊聊，你别紧张。"

"嗯……"祝温书点点头，低声道："时间不早了，那我先不打扰你们工作了。"

令兴言："嗯。"

临走前，祝温书寻思着要不要跟令琛打个招呼再走，毕竟是他带她进来的。

转头朝众人视线的聚焦点看去，拍摄刚好中场休息，令琛站在原地没动，垂着眼睛看手机，注意力根本没在围观群众这里。

几个男男女女围在他身边整理衣服发型，看起来也不空闲。

祝温书想，自己这会儿贸然上去跟他说话也挺尴尬的，还是算了。

于是，祝温书转头朝公园大门走去。

踏上回程的小路，祝温书还是低头盯着地面，试图再垂死挣扎一下。

这时，手机突然振动了一下。

c：走了？

祝温书漫不经心地敲字：嗯。

c：找到了？

祝温书：没找到，算了，明天早上七点多就得去学校。

c：看来也不是很重要。

丢了手链本来就很难受了，令琛还在这儿说风凉话，祝温书冷哼一声，木着脸敲字：不重要我会大晚上回来找？

c：那你不好好找手链。

c：反而一动不动地看我拍照？

祝温书："？"

一动不动？

怎么从他嘴里说出来，搞得就像自己多么垂涎他的美貌一样。

祝温书：我是因为只有你那个地方没找了。

c：现在中场休息，回来找？

祝温书想了想拍摄现场的架势。

手链再贵重，也没贵重到要她在一群正在工作的陌生人中间穿梭寻找的地步。还挺尴尬的。

祝温书：要不还是算了吧，刚刚看了一下，你那边应该也没有。

她顺着小路又走了几步。

c：你的手链真的丢在这里了？

祝温书捧着手机，仔细品了一会儿令琛这句话。

怎么看都觉得，他像是在质疑她今天出现在这里的目的。

该不会是觉得她故意找了个借口来看他的吧？

真是明星当久了，看谁都觉得是他粉丝。

祝温书心想多说多错，懒得废话，敷衍敷衍他得了。

祝温书：哎呀，几秒前，我一低头就看见了。

祝温书：终于找到了。

祝温书：谢谢您。

c：？

c：您真棒。

可能是做贼心虚，祝温书总觉得令琛这个"您真棒"有点阴阳怪气……

自从当了代班班主任，祝温书的睡眠质量便一降再降，今晚更甚。

第二天清晨，祝温书顶着憔悴的面容，照常提前到学校，去班里看了一眼学生的情况，随后回到办公室，处理一堆琐事。

刚打开电脑，看着自己空荡荡的手腕，祝温书发了会儿呆。

要不还是再买一条吧。

毕竟这一年逛街的时候也没遇到更喜欢的。

再想到下周就发工资了，祝温书也没什么可犹豫的，立刻拿出手机开始看旗舰店。

十多分钟后，祝温书翻遍了网店，又问了客服，确定那款手链已经下架后，终于心灰意冷地放下了手机。

与此同时，一个小小的脑袋突然伸到她桌旁。

"呀！"祝温书被令思渊吓了一跳，"你怎么过来啦？"

令思渊小心翼翼地把作业本放到桌上："我来交作业。"

"好的。"祝温书心想他多半又是差点迟到，也没多问，只是摸了摸他的脑袋，"要上课了，快回教室吧。"

"好的老师。"

令思渊一走，祝温书就撑着脸颊，蔫蔫儿地看着窗外的阳光，手指转笔，开始自我安慰。

很多人都说粉水晶是招桃花的，既然丢了，那肯定是帮她挡了烂桃花。

嗯，那也挺好。

思及此，祝温书垂下手，顺势拿起令思渊放在一旁的家庭作业。

刚一碰到，她就发觉触感不对。小小的作文本中间有一大片凸起，看起来像夹了什么东西。

"渊渊！"祝温书回头喊住令思渊，"你作业本里有东西？"

正巧这时上课铃打响，令思渊也已经跑到了办公室门口，急匆匆地说道："是我叔……爸爸叫我带给老师的！"

令琛？

祝温书不明所以，盯着作业本看了两眼才掀开。

明亮的秋阳穿过树叶，斑驳地洒在办公桌上。

那条丢失了一个晚上的粉水晶手链夹在令思渊的作文本里，散发着细碎光芒，闪闪发亮。

9

心爱的东西失而复得理应是一件很开心的事情。

可祝温书的心情却很复杂。

她一会儿看看手机，一会儿看看手链，心想自己昨晚干吗急着敷衍他，也不差那点流量跟他多周旋几句。

现在她感觉自己就像个猴子，在令琛面前演了好一出大戏。

要是装死也就罢了。

可人家实实在在帮了个忙，不去道个谢，怎么也说不过去。

唉。

正烦着，祝启森不知什么时候溜达进了办公室，挨个跟那些中年女老师打招呼，把人逗得笑开了花，这才掉头来祝温书这边，吊儿郎当地靠在她办公桌边，问道："我前几天问的事情怎么样了？"

祝温书抬头："什么事？"

"我就知道你忘了！"祝启森弯下腰，挤眉弄眼，"就令琛演唱会门票那事儿，你问你那个追星室友了吗？"

"……"怎么又是令琛。

祝温书撇撇嘴："我问过了，室友说根本买不到。"

"哎哟……"祝启森碎碎念道，"这可棘手了，他演唱会门票这么抢手，我上哪儿去搞？"

看见祝启森愁眉不展的样子，祝温书很想说叫你家音乐老师别痴迷令琛了，没必要给令思渊当网络后妈。

不过想想她还是忍住了。

"要不我送她令琛的黑胶专辑吧。"祝启森突然又说，"雪儿之前提过。"

祝温书心不在焉地说："随便你。"

祝启森在这里磨蹭了好一会儿，直到下课铃声响起才走。

窗外传来孩子们欢快的玩乐声，这是祝温书最喜欢的声音。

但此刻这氛围没把祝温书从纠结的情绪中解救出来，反而让她更加惴惴不安。

是啊，人家令琛这么抢手这么红，还帮你找手链，结果你连道个谢都不好意思，这还怎么为人师表怎么以身作则？！

思及此，祝温书"大义凛然"地给令琛发了条消息。

祝温书：手链收到了，非常感谢！

他一直没回复。

祝温书去上了一堂课，又带着孩子们去做了课间操。

回办公室的路上，终于收到了令琛的回应。

c：嗯。

c：收到就好。

心里的石头总算落地。

看吧，之前果然是她想多了，这算多大个事儿呀，大家都是成年人，他令琛还能故意戳破那层尴尬不成？

祝温书放下手机，心安理得地重新戴上她心爱的手链。

下一秒，手机又振动。

c：不过祝老师，您再仔细看看。

祝温书：？

c：这条和昨天你找到的那条——

c：哪条才是你的手链？

祝温书："……"

如果祝温书好为人师，此刻她真的很想教教令琛说话的艺术，告诉他如何正确地结束聊天。

但显然她没有改变令琛的资格，所以她决定改变自己，直接忽视他说的话，转移话题重点。

祝温书：真的太谢谢您了，不然我都不知道该怎么办了。

祝温书：你都不知道这条手链对我有多重要。

c：那一句谢谢就完了？

祝温书几乎是下意识就发了个红包过去。

不过对方根本就没点开。

c：祝老师，你可以等我过气了再做这种事情。

言下之意，是目前还不缺钱。

祝温书：也对。

祝温书：那我请你吃个饭？

刚发完这句话祝温书就开始后悔。

人家都不缺钱还会缺饭？

她立刻点了"撤回"。

谁知她还没想好重新说点什么，令琛的新消息又来了。

c：祝老师也不用后悔得这么快。

c：请我一顿饭倒也不会很贵。

……怎么还用上激将法了呢？

祝温书觉得这顿饭还非请不可了。

但比起发红包，请令琛吃饭确实更棘手。

档次差了怕他看不上，贵的她又请不起，还得考虑私密性以保证不被人发现。

她打开手机软件，选了很久才看中一家坐落在半山腰的私房菜餐厅，给令琛发过去。

祝温书：这家可以吗？没有堂食全是包厢，应该比较私密。

又等了一会儿。

c：也行吧。

看起来还挺勉强的样子。

祝温书：那你什么时候有空？

祝温书一边打字一边翻课程表：这周末？

c：有事。

祝温书：那下周末？

c：也有事。

祝温书：那下下周末？

c：很忙。

……要不干脆十年后再说吧。

她抿唇，耐着性子问：那您什么时候有空呢？

c：今晚。

收假后的周一总是特别忙，祝温书本来打算放学后留下来批改假期作业。

这么一来，她只能把作业本带回家加班。

想着拎一袋子作业本去餐厅不太方便，放学后，祝温书先回了一趟家。

放下东西后，祝温书看了眼腕表，时间还算充裕，于是坐到了梳妆台前。

说是化妆，但祝温书的装备也就一瓶粉底、一支眉笔和四五支口红。

而她皮肤本就白皙细嫩，几乎没有瑕疵，上了几次粉底后，发现和没上根本没区别，索性就懒得麻烦，任由粉底液在桌边生灰。

今天再打开，她发现液体早已干涸在瓶里。

因此，祝温书最终只涂了一点口红，连眉笔都没用上。

起身后，她低头看见自己今天穿的白衬衫和黑长裤。着实是严肃了一点，像工服似的。

但大费周章搭配衣服也没必要，于是她打开衣柜翻出一条浅蓝色牛仔短裙换上。

收拾好一切，祝温书站在全身镜前打量自己，觉得还不错，活泼又不失端庄。

哎，真好看。

祝温书还想在全身镜前自我欣赏一会儿，手机铃声突然响起。

她忙不迭接起，耳边传来祝启森催促的声音："你好了没？再不来我要被贴条了！"

约定的餐厅在半山腰，交通不方便，祝温书原本打算自己打车过去。

午饭的时候又在食堂碰到祝启森，他想让祝温书顺路陪他一起去选礼物，便主动揽了司机的活儿。

谁知司机没有司机的自觉，这才等了多久就开始催了。

祝温书急匆匆下楼，坐上车时瞪了他一眼："你敢这么催你家音乐老师吗？"

"那能一样吗？"祝启森说，"人家是——"

话没说完，祝启森倒车的时候转头看见祝温书，神色突然变得有点揶揄："哎哟，不是跟高中同学吃饭吗？看来这位同学不一般啊。"

"至于吗？我连眉毛都没画。"祝温书打开遮阳板，对着上面的小镜子观察自己的妆容，"我看着跟平时没什么差别呀。"

祝启森笑得贼兮兮的："主要你平时不怎么化妆，今天突然来这么一出，穿白衬衫小裙子，还绑个高马尾，就特别那啥……"

祝温书："哪啥？"

"就……"祝启森摸了摸自己的下巴，"我突然就想起了我高中的初恋。"

祝温书点点头："那你高中的初恋还挺好看。"

"……"

祝启森的目的地很明确，先去金店买礼物。有祝温书在，他没费什么时间，只管付钱就好。

随后就是送祝温书去餐厅赴约。

途经江城音乐厅时，他看见旁边开着的大型影音店，略一思忖，便一脚油门踩了下去。

"喂！"祝温书见状连忙说，"我跟朋友约的晚上七点！"

"你放心，来得及。"祝启森丝毫没有松油门的意思，"反正正好路过，干脆顺便买了吧。"

方向盘不在自己手里，由不得祝温书拒绝。

不知今晚哪位音乐家要在这里举办演奏会，影音店的人挺多。祝启森直奔流行音乐区，拿了一张《小蚕同学》的黑胶唱片，随后便去收银处排队。

祝温书原本在门口等着，见排队的人不少，想进去催祝启森。

一进门，却看见眼前的展示台正中央摆着令琛的《小蚕同学》。

这张专辑出了这么多年还能被影音店主推，可见销量确实很好。

展台下方，有影音店自己配的宣传语。

"每个男生心里都藏着一个小蚕同学。"

祝温书轻笑，这搞得还挺文艺。

玻璃窗外夕阳斜斜移动，笼罩在祝温书身上。

她拿起专辑，昏黄的光柱给 CD 和她都蒙上了一层朦胧的旧时光质感。

封面上，阳光充沛的林荫小路生机盎然，一群学生朝着前方走去，镜头虚焦。

中间一个白衬衫蓝短裙的女孩，抱着书，顺着人群奔跑，马尾在风里飘扬。

整个画面，只有她一人的背影清晰真切。

祝温书不追星，购物也非常理智。但此刻，她却有一股冲动消费的欲望。

正好祝启森已经排到展台附近了，祝温书便顺手把 CD 塞给他："帮我也买一张，等下转账给你。"

"你居然也买。"

祝启森只是随口一说，并没有多问的意思："不过你要不要买他这个黑胶的？雪儿说音质会更好。"

"黑胶？"祝温书拿起来翻看，装帧好像是比普通 CD 高档许多，"这个多少钱？"

祝启森："七百五。"

"算了。"祝温书立刻放下黑胶唱片，拿回普通 CD，"没必要为他花这么多钱。"

10

祝启森的车停在餐厅外的木栅栏口前时，正好六点五十八分。

祝启森探头观察四周，说道："嘿，你这地方选得还挺高雅，在这种地方干饭真的会有胃口吗？"

"你就当我是来吃斋饭的。"

祝温书觉得时间很赶，懒得跟他废话，急急忙忙下车，朝餐厅走去。

中式装潢的餐厅灯光不甚明亮，一扇五米长的屏风遮住了大半窗户，更显得室内幽静。

祝温书跟着大堂经理朝订好的包厢走去，穿过人工溪流小桥时，掏出手机看了一眼。

马上就七点了，令琛还没发过消息，不知道他到了没。

思及此，她边走边敲了几个字。

祝温书：你到了吗？

c：还没出门。

祝温书：？

她脚步顿了顿。

这人这么没时间观念的吗？

祝温书：我们约定的是七点吗？

c：是。

祝温书：那请问您那边现在几点？

这条消息刚发出去，大堂经理脚步忽停，一抬手便推开了面前的包厢门。

祝温书余光一瞥，看见一身黑衣的令琛懒散地窝在椅子里玩手机，鸭舌帽压得很低，口罩戴得严严实实，只露出一双眼睛。

然而一双长腿没地方搁，没个正形地蹬在一旁桌腿上，自在得像在自己的快乐老家。

要不是这个姿势，祝温书还真不一定能认出他。

大堂经理开门的动静并不算小，令琛却跟没听见似的，头也没抬一下。

直到祝温书站在门边轻咳一声，令琛似是顿了一瞬，才慢吞吞地抬起眼，视线离开手机，漫不经心地往上移——

掠过祝温书身上时，他的目光有一瞬间的停滞。

夕阳似碎金，和着尘埃浮动。他眉眼深邃，漆黑的眼眸紧紧盯着祝温书，生生打碎这一室静谧，像湍急的漩涡，瞬息间将人卷进去。

在他的目光注视下，祝温书垂眸想了想，很不好意思地说："抱歉啊，来得有点晚。我其实挺早就出门了，只是中途去买了样东西，没想到店里人很多，排队花了点时间。"

虽然她不算迟到，但是请客的居然比客人晚到，确实有点说不过去。

可是在她说完后，令琛没有对她的解释做出什么反应，只是垂下眼睫，随手翻开桌上的菜单。

祝温书感觉他此时的沉默应该也算一种表态。

也是。据她对娱乐圈的粗浅了解，这些大明星都是动不动让人等几个小时的，哪儿有让他们等人的道理。

趁着令琛看菜单的时候，祝温书环顾四周，最后把目光落在他面前那壶只剩一半的柠檬水上。

她想到什么，心头突跳一下，问道："你等很久了吗？"

令琛目光停顿片刻，随即抬手，在她的注视下拿起水壶给自己又倒上一杯，慢悠悠地抬眼与她对视，眼里露出一丝笑意："是啊，等您一个多小时了。"

也许是他的语气太坦然，反而让祝温书听出了几分反话的意味。

我很闲吗？

你在问什么废话？

祝温书心里嘀咕几句，自个儿拉开了椅子。

同时，大堂经理默不作声地退出了包厢，令琛这才摘下帽子和口罩。

"买什么去了？"准备落座的时候，令琛突然开口。

祝温书还没回过神来，半张着嘴不知道怎么解释。

与此同时，她的衣服被椅子扶手挂了一下。

明显的拉扯感使她扭头转身去拉，手一抬，拎着的包从她小臂滑落。

还好她眼疾手快，在包落地之前抓住了上面的丝巾。

然而紧接着，"啪嗒"一声，一张还没拆塑封的 CD 掉落出来，"小蚕同学"四个大字明晃晃地亮在眼前。

祝温书想都没想就飞快地蹲身去捡。

可她手指刚刚触碰到 CD，就感觉一道阴影落在自己身上。

一抬头，对上了令琛的脸。

他的视线落在 CD 上，片刻后，一寸寸上移。

再看向祝温书时，脸上已经摆出了"原来是排队买这个，OK，我原谅你今天让我等你"的了然表情。

"那是该排这么久。"他说道，嘴角还有藏不住的笑意。

祝温书："……"

她维持着半蹲的姿势想了很久，实在想不到该说些什么，于是僵硬地捡起 CD，干笑着说道："挺喜欢这张专辑的，花点钱支持支持老同学的事业。"

"是吗？"令琛放下菜单，勾着唇角，"那你最喜欢哪首歌？"

"……"祝温书眨眨眼，脱口而出，"《小蚕同学》。"

缓慢流转的日光晃过令琛的脸，显得他眼神隐晦不明，只有嘴角的弧度在不经意间消逝。

好一会儿，他才轻声开口："嗯，我也最喜欢。"

祝温书干笑两声："看出来了，都是主打歌了。"

谁知令琛也不看菜单了，俯身靠着桌子，斜撑着右腮，歪头看着祝温书追问道："还有呢？"

怎么还突击检查？

祝温书迅速垂眸，扫了一眼专辑的目录。

一共十二首歌，第一首是《小蚕同学》，后面也全是中文歌，倒是最后一首的英文名比较显眼。

——《All your wishes come true》。

祝温书心里默念着这句话，它像一个细小的钩子，钩出了祝温书脑海里关于令琛那为数不多的一丝回忆。

那年盛夏蝉鸣，最后一堂数学课结束，属于他们的高中时光即将画上一个句号。

当时的英语老师是一个很有心的年轻女孩，她亲自给每一个学生写了祝福语，让祝温书分发给同学。

兴奋激动的同学们在教室和走廊跑动拍照，祝温书花了好长时间才把卡片一一分发到位。

一转头，却看见角落里还有个男生趴在课桌上睡觉。

烈日炎炎，他盖着校服遮阳，消瘦的身体和四周融为一体，不仔细看很难发现这里还有一个人。

他总是这样的姿势，这样的场景，导致常常被人遗忘。

祝温书停住脚步，反复确认自己手里，确实一张卡片都没剩了。

也不知道是自己刚刚弄丢了，还是英语老师原本就忽视了他。

想到平时就没什么存在感的令琛，祝温书心头微酸。如果他醒来发现全班同学都有祝福，就他没有，应该会很失落吧。

就在这时，校服下的少年动了一下，看样子是要醒了。

祝温书一慌，连忙从身旁的课桌上抓来一支笔和一张便利贴。

千钧一发之际，祝温书想不到什么完美的祝福语，只能从脑海里随便抓一句才背过的英语短句，随手写了上去，连字迹都没来得及模仿英语老师的。

"All your wishes come true."

落笔有些潦草，祝温书忐忑地捏着便利贴上前，在令琛抬头时，递了上去："令琛，给。"

睡眼惺忪的少年反应好像慢了半拍，趴在课桌上，盯着她的眼睛看了好一会儿，才如梦初醒一般移开视线，缓缓坐直。

他低下头，接过那张便利贴，盯着上面的字看了很久，不知是不是发现了什么。

祝温书紧张地咳了两声。

待令琛抬头，她露出一个干巴巴的笑，想着说点什么来转移他的注意力："那什么……要毕业了……"

接下来要说什么？

面对一个几乎可以说是陌生的同班同学，祝温书憋了半天，才想出一句客套话："祝你前程似锦，以后常联系呀。"

令琛没说话，就这么仰头看着她。

祝温书站在他的眼神里，感觉他在看她，可那双蒙蒙眬眬的眼睛，又像透过她在看遥远的未来。

"谢谢。"

旋即，他随手将便利贴塞进校服口袋里，又趴进了校服堆里，只留给祝温书一个后脑勺。

"太喜欢了吗？"令琛的声音在褪色的回忆里冷不丁地响起，"选不出来？"

祝温书恍然回神，看着眼前这个语气和表情都有点欠的男人，很难接受这居然是她回忆里那个沉默寡言的少年。

但她没想到，令琛还挺感性的。

如果他知道这句话并不是英语老师给他的祝福，而是她偷梁换柱的，不知道会不会很无语。

"倒也不是。"祝温书指着那首《*All your wishes come true*》说，"这首歌我也挺喜欢的。"

令琛偏着头看着她，正要开口说话，祝温书连忙指指他手里的菜单："快点菜吧，有点饿了。"

要是他让她展开讲讲怎么喜欢，她什么都说不出来，那岂不是大家都很尴尬。

没必要没必要。

好在令琛没再多说什么，只是低头轻哼一声，重新翻开了菜单："想吃什么？"

祝温书："我都行，不挑。"

令琛抬头看了她一眼。

祝温书不明所以，挑挑眉梢，意思是"怎么了？"。

令琛却没再说什么，翻了两页菜单，说道："香菜牛肉怎么样？"

祝温书一听，嘴角的笑有点僵，但还是说："可以。"

没关系，把香菜挑出来就是了。

令琛又翻一页："剁椒鱼头吃吗？"

祝温书桌子下的手攥紧了桌布，脸上却憋出一个笑："……好呀。"

大不了回家吃点肠胃药，辣不死人的。

令琛潦草翻过几页，似乎是没看到什么想吃的，又翻回菜单第一页看了两眼，随后慢慢歪头，用手撑着太阳穴，斜眼看向祝温书，嘴角带着若有似无的笑："再来一个腰果鸡丁？"

祝温书："？"

到底怎么回事，这人是在她进食雷点上精准蹦迪？

她一共就三个忌口，令琛居然全都"中奖"。

"……你想吃就点吧，我都可以的。"祝温书坚强地笑，"主随客便。"

"祝老师果然为人师表，一点都不挑食。"

令琛忽然轻笑，利落地合上菜单，往前一推："但我突然不是很想吃了，还是你来点吧。"

祝温书："？"

如果面前的是其他人，祝温书一定投稿到迷惑行为去了。

但眼前的是令琛。

上网冲浪的人谁不知道现在的大明星都被惯得刁钻古怪，最会耍大牌，就喜欢折磨人。

所以令琛此时的行为也不难理解了。

她没再多看令琛一眼，翻了会儿菜单，按下服务铃，待服务员一进来便一口气点了五个菜。

"黑椒牛肉、三鲜鱼头和宫保鸡丁，再来一份素炒时蔬和菌汤，谢谢。"

服务员拿着菜单出去后，包厢内又变得空荡荡。

祝温书和令琛面对面坐着，一时无言。

不知道说什么，玩手机又不礼貌，那就只好——

祝温书慢吞吞地移动视线，看向令琛，想找点话题。

没想到，令琛恰好也抬眼看过来。

两道目光猝不及防在灯下交汇时，窗外蛰伏的虫鸣鸟叫忽然四起。

祝温书心头莫名一颤，目光却不受控制地停滞了两秒。

直到她看见令琛的眼神微动，总感觉对面的他下一秒就会说出"你再看就要付费了"的话，于是祝温书打算先发制人。

然而在她开口的前一刻，桌上不知谁的手机突然振动。

"嗡嗡"声骤然划破此时的静谧，令琛蓦地移开视线，落到手机上，随后伸手滑动屏幕。

祝温书还有点莫名其妙地迷糊，低下头，发现有消息的好像是自己的手机。

祝启森：我没救了。

祝启森：我可真是个蠢货啊！

祝温书：？

祝启森：我刚刚去找雪儿，眼巴巴地想送黑胶 CD 给她，结果人家早就买了八张在家里放着。

祝启森：当我送了第九张给她的时候，我觉得她看我的眼神像个傻子。

祝温书：祝老师有以下六点要说。

祝温书：……

祝启森：我也很无语，我觉得我这辈子是追不到雪儿了。

祝启森：以后烧香拜佛联系我，我去寺庙撞钟了。

盯着手机看了一会儿，祝温书又抬头看了一眼坐在自己对面的男人。

踌躇片刻后，她偷偷摸摸地敲击键盘。

祝温书：你家音乐老师，真的很喜欢令琛吗？

祝启森：大概就是如果令琛和我同时掉进水里她会踩着我的尸体去救令琛的程度吧。

祝温书：。

放下手机，祝温书抿抿唇，踌躇许久才开口："那个……你的那个……"

令琛："什么？"

"就是你的演……"

在祝温书艰难构思措辞的时候，服务员突然推门而入，上了两道菜。

等她布好菜走动时，令琛擦着筷子，问道："你刚刚问什么？"

祝温书摇头："没什么……"

等服务员出去后，祝温书才又支支吾吾地开口："其实我想问……你的演唱会门票……"

"直说吧。"令琛的筷子停在半空中，"你想买？"

灯光明晃晃地照在他脸上，上扬的眼尾分明该是很勾人的，祝温书却只觉得很欠。

算了。

正在还一个人情，总不好又欠一个。

"没这个打算。"祝温书泄了气，埋头夹菜，"买 CD 已经是我最大的慷慨，平时都是白嫖你的。"

令琛沉默片刻，吐出两个字："……'嫖'我？"

这回换祝温书的筷子停在半空中："……"

令琛："祝老师为人师表，居然有这爱好？"

祝温书："……抱歉，以后一定为您花钱。"

令琛转动手指，勺子轻搅碗里的汤，笑了笑："那……谢谢您花钱'嫖'我？"

祝温书平静地低下头，夹菜张嘴咀嚼，动作一气呵成。

就是不再说一个字。

第二天清晨。

祝温书坐在办公室里，看着桌上新收上来的两摞家庭作业，沉沉地叹了口气。

昨天她回到家已经快九点了，正思忖着加个班批改一下国庆作业，谁知一个家长突然给她打电话，忧心忡忡地聊了快两个小时的学习问题。

挂完电话后她看这么晚了，心想稍微偷偷懒明天再去批改作业也没什么吧。

而现在，她只想穿越回前一天给自己一拳。

洗什么澡，睡什么觉，班主任就不配睡觉。

她认命地掏出笔，把遗留的假期作业摆在昨天的家庭作业旁边。

"点兵点将点到谁就先批改谁。"十二个字念完，红笔刚好指向昨天的家庭作业。

祝温书又轻叹一口气，翻开最上面的作业本。

好在昨天的家庭作业是生字抄写，批改起来不费什么脑子，"唰唰唰"就干掉了一大半。

清早是办公室最热闹的时候，身旁的过道人来人往，叽叽喳喳的聊天声吵个不停。

祝温书置若罔闻，一本接一本地批改。

直到她翻开令思渊的作业本，目光突然凝注，手中的红笔也停滞在半空。

"小祝，吃早饭没有呀？"王老师的声音忽然在她身后响起。

"啊？"祝温书连忙合上作业本，慌张地转过身，"吃了吃了。"

"噢，好的吧。"

等王老师坐回自己的椅子上后，祝温书才缓缓转过身，重新翻开令思渊的作业本。

在小小的田字格本子中，夹着两张令琛的演唱会门票。

上面贴着一张便利贴，龙飞凤舞地写了两行字：

"鲜花和荧光棒自费。
来听我的演唱会。"

第 三 章

你喜欢喝橘子汽水吗

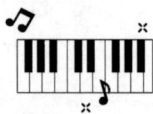

11

梧桐叶落，日丽风清。

整个办公室飘荡着金桂的清香。

祝温书已经在办公桌前发了十几分钟呆。

呆呆秋阳下，她托腮看着窗外晃动的金桂树，满脸写着纠结。

令琛卖老同学面子，给了她两张门票，她总不能告诉人家，其实我没打算去听你的演唱会，所以我打算把票送人。

那多少有点蹬鼻子上脸了。

可若是自留一张，难不成要她跟祝启森家的音乐老师结伴前往？

那也太奇怪了吧，她跟那个雪儿连面都没见过。

至于和祝启森一起去的这个选项，祝温书更是完全没考虑过。

思来想去半晌，祝温书把目光移到手机微信上。

反正现在她在令琛眼里已经是个觍着脸蹭门票的白嫖怪了。

再恬不知耻一点……好像也没差多少？

自己给自己找好台阶后，祝温书一溜烟儿爬了下去。

祝温书：谢谢你送的门票，太荣幸了。

后面还跟着一个"龇牙"的表情包。

发完这条消息，她等了好久，对面没半点儿动静。

直到她把两个班的家庭作业批改完了，令琛终于回了一个字。

c：嗯。

这怎么聊下去？

优秀的青年语文教师陷入词穷。

好一会儿过去，祝温书才憋出一句"直球"。

祝温书：你那儿还有多的票吗？

c：多？

好像伤到大明星自尊了。

祝温书"咝"了一声，连忙撤回上一句。

祝温书：我的意思是，我还有个朋友也特别特别喜欢你。

祝温书：为你痴为你累，为你受尽所有罪，只求当面为你醉。

祝温书：所以……

几分钟后，令琛发了一条语音过来。

祝温书环顾四周，为了稳妥起见，她掏出耳机戴上才点开语音。

"那我再给你七八张怎么样？"

七八……张？

祝温书差点没拿稳手机。

按照令琛的演唱会门票市场价，七八张票不得掏空她？

她不可置信，再次点开语音听了一遍，确定他说的是七八张没错。

祝温书：你是门票卖不出去了吗？

c：……

c：祝温书。

c：你再得寸进尺试试？

祝温书：噢！

c：一张。

c：多的没有。

祝温书：好嘞！

没想到令琛这么好说话，轻而易举就解决了这个难题，祝温书发自内心地敲了一行字：我一定抱一束大大大鲜花来，祝您永远大红大紫！

c：谢谢。

c：希望祝老师的祝福会实现。

刚放下手机，有人从背后拍了拍祝温书："祝老师，听什么呢笑这么开心？"

"啊？"

祝温书回头，见王老师正八卦地看着她，这才想起自己还戴着耳机。

"没，我听相声呢。"

祝温书摘下耳机，顺手摸了摸自己的脸颊——有在笑吗？

"对了，我刚刚跟你说话你没听见。"王老师说，"有多的红笔吗？我的红笔找不到了，回头买了还你。"

"有的有的。"祝温书连忙把手边的红笔递给前辈，"一支笔还什么还，您用着就行。"

从抽屉里翻出另一支红笔，祝温书继续批改昨天的家庭作业。

结束后，她又开始批改之前遗留的国庆假期作业。

打开第一个学生的作文，祝温书的目光在封面上停顿片刻，突然埋头翻起作业堆。

令思渊的作业本向来很好找，只需挑出那几本最破烂最脏的，其中指定有他的。

果不其然，当祝温书看见封面上歪歪扭扭的"令思渊"三个大字后，深吸一口气，翻开第一页，《国庆秋游》。

"国庆假期到了，爸爸带我出去玩。"

看到这行字，祝温书眉心跳了一下，心里五味杂陈。

她既希望令琛能抽出时间陪伴令思渊，又担心真带他出去玩，会被路人拍到。到时候腥风血雨，也不知要怎么收场。

还好看到下一句，她打消了这个顾虑。

"我们去了乡下表爷爷的果园，那里有苹果树、柿子树和橘子树。"

自家亲戚的果园啊，那应该不会有什么人。

"橘子黄灿灿的，柿子小小的，苹果又大又圆，我很想吃，爸爸就爬树摘了两个苹果，我们坐在路边大口大口啃了起来。"

令琛……爬树？坐在路边啃苹果？

"后来看门狗发现了我们，爸爸就把我抱起来跑，我很重，我爸爸屁股很大，他跑起来喘得比那只狗狗还要厉害。"

祝温书：……屁股很大吗？

"太阳伯伯下山了，爸爸就牵着我蹦蹦蹦跳跳地回家了。那天晚上爸爸累得直不起腰，还说第二天要去医院看病。"

祝温书脑海里浮现出令琛蹦蹦跳跳的样子，实在忍不住了。

"祝老师，你怎么又笑上了？"

王老师去饮水机前泡了杯茶回来，看见祝温书趴在桌上笑得肩膀都在抖，十分不解："啥相声这么好笑？"

"不是相声。"祝温书抬头，擦了擦自己眼角，指着作业本说，"我是在笑学生的作文。"

当了三十几年语文教师，王老师飞速扫了一眼，没明白笑点在哪里。

"这不挺普通的作文吗？哪里好笑了？"

"就……"祝温书不知道该怎么跟王老师解释，"有点好笑吧。"

王老师摆摆头，带着"不理解你们年轻人笑点"的疑惑表情回到了自己的座位。

祝温书收了笑，拿起笔认认真真地写了一句批语。

"很有趣，也祝你爸爸早日康复。"

不知是不是令思渊这篇游记后劲太大，祝温书一整天的心情都很好，有时候忽然回想起来，还忍不住笑一下。

下午放学后，她在接送处挨个把学生交到家长手里后，转头朝公交站走去，正巧看到了骑单车下班的祝启森。

"祝启森！"眼看着他要过马路了，祝温书连忙叫住他。

"干吗？"祝启森从单车上跳下来，单脚支在地面上，"我急着去找雪儿，你有事快说。"

恋爱脑。

祝温书走到他面前，冷脸掏出两张门票："拿去。"

"这什么东……我去！"

看清门票上的字，祝启森愣住片刻，随后举到头顶透过光反复翻看，跟验钞似的。

"你上哪儿搞来的？！"

"我室友。"祝温书低头抠手指，装作漫不经心地说，"她说她在追星群捡漏的。"

四肢发达的祝启森并没有多想，兴奋地从单车上跳下来握住祝温书的双手："您就是我的再生父母，下辈子我报答你。"

"放开我放开我，拉拉扯扯的哪里像老师的样子！"

祝温书用力抽出手，不想跟祝启森磨叨："没什么事我回家了。"

"等会儿！"祝启森掏出手机，急匆匆地说，"多少钱啊？我转给你啊。"

祝温书一愣。

要是祝启森不说，她还真忘了这茬——

她骗祝启森这票是室友帮忙买的，那他肯定会付钱。

"要不……算了吧。"

"那怎么行？"祝启森拍拍祝温书肩膀，"亲兄弟明算账，我不可能白拿你的，而且这也不便宜，我自己追女孩儿怎么能让你买单，以后还怎么好意思找你帮忙？"

祝温书垂下眼，朝他手里的门票看去。

"就、就原价，一千两百八十元一张。"

"原价？！没抬价？！"这下祝启森的眼睛比刚刚拿到票那会儿瞪得还大，"出这票的人是慈善家吗？"

"……你就当作是吧。"

"你确定这票不是假的吧？"

"……"她别开脸，皱眉道，"保真，绝对保真。"

"行。"

几秒后，祝温书微信里收到两千五百六十元的转账金额。

回家的路上，她心里想着这笔钱，总觉得哪里不对。

她一开始只想帮祝启森个忙，收到了令琛的票也在意料之外。

又不好在这个时候告诉祝启森，这票是令琛送的。

且不说祝启森信不信，她光是想到身边的人知道她和令琛的关系都来问东问西就觉得头大。

但这会儿祝启森给了她一笔钱，她总感觉自己像利用令琛赚钱的二道贩子。

况且令琛还是看着老同学的情面送她的票，这笔钱她拿着实在烫手，良心不安。

作为一个人民教师，祝温书觉得自己必须问心无愧。于是她没多想，边走边把这笔钱转给了令琛。

巧的是令琛这会儿大概正在看手机，回复得很快。

c：？

c：什么钱？

祝温书：我想了想，还是不能白拿你的票。

祝温书：这是今天两张票的钱。

c：没必要。

祝温书：有必要有必要！

祝温书：我是你家小孩的老师，白拿你的东西不合适。

发完这句，祝温书越发觉得自己做得对。

小心驶得万年船，万一哪天让人知道了还以为她收学生家长的礼呢。

c：那你不是我小孩的老师就能收？

祝温书：也不是这个意思……

祝温书：你的票多难买我还是知道的，这要白拿了你的票，我不是又得请你吃饭了吗？

过了很久。

祝温书到站下车，穿过熙熙攘攘的步行街，买了几个橘子，沾染了一身烟火气。

回到家里，应霏刚取到外卖。

香喷喷的麻辣烫再次勾起了祝温书的食欲，两个女孩打开电视，在综艺节目的欢声笑语中大快朵颐。

当祝温书的卧室灯光亮起那一刻，令琛的微信框终于有了动静。

祝温书打开手机。

令琛收下了那笔钱，却没再回复一个字。

12

第二天清晨，祝温书在校门口又遇到了祝启森，隔着大老远就看见他那一口大白牙。

"哟！这不是我的恩人嘛！"祝启森拎着一袋豆浆乐颠颠地朝她跑来，"你今天也太漂亮了吧，在这小学教书真是太委屈你了，你就该去好莱坞让全世界都见证你的美貌。"

"差不多得了。"祝温书离这人半米远，生怕他的傻气传染自己，"实在没事干就去把操场边上的草拔了。"

"我怎么会没事干呢，我出生就是为了给祝老师当牛做马的。"祝启森把豆浆拿到祝温书面前，"吃早饭了没？"

"吃了。"祝温书挥开他的豆浆，"有话快说，我还要去教室盯学生。"

"嘿嘿，也不是什么大事，就是昨天雪儿收到演唱会门票特别开心，想加一加你室友那个追星群。"

"……"祝温书眉心跳了跳，面不改色地说，"我室友那个追星群特别严，而且人已经满了，加不进去的。"

"噢……这样啊……"

祝启森立刻插上吸管开始自个儿喝豆浆："也没事，能去听令琛的演唱会她已经很开心了。"

说起这个，祝温书想到了什么，扭头道："对了，到时候演唱会我也去。"

"？"祝启森叼着吸管，脸上写着加粗加重的"拒绝"两个字，"你实在没事干就去把操场边上的草拔了吧。"

"你这人真是过河拆桥啊。"祝温书气笑，"我还有一张票，你管得着我？"

祝启森："你又不喜欢令琛没事凑什么热闹，把票转卖了赚点钱不好吗？"

"这不是喜不喜欢的问题。"

剩下的话，祝温书没说出来。

那还不是为了圆个场。

而且，去听高中同学的演唱会，这机会也不是谁都有的。

仔细想想，还有点与有荣焉的意味。

思及此，祝温书一路脚步轻快地走向办公室，看见桌上摆放整齐的两堆作业本，连包都没放下就俯身开始翻作业本，找令思渊的。她满怀期待地翻开——

没有？

她又往前往后翻了几页，甚至拎起作业本抖了抖，只抖落出一根吃剩的辣条。

这是忘了还是弄丢了？

祝温书放心不下，往教室走去。

离早读课还有几分钟，学生们都在教室里吵闹，见班主任进来，整个空间像按了暂停键一样，一颗颗小脑袋伸着，眼巴巴地看着祝温书。

像置身于向日葵田里，祝温书轻咳一声，朝令思渊招招手，沉声道："渊渊，你过来一下。"

令思渊不明就里，挠着后脑勺一步一步走出来。

"老师，怎么啦？"

祝温书弯下腰，笑得眉眼弯弯："你爸爸今天有没有让你给老师带什么东西呀？"

"啊？"

令思渊像一个摸不着头脑的小和尚，继续挠着自己圆溜溜的小脑袋，半天才支支吾吾地开口："没、没有呀。"

"噢……没事了，你回教室吧，乖乖听讲哦。"

不是弄丢了就好。

祝温书想，没让令思渊送来也正常。

令琛那么忙，不一定记得这件事。而且就算记得，也不一定有空交代。

到了周五，祝温书还是没收到这张门票。

晚上，她洗完澡躺在床上，琢磨半晌，还是决定给令琛发个消息。

祝温书：令琛同学，晚上好呀。

祝温书：我这几天在渊渊的作业本里都没有发现门票，你是不是忙忘了呀？

同时，她把门票钱转给令琛。

可这三条消息就像石沉大海，祝温书等了很久，意识迷迷糊糊介于半睡半醒之间，令琛好像是回她消息了。

拿起手机，却没看到回复。

算了，还是先睡觉吧。

正想关掉屏幕，令琛的名称突然变成了"对方正在输入"。

祝温书又强撑着眼皮，等着他的消息。

反反复复几次后，输入状态消失。

——令琛收下了那笔钱。

c：我家小孩又不是送快递的。

祝温书：那……

c：自己来拿。

祝温书那句"要不叫个闪送寄过来吧"被生生扼杀在键盘里。

行吧。

祝温书：好的，你什么时候有空呢？

令琛发了一个地址过来。

c：明天晚上七点。

祝温书：遵命。

秋夜的凉意来得悄无声息，几点稀星忽明忽暗。

这一晚，祝温书睡得格外舒适。

一觉醒来，天光已大亮。

难得清闲，她慢悠悠地起床，趁着天气好，打开音响放着《小学语文古诗词新唱》，做了个大扫除，还把床单被套全拆下来洗了。

琐事做起来就没完没了，等祝温书把夏天的衣服也全都整理出来放进收纳箱后，一个上午便已过去。

在家待到下午六点，祝温书终于换下睡衣准备出门，却正好碰见应霏拿了外卖进来。

"吃一口不？"应霏问。

闻着小火锅的香味，祝温书努力地忍住冲动，害怕去迟了大明星不高兴。

"我刚吃完，吃不下了。"

"好吧。"

应霏打开外卖，发现里面赠送了两瓶可乐，又问："喝不喝可乐？"

祝温书正在门口换鞋，朝她摆摆手："早就不爱喝碳酸饮料了。"

令琛给的地址有点远，在郊区某处新开发的产业园，地铁无法直达。

加之这个时间点通常会有点堵车，祝温书不敢多耽误。

晚霞在天边翻涌，出租车开得平稳，祝温书在夕阳里昏昏欲睡。

也不知过了多久，接二连三的鸣笛声把祝温书吵醒。

她一睁眼，不可置信地看着风挡玻璃前的景象。

"这是怎么了？怎么堵成这样？"

"不知道啊。"

司机也随大溜按了几下喇叭，见前方车流丝毫不动，这才拿起手机。

他的微信群里已经有别的司机在讨论这件事，消息刷了上百条。

"哦，前面出车祸了。"他扭头对祝温书说，"应该还好，等会儿就通了。"

祝温书"嗯"了一声，没再说什么。

还好她今天根据导航预计的时间提前出发了。

十五分钟过去，祝温书见车流依然纹丝不动，开始按捺不住。

"师傅，你估计这大概多久能通啊？"

"我哪儿知道啊！"司机早已挂了P挡，手臂搭在窗外，烦躁地说，"听说有人受伤，要等救护车，这会儿连救护车都没能进来。"

眼见着已经六点四十分，祝温书想了想，还是先给令琛发个消息。

祝温书：抱歉，我这边有点状况，可能赶不及了。

祝温书：你忙你的。

祝温书：不必等我。

几分钟后。

c：哦。

这一个"哦"字，突然就把祝温书心里的焦急放大了十倍。

她打开窗任由冷风吹进来，正在想怎么办的时候，手机又振动了几下。

她连忙打开微信，却发现是同事在没有领导的小群里发八卦。

林秋媛：哇，你们看。

林秋媛发了一张图片。

林秋媛：有杂志官微公开掉叶邵星迟到欸。

张思思：啧，人家杂志大牌，没想到他更大牌。

林秋媛：主要是这叶邵星不是一直经营敬业人设吗？

贺月琴：啊对对对，据说人家高烧40℃还坚持拍戏。

林秋媛：不过他们不怕被叶邵星的粉丝骂吗？

张思思：人家靠他叶邵星吃饭吗？谁还没点儿脾气了，我遇到迟到的人都要摆脸色，更别说人家大牌杂志了。

贺月琴：别说了，上次我们班家长会有七个家长迟到，要不是怕被投诉，我真想让他们就在门口站着别进来得了。

在热闹的八卦中，祝温书发的消息显得十分格格不入。

祝温书发了一个"裂开"的表情。

张思思：？

林秋媛：你怎么啦？

祝温书：没事……

这么干等下去也不是办法，祝温书打开手机地图，准备看看附近最近的地铁站在哪里。

刚输入几个字，突然又想起，自己现在堵在高架桥上。

在这下车，可能还没坐上地铁，就先坐上警车了。

算了，等着吧。

夜色在车水马龙中降临，车尾灯缀成一片星光。

而在令琛的工作地点，夜晚与白天的区别并不大。

一个辫子头男生推开琴房的门，转着脑袋四处张望一番，才看见穿着一身黑衣的令琛。

"那我们就先回了啊。"

令琛不作声，只是点点头。

在辫子头身后还跟着一群奇装异服的男女，脸上都浮现着睡眠不足的疲惫。

"七点半了，你昨晚就没睡。"一个短发女生说，"早点回啊。"

"嗯。"令琛坐在钢琴前，看了一眼墙上的钟表，随后垂头，手指滑过琴键，"我再等等。"

"OK，那你也别留太晚。"

这群搞音乐的都不太养生，日夜颠倒是常见的事情。除了日常的合作，令琛总会在结束后留出独自沉浸的时间。

他们没多想，拎着背着各自的乐器有说有笑地离开。

门关上的那一瞬间，光源和人声皆被隔断，琴房内只有窗外微弱的月光透进来。

偌大的房间沉在夜色里，许久，才有一道屏幕灯光亮起。

令琛打开手机，和祝温书的对话还停留在她那句"不必等我"上。

再往上滑，除了一些收款记录，最长的一句话是她说的"你的票多难买我还是知道的，这要白拿了你的票，我不是又得请你吃饭了吗？"。

他静静地垂着眼睫，听着秒针走动的声音。

不一会儿，屏幕的灯光暗下，手机被丢到琴架旁，空荡荡的琴房里响起低缓的旋律。

早在十分钟前，出租车穿过一片冷清得连鸟影都没有的待开发地段后，已经抵达目的地。

但这个园区并不对外开放，祝温书只能在大门口下车。

导航显示，入口距离令琛的定位还有七八百米的距离。车既然不能开进来，祝温书只得步行。

在保安亭登记了身份证后，祝温书心想已经迟到太久，于是一路小跑过去。

秋夜虽然凉爽，但经不住这样的折腾。

十多分钟后，祝温书终于快抵达导航上显示的终点时，额头上已经起了一层薄汗。

一栋栋小楼排布杂乱，路灯又稀少，看不清楼身上标注的号码。

不确定具体是哪一栋，祝温书抬头张望四周，想找个路人问问。

可这个地方，连只鸟影都没有，更何况行人。

正愁着，不远处传来纷杂的脚步声。

一行奇装异服的人正朝外走来。

祝温书思忖片刻，上前问道："您好，请问一下 034 号楼怎么走？"

听到祝温书的话，一行人忽然噤声。

特别是为首那个辫子头男人，带着戒备的目光扫视祝温书一眼，说道："抱歉，我不清楚。"

"好吧，谢谢。"祝温书叹了口气，继续看着导航往前走。

那一行人没有动，等祝温书错身离开后，纷纷回头看她的背影。

"谁啊？"

"她怎么知道这个地方？"

"私生粉？"

"看着不像啊。"

几分钟后，祝温书终于找到了标着"034"的目的地。

这栋楼不同于相邻的小型办公楼，挂着显眼的名字。

它既没有名字，也没什么外部装饰，结构极其现代化，却带着几分萧索气息。

只有二楼亮着的灯光昭示着这里并没有废弃。

走到门前，祝温书推了推，发现是锁着的。

她正想给令琛发个语音，低头的瞬间，有道女声在她身侧响起："您找谁？"

祝温书回头，见女生个子小小的，拎着一袋东西，穿着朴素，看起来应该是令琛这边的工作人员。

"我找令琛。"她说，"我叫祝温书，跟他约好了的。"

女生眼里似乎有些惊讶，目不转睛地盯着祝温书看，随后眉头缓缓皱起，一边掏出门禁卡，一边说："你怎么这个时候才来呀？"

见女生表情，祝温书心知她应该也没见过和令琛有约还会迟到的人，心里越发惭愧："路上堵车了。"

女生"哦"了一声。

"还以为你不来了呢，他都忙去了。"她推开门，领着祝温书上楼，"你先进来吧。"

二楼除了开了几盏照明灯，和一楼的区别好像也不大，过道里几乎没有装饰品，一道道暗色大门并列，看起来没什么人气。

"这里是办公的地方吗？"祝温书小声问。

"不是啦，这里是令琛的琴房和录音棚。"女孩一边带路，一边给祝温书解释，"他们平时玩音乐的时候声音特别吵，所以房间全都隔起来安了消音装置。"

说话间，两人已经站在一处分岔路口。

女孩指指前方一道木制灰色双开门："我就不陪你过去了，他在那里面。"

"谢谢。"

两人分头而行。

当祝温书走到那道门前，带着一点惶恐，耳朵凑近听了一会儿。

没有任何声音，不像是有人的样子。

刚刚那女孩儿不是说在这里吗？

她踟蹰片刻，抬手敲了敲门："有人吗？"

等待半晌，也没听到回应。

想起同事们在群里吐槽对迟到的厌恶，特别是那句"我真想让他们就在门口站着别进来得了"，祝温书心里的愧疚被此时的无人回应，放大成忐忑。

该不会是令琛生气了故意晾着她吧？

早知道一开始就坐地铁了。

她懊恼地拍了拍脑门儿，犹豫片刻，才抬手去推门。

这门似乎格外重，祝温书很艰难地才让门轴转动起来。

当双门终于掀开一条缝，祝温书还没来得及往里看去——

一段耳熟的钢琴旋律和灯光一同飘出来，荡在一股让人不忍打扰的平静中，莫名抓住了祝温书的耳朵，让她忘记了继续推门，恍惚地站在门边。

她不知道令琛的歌声是什么时候进入这段旋律的。

等回过神来，凝神细听，歌曲已经过半——

> 你看向窗外，不知哪朵樱花得你青睐。
> 我什么时候，才像橘子汽水被你钟爱。
> 虔诚的哑巴，只能在黑夜里将你倒带。
> 终点在哪里，月亮说会给我一个交代。

有穿堂风吹过，带着晚秋零落的桂花香。

祝温书终于突然明白，为什么那么多人喜欢令琛。

他的曲调音色沉哀，和他不说话的模样很相似，像一股温柔的海浪，逆着人潮而来，细密绵软地把祝温书包裹其中，坠进那看似平静无波实则暗潮翻涌的深海里。

> 我一直在等。
> 我一直在等。
> 等白日升月，等盛夏落雪。
> 等风吹倒山，等诗倒着写。
> 你看我一眼，我抵达终点。

祝温书还沉浸在其中飘飘荡荡时，琴音和他的歌声戛然而止。

"谁在外面？"

祝温书恍然回神，连忙推开门。

室内依然昏暗，祝温书循着那唯一的光源，看见坐在钢琴边，令琛的身影。

他背着月光，看不清表情，但祝温书感觉到他的情绪里含着被打扰的恼怒，于是慌张开口："是我！"

通道的声控灯在她话音落下的那一刻亮起。

她梳着简单的马尾，白净的脸上不施粉黛，双腮微红。

暖黄灯光打在她的头顶，像那年夏天的艳阳。

令琛指尖还抚在琴键上，看清祝温书的那一刻，钢琴发出一道生涩的音符。

祝温书闻音，心头突跳，连忙说道："抱歉，我来迟了，让你久等。"

13

过了很久。

当她的声音消融在夜风里，声控灯也默默熄灭，令琛的身影再次隐于暗处。

黑暗和寂静会放大人的神经感官，在这偌大的琴房里，祝温书能感觉到令琛在看她。

也能感觉到空气里隐隐浮动着一股细而密的情绪，来自与她遥遥对望的令琛。

而他沉默太久，久到祝温书觉得这是他的愤怒在蓄力时，他突然起身。

祝温书看着那个模糊的身影走到她左侧墙边，抬手一摁，琴房突然灯光大亮。

而令琛似乎一时难以适应这么明亮的灯光，他的手掌还搭在墙上，低头闭眼片刻，才转过身来。

"你怎么才来？"

"路上有事故，高架桥堵了很久。"

祝温书见他神情倒是平静，不像是很生气的样子，兀自松了口气："抱歉抱歉。"

令琛丢下一个"哦"，转身朝角落走去，拎起一把吉他，屈腿坐到阶梯上，低头随意拨弄出几个音节。

祝温书不是一个懂音乐的人，但她能感觉出这段不成形的曲调听起来有些轻快。

可令琛又坐在那里不说话，让她摸不清这人到底还生不生气。

就在祝温书干站着的时候，令琛看了她一眼："你坐。"

祝温书："好的。"

坐是可以，但坐哪儿？

除了那张离令琛很远的钢琴椅，这间房内好像没别的椅子。

令琛还在自顾自地弹吉他，祝温书环顾四周，最后走向台阶，提着裙边坐到他旁边。

鼻尖忽然拂过一阵洗发水的清香，令琛指尖下的曲调忽然快了一拍。

音痴祝温书对此毫无察觉，只觉得他随手弹的曲子还挺好听。

简单，却不松散，灵动又多变。

在这安静的晚上，弹拨乐器特有的清澈音色与月光和鸣，在夜色中翻涌流淌。

等祝温书骤然回神，一曲已经终了。

令琛捏着拨片，扭过头来，两人猝不及防四目相对。

祝温书意识还在刚才的曲子里没有完全抽离，下意识就问："你弹的是什么？真好听。"

"新歌，还没发。"

令琛收回视线，拨片在弦上轻滑："祝小姐，你是第一个听到的人。"

他的声线低沉却很干净。

听到这句话时，祝温书感觉自己心尖和他手里的琴弦一样，在轻颤。

"噢，这样啊……"她微微别开脸，脑子突然有点转不动，"那你刚刚在钢琴那儿唱的那首呢？也是新歌吗？"

断断续续的音节突然停止，令琛手指垂在吉他上，看向祝温书。

他的眼神没有什么压迫感，但祝温书却感觉四周的空气好像忽然有了重量，沉沉地压着她。

"挺新的。

"五年前才发表。"

祝温书："啊？"

令琛别开头，不再看她，嘴角勾了一下，却没浮现任何笑意。

"就是你最喜欢的那首《小蚕同学》。"

漫长而死寂的几秒过去，祝温书干巴巴地眨眼："你听过著名教育家蒙台梭利的名言吗？"

令琛抬眉："嗯？"

祝温书："我听过了，我就忘了；我看见了，我就记得了；我做过了，我就理解了……"

说到后面，令琛的表情越来越淡，祝温书的声音也越来越小，越来越没底气，甚至连最后一个字的音都吞掉。

她终于不再挣扎，闭了嘴。

好像也没必要再刻意解释什么。

她其实真的听过这首歌，刚刚旋律响起她就觉得耳熟。

但她也是真的一时之间没想起来是哪首。

令琛好像也没生气，只是垂着头不说话。

"紧张什么？"沉默片刻后，令琛倏然起身，和祝温书擦肩而过时，祝温书听见他说，"我又不检查作业。"

听到"作业"两个字，祝温书的睫毛轻颤，大脑闪屏，那点尴尬的忧愁突然变成令思渊写的那篇秋游作文。

抬头再看向令琛时，他正弯腰放吉他。

祝温书的目光便不受控制地从他的腰身，一寸寸地……往下挪。

看了一眼，她迅速移开目光，随后，没忍住又看一眼。

这屁股……不算大呀。

不过还挺翘。

"你在看什么？"令琛的声音忽然响起。

祝温书被抓包，迅速收回自己的目光。

不知道说什么的时候，才想起自己今天过来的主要目的。

"没什么，就是我看你好像挺忙的……没什么事的话，我拿了票就先不打扰你了。"

令琛没说什么，"嗯"了一声，朝钢琴走去，翻出那张夹在乐谱里的门票，朝祝温书走来。

就在他们只有一步之遥，祝温书伸手要去接时，身后突然传来脚步声。

随后，令兴言的声音响起："没呢没呢，明总您放心，我们合作这么愉快肯定续约的。"

那道双开门没关，在令兴言跨进来之前，令琛原本已经递过来的手突然换了方向，直接把票塞进她单肩背在身侧的水桶包里。

祝温书空着手有点蒙，还没明白令琛为何不把门票递到她手里，令兴言的脚步声就已近在耳边。

她回头，正好和令兴言打了个照面。

令兴言脚步一顿，目光在祝温书和令琛身上扫了一圈，最后定定地停在祝温书身上。

"嗯嗯，好的，咱们回头详聊。"

他盯着眼前的女人，挂完电话，点点头："您好。"

祝温书目不转睛地看着他的脸，也点头说"您好"。

但在那两个字说出的瞬间，她福至心灵般，眼前仿佛突然出现了另一张稚嫩的面孔。

怪不得第一次见他的时候觉得他眼熟。这眉眼，这鼻梁，这嘴唇——

令思渊和他活脱脱就是女娲造人时一个巴掌扇出来的吧！

祝温书还是第一次见到这么像的两个人，脑子里思绪万千，不自觉地出神。

而令兴言，在这里看见祝温书，心里也盘旋着一团疑云。

上次在公园里碰见她，之后的事情就有些奇怪。

那天收工后，令琛没急着走，而是等现场收拾完后，自己亲自去找负责现场管理的场务，问人家有没有捡到一串手链。

场务去妆造师那儿看了看，还真有一条粉水晶手链，当时正整理东西的造型师还以为是哪个女工作人员弄丢的，打算结束后在群里问一问，没想到被令琛领走了。

这事儿令兴言本来不知道，是场务事后来跟他八卦，问令琛为什么突然在现场找一串女士手链。

令兴言当时什么都没说，但心里却突然想起了那个只有一面之缘的普通高中同学祝温书。

而如今——他视线下移，果然看见祝温书手腕上戴着一串粉水晶。

更何况，她此刻还出现在令琛私人的录音棚里。

这可不是一个普通高中同学能在令琛这里得到的待遇。

两个心思各异的人对视了许久，谁都没说话。

直到令琛的声音在一旁响起："你还有其他事？"

祝温书如梦初醒，看向令琛，眨了眨眼才反应过来这是令琛在给她下逐客令，于是连忙说道："没事了，那我先走了。"

她刚转身，令兴言的声音又响起："您先等等。"

祝温书回头，不明所以地看着令兴言。

他单手插进西装裤袋，斜身靠着一旁的墙，温柔地笑着问："你喜欢喝橘子汽水吗？"

话音一落，比祝温书先有反应的是令琛。

他倏然回头的瞬间，祝温书眨眨眼睛："啊？"

她还没明白令兴言这莫名其妙的问题是什么意思，一道蕴含着怒意的声音落在她头顶。

"令兴言。"

——我什么时候，才像橘子汽水被你钟爱。

刚唱过的词仿佛还在嘴边。

令琛抬眼，沉压压地看着令兴言，一字一句道："你很闲吗？"

14

祝温书的迷茫全被令琛这突如其来的厉声打断。

她甚至都不敢大口喘气，愣怔地看着眼前两个男人，不明白气氛为什么突然变成这样。

可令兴言的脸上却看不见一丁点儿紧张。

"来的时候带了点儿饮料，想着别怠慢你的客人了。"他语气轻松，抬手扶了扶鼻梁上的半框眼镜，目光上移，和令琛对视，"你紧张什么？"

两个男人个子差不多高。但因为令琛站在台阶上，看起来比令兴言高一头。

"别见是个漂亮女生就搭讪。"他压颌，轻扫了令兴言一眼，声音里带了点儿警告的意味，"注意自己的言行。"

祝温书倏然抬眸，有些惊讶地看向那张和令思渊酷似的脸。

没想到这个外表斯文儒雅的男人，居然是个四处拈花惹草的浪子。

况且他还是令琛的经纪人，竟如此不自持，也不怕给自家艺人惹一身腥吗？

等会儿——令琛刚刚叫他什么来着？

令、兴、言？

他也姓令？

难道是兄弟？

在祝温书脑子里闪过许多乱七八糟的想法时，令兴言轻笑出声。

他勾着唇角退了一步，举起双手，笑眯眯地看着令琛："OK。"又转头看向祝温书："抱歉，是我冒昧了。"

"没、没关系。"现场气氛有一股说不清道不明的怪异，祝温书觉得不适合多留，"那我就先走了？不打扰你们了。"

听到祝温书的话，令琛没看她一眼，紧抿着唇"嗯"了一声，随后便转身朝钢琴处走去。

刚刚那一触即发的气氛随着令琛翻动乐谱的声音烟消云散。

祝温书默不作声地退了出去。

令兴言一直看着她的背影彻底消失在门外，这才摘了眼镜，回头道："先回家吧。"

沉静的秋夜凉风习习，夜色浓得像墨。

当车开进隧道，窗外朦胧的吵闹声消失，显得车厢内更为安静。

好一会儿过去，回完消息的令兴言抬头看了旁边闭目睡觉的令琛一眼。

但令琛有没有睡着，令兴言还是知道的。

他思忖片刻，开口问坐在前排的助理："对了，曼曼。"

"啊？"卢曼曼回头，"怎么了？"

"晚上来琴房那位……客人，你有叫司机送她回去吗？"

说这话的时候，令兴言是看着令琛的。

但令琛依然没什么反应。

"我问过了，不过当时周哥没在这边，她听说要等二十来分钟，就说自己打车回去。"卢曼曼说。

令兴言收回视线："你还不了解这个地方有多难打车，阿哲他们有时候喝了酒不能开车，等一个多小时也是有的。"

"啊……"卢曼曼顿时有些慌，"那会不会……那……"

"这次就算了。"

卢曼曼原本是工作室的宣传人员，令兴言看她嘴巴严，从来不多说不多问，这才让她过来当令琛的助理，有意培养成自己的接班人。

不过她年纪小，有时候做事确实有些马虎："你以后接待要考虑周全些，提前安排好司机。"

卢曼曼："噢，好的，我记住了。"

两人说完，令兴言再瞥了眼令琛，无声地叹了口气，也扭头看向窗外。

他就是一时没忍住好奇多问了一句，令琛有必要晾他这么久吗？

十多分钟后，卢曼曼在自家小区门口下车。

当车上只剩三人后，令兴言手用指敲了敲大腿，又想说点儿什么。但扭头一看，令琛已经玩起了手机。

他张了张口，踌躇了半天也不知道怎么开口。

算了。

他收回视线，扭头看向窗外。

这时，身旁的人淡淡地开口："你想说什么就说。"

令兴言坐直，朝令琛那边靠了点儿："那这次可是你叫我说的。"

令琛瞥他一眼，冷着脸继续看手机。

"其实你也知道我想说什么。"

令兴言本来想问祝温书是不是就是那位小蚕同学，但他觉得自己已经有了答案，没必要再浪费口舌。

"你现在是什么打算？"

令琛："没什么打算。"

"是吗？"令兴言笑，"其实我有点儿搞不懂你，不过首先我先摆明态度，我可不是反对你谈恋爱，我作为你哥，比谁都希望你好。只是不希望你瞒着我。你也知道现在的舆论有多恐怖，我不得不防微杜渐，免得到时候出了什么绯闻，我还蒙在鼓里被打个措手不及。"

令琛视线没离开手机，轻哼一声："你想得可真多。"

"我能不想多点吗？"令兴言揉揉眉心，"这可不是小事。"

令琛："我没那个意思。"

令兴言："没哪个意思？喜欢又不追？"

令琛没搭腔。

"不是吧。"令兴言一脸惊叹，"大明星还搞暗恋那一套呢？"

长达好几秒的沉默后，令琛垂眸继续看手机，极轻地吐出几个字："大明星算什么。"

"行，随你，不追就不追吧，我刚好省心。"

令兴言一哂，脑袋徐徐靠向窗，拉长语调，不咸不淡地说："唉，就是不知道这么晚了人姑娘安全到家没有。"

新开发的园区确实挺难打车，不过祝温书运气不错，刚好有经过的网约车司机接了单，没让她等多久。

回程一路通畅，到家时，不过才晚上八点半。

应霏的房间亮着灯，门没关，隐隐约约传来她跟人打电话争吵的声音。

祝温书轻手轻脚地经过，带上了她的房门，才回自己房间。

脱了外套坐到书桌前，她盯着面前的小绿植，脑子里又开始盘旋令琛今天在她耳边弹的那首曲子。

没有歌词，也没有其他乐器的合奏，只随意听了一遍，旋律就像在她脑子里生了根似的盘踞在她脑海里。

此时，她终于有点明白令琛为什么能在这么短时间内红到家喻户晓。

如今某些新歌为了追求脱俗，拧巴到让人根本听不懂，很难让粉丝以外的人想单曲循环。

而令琛的旋律总能在灵动不流俗与朗朗上口之间达到一个微妙的平衡。

大概就是所谓的，老天爷追着喂饭吃。

所以他的大众接受度极高，是祝温书这么多年来，唯一在自己的朋友圈见过许多"活粉"的男明星。

关于他的事情在脑子里盘旋片刻后，祝温书突然有点儿想听听令琛其他歌是什么样的。

她从柜子里找出前几天买的 CD，拆了塑封拿着光盘，往房间内一张望，突然回过神——这个年代，谁家还买 CD 机啊？！

她拿着 CD，气也不是，笑也不是。

只怪自己当时被封面迷惑，花钱买了个装饰品回来。

最后，祝温书无奈地把 CD 放到书架上，为了不浪费钱，还专门把好看的封面露出来。

然后打开 iPad 连上床头的蓝牙音响，随便找了个令琛的歌单随机播放，安静地听了一会儿，便打开笔记本电脑开始备课。

周末的夜晚比往常要吵闹一些，楼下车水马龙，鸣笛声四起，关着窗也隔绝不断。

但祝温书几乎没有被杂音扰乱，认认真真地伏案工作。

等她将笔记本电脑合上，抬头一看，时针居然已指向十点。

她伸着懒腰起身，一只手揉捏酸痛的脖子，另一只手拿起手机。

在她备课的那一两个小时里，不少家长给祝温书发了消息，她一条条回复下来，花了不少时间。

再往下拉，看见令琛的对话框有一条来自一小时前的未读消息。

c：到家没？

祝温书目光有片刻的凝滞。

从大学起，她和朋友出去玩，不论男女，但凡是夜里回家，都会有互报平安的习惯。如果有男生同行，他们大多还会主动询问有没有安全到家。

但祝温书今天回家后没有跟令琛说一声，是因为她觉得令琛这种明星，应该没有普通男生的那种习惯。

现在看来，倒是她思虑不周全。

祝温书：已经到啦，回来的时候忘了跟你说一声。

字刚打完，还没来得及发出去，界面突然被打断——

令琛拨了一个语音电话过来。

"喂？"接通电话的同时，祝温书坐到床头，"怎么啦？"

"你——"令琛刚说了一个字，突然顿住。

祝温书以为网络卡了，又"喂"了一声："你听得见吗？"

"嗯。"一霎后，令琛声音沉沉响起，"听得见。"

祝温书："我到——"

令琛："你到——"

两道声音同时落下又停止。

短暂的沉默后，还是令琛先开口："到家了？"

"嗯，早就到了。"祝温书说，"回得有点急，忘了跟你说一声，抱歉。"

令琛："急着回家干吗？"

祝温书被令琛问得有点蒙，一时也不知道怎么说："我就急着回家……工作啊。"

说完，她觉得令琛可能是有点不高兴她这么久不回消息才这么问，于是补充道："我之前太投入了，才看到你的消息，正准备回复呢你就打过来了。"

"投入工作？"电话那头很安静，听不到一点杂音，所以祝温书能清晰地感知到令琛上扬的尾音，"还是投入点儿别的什么？"

祝温书："啊？"

听筒里，令琛轻笑了一声："那你现在在干什么？"

祝温书低头看看自己空荡荡的手，总不能说自己在发呆吧。

"我……没干吗呀。"

令琛："行，那我先不打扰你了。"

"啊？"

祝温书头顶冒出第三个问号，不太明白令琛这一通话的逻辑。

下一秒，她听见他淡淡地说："你慢慢听吧。"

电话挂断，祝温书还保持着原来的姿势没动，没明白令琛的意思。

直到她的注意力慢慢回笼，听到了 3D 立体环绕在整个房间的——令琛的歌。

倏然间，祝温书脸颊飞速蹿上一阵莫名的绯红。

15

十几平方米的主卧好像突然变得很小。

空气以祝温书为圆心压缩，裹挟着令琛的声音全都向她挤来。

"咔嚓"一声，祝温书摁下暂停按钮。

都怪这秋夜太温柔，和令琛的歌声太契合，才让她浑然忘了房间里还播放着他的音乐。

怪不得追问她急着回家干吗。

原来是以为她迫切地回家欣赏他的歌。

还"你慢慢听吧"。

祝温书回想起他的语气，"扑通"倒床，把脸埋在枕头里，沉沉地叹了口气。

气温在一场秋雨后急剧下降，银杏落叶满地，踩在上面的脚步多了几分深秋的沉重。

令思渊的小短袖已经全部收了起来，秋季校服外套里面还得加一件羊毛小马甲才不会被冻着。

而且据他最近严谨观察，现在早上出门去上学的时候天都不亮了，可见冬天是真的要来了。

这天早上，坐在玄关处换好鞋等着保姆阿姨的令思渊老神在在地叹了口气，碎碎念道："读书苦读书累，读书还要交学费。"

"？"正端着一杯凉水从房间里出来的令琛愣了一下。

这小屁孩在说些什么东西？

此时令兴言出差在外还没回家，肖阿姨在厨房切水果，准备用保鲜盒给令思渊带去学校吃。

原本要去客厅的令琛走着走着突然想到什么，又掉头走到令思渊面前蹲下："喂。"

令思渊低头看他一眼，蔫蔫儿地说："第一，我不叫喂；第二，我现在心情很沉重，不想闲聊。"

"我也没空跟你闲聊，就是咨询一下你最近……"

嘴上说着不闲聊，但听到"咨询"这两个富有成熟感的字眼儿，令思渊立刻抬头看令琛。

令琛不紧不慢地说："怎么不给我找事了？"

"啊？"

令琛倾身靠近，却压低了声音："你老师都不找我了。"

"啊？"

"啊什么啊。"

"你再这样——"令琛抬眼，轻描淡写地说，"以后请家长我让你爸爸去。"

令思渊双腿突然不晃了，差点就要蹦起来。

不过他突然理智回笼，拎起自己胸前鲜艳的红领巾，炫耀道："我不会被请家长了，我已经是少先队员了。"

令琛轻哼："这么厉害？"

还没等令思渊说什么，肖阿姨拿着水果盒出来："渊渊，咱们出发了啊。"看见令琛也在，又说："你这是起床了还是还没睡呢？冰箱里还有早餐，我刚刚放进去的，要不要现在给你拿出来热一下？"

"不用麻烦了，我等下自己弄。"

令琛徐徐起身，垂眸瞥了令思渊一眼："上你的学去吧，小少先队员。"

"哼。"

令思渊站起来，抖抖书包，刚打开门，又想起了什么，扒着门框对肖阿姨说："阿姨，我想单独和叔叔说几句话。"

"哟，你跟叔叔还有秘密了。"肖阿姨笑着说，"那我去电梯前等你。"

等她出去了，令思渊扭头眼巴巴地望着令琛。

令琛在客厅抬抬眉梢："干什么？"

"叔叔……就是……"

令思渊回头看了一眼门外，确定肖阿姨背对着这边，才打开书包，从夹层里翻出几张皱巴巴的百元大钞，递到令琛面前："这是我攒的零花钱，我想……就是……"

"这么多啊？"令琛慢悠悠地喝了一口水，"想靠金钱打发我？"

令思渊支支吾吾地说："不是……就是你可不可以帮我充到游戏里，一百四十八那一档，这里是二百块钱。"

见令琛不说话，令思渊又说："剩下的五十二块钱你可以留着自己花。"

"你可真大方，不过呢——"令琛弯腰，把他的钱推了回去，"靠钱是收买不了我的，得看你表现。"

"渊渊？好了没？再不出来要迟到了哦！"

"噢！来了！"

应完阿姨，令思渊还想说什么，令琛已经往房间去了。

上学的路上，令思渊一直没想明白令琛嘴里的"表现"是什么。

他一路上冥思苦想，眉头紧锁，没怎么看路，直到撞上一个人。

"对不起！"

他下意识先道歉，抬起头来，眨了眨眼睛："啊……祝老师早上好。"

"早上好。你想什么呢？这么出神。"祝温书弯腰问。

"没、没什么。"令思渊摇头。

"嗯，以后走路要看路哦。"祝温书看着他婴儿肥的脸颊，没忍住捏了一下，"去教室吧。"

"好的老师。"

等令思渊走远，祝温书才收回视线，轻轻呼了一口气。

前几天她还在想，要是令思渊又调皮，她不得不联系令琛的时候要怎么面对他。

虽然也算不上什么大事，但她作为令思渊的老师，就觉得还怪尴尬的。

好在自从令思渊戴上红领巾后就像被封印了一样，特别乖。

但就是不知道这道封印能起多久的效果。

今天下午第二节课是体育课，以往祝温书每周最糟心的时候。

疯玩个四十五分钟，不知道多少小孩要磕着碰着，要是遇到娇气点儿的，她还得哄半天。

不过今天运气还不错，没出什么乱子，大家下课后回到教室后都安安分分地准备上数学课。

她去看了一眼，没出现什么大问题。

祝温书放心地回到办公室，打了个哈欠。

中午她没空休息，现在困得不行，正纠结着是眯一会儿，还是着手准备下周的教学比赛。

二十多分钟后，一个小女孩突然跑来办公室："祝老师！祝老师！"

还没看见人，只听着焦急的声音，祝温书太阳穴就已开始突突跳。

她按了按眉心，回头道："怎么了？这会儿不是在上课吗？"

"令思渊肚子疼！"小女孩说，"唐老师让您过去一下。"

一般听到肚子疼这种事情，祝温书都会斟酌一下。

是真的肚子疼，还是小屁孩上课上得头疼。

不过这一趟她肯定也省不了。

她放下刚拿起没多久的笔，理了理衣服，和小女生一起往教室走去。

推开门，放眼看过去，她心头一紧。

唐老师是个很胖的中年男人，他弯腰站在令思渊座位前，周围又围着几个学生，整个教室闹哄哄的。

祝温书看不清具体情况，却知道情况应该不容乐观。

她连忙小跑过去，唐老师见状也给她让了位子。

"不知道咋回事，突然肚子疼起来了，你快带他去医务室看看。"

此时令思渊捂着肚子趴在课桌上，一副气若游丝的样子，浑身直冒冷汗。

看到这种景象，祝温书呼吸都紧了些，一边摸他的额头，一边说："好，我带他过去，唐老师您先继续上课。"

周围的小孩子说："老师，我们来帮您吧。"

"不用，你们先好好上课。"

说完，祝温书俯身，双手穿过令思渊的腋下，用力一提——

抱不动。

她又收紧了些，用尽全力往上抱——

……现在的小孩被养得也太实了些！

她扭头，指挥旁边两个男生。

"来，老师给你们两个表现团结友爱的机会，把他扶到医务室去。"

"这个得去医院。"校医说，"急性肠胃炎，多半得用点消炎的抗生素，这边开不了。"

"这么严重吗……"祝温书看着躺在床上扭来扭去的令思渊，点头道，"行，那我先送他去。"

正好外面有一个男老师经过，祝温书叫住他说了下情况，他立刻放下手头的事情把令思渊背出去，送上出租车。

"再忍忍啊。"

令思渊捂着肚子蜷缩在祝温书腿上，倒也没哭出声，就是哑着嗓子喊疼，听起来难受极了。

"马上就到了，医生开点药就不疼了。"

安抚令思渊的同时，祝温书给令琛打了个电话。

他接得很快，只是背景声音很吵，像是在什么人多的场合。

"什么事？"他的声音沉沉响起。

"渊渊病了，肚子疼，可能是急性肠胃炎。"

祝温书语气有点急："我现在送他去医院，先找你了解一下，他有没有过往病史？有没有什么药物过敏？"

令琛轻"啧"了声："肚子疼？"

语气里的疑惑毫不遮掩，似乎很惊讶。

"对。"祝温书说，"刚刚体育课，他出了一身汗，把衣服脱了，然后又去吃了两根冰棍。"

令琛沉默片刻，说道："我等下回你消息。"

听到他那边的背景音，祝温书也没多想，应了声"好"，便挂了电话。

几分钟后，令琛的消息来了。

c：没出现过这种情况，也暂时没遇到过敏的药物。

c：你们现在在哪里？

祝温书：学校附近的长盛街道卫生院。

回了消息，出租车正好停在卫生院门口。

祝温书艰难地把令思渊抱出来，费了九牛二虎之力才弄进急诊室。

这会儿卫生院人不多，几个前台护士见纤瘦的祝温书半抱半拖着一个小男孩进来，连忙上前帮忙。

从做检查到确诊，中间令思渊还吐了一会儿，最后成功挂上点滴，祝温书前前后后忙活了半个多小时。

等她坐下来歇息时，令思渊不知是疼得没力气了，还是药物开始起作用，上下眼皮直打架，但总算是没哼哼唧唧了。

"想睡就睡吧。"祝温书说，"老师在这里陪着你。"

令思渊点点头，动了动干巴巴的嘴唇，或许是想说"谢谢"，但没发出声儿，眼睛一闭，沉沉睡了过去。

深秋日光稀薄，半窗疏影流转。

这个时候治疗室没什么人，只有对角处一个中年女人在挂水，偶尔有护士进来拿东西，软底单鞋踩出的声音轻轻柔柔。

祝温书坐在椅子上，听着令思渊绵长的呼吸声，也昏昏欲睡。

只是挂心着令思渊需要人看着，她不敢真睡，一直和意志力做抗争，努力睁着眼睛刷手机。

久而久之……

她小鸡啄米似的，一下又一下地点脑袋，手机什么时候滑落到椅子缝里也不知道。

昏昏沉沉间，她脑袋再一次歪着垂下去。

那股每次都让她惊醒的失重感却没有传来，脸颊被什么温热的东西托住，带走了她撕扯着大脑神经的疲乏感。

片刻后，祝温书忽然睁眼，想起令思渊还挂着点滴，她居然差点就睡过去了。

身体猛然坐直，脸颊边的温热抽离。

祝温书立刻睁大眼睛看了下药水袋，确认还没滴完，这才又松散地靠回椅子上。

然后，后知后觉地，她往右转头。

看到戴着鸭舌帽和口罩的令琛那一刻，祝温书刚碰到椅背的背脊倏地又绷直："你怎么来了？"

之前看到令琛问地址，她以为会安排保姆过来。

"我怎么不能来？"令琛垂在裤边的手指轻颤两下，然后揣回裤袋，"他现在什么情况？"

"应该还好，睡了有一会儿了……"

正说着，祝温书看向令思渊，发现他不知什么时候醒了，睁着一双大眼睛盯着他们。

"渊渊，你睡醒啦？"

令思渊没说话，只是迷迷糊糊地点头。

令琛转身上前，弯腰摸了摸他的额头，自言自语般说道："还真病了。"

"当然是真的。"祝温书连忙站起来，"我还能骗你不成？"

令琛回头看她一眼，唇线抿直，低声道："我不是说你。"

他又顺势揉了把令思渊的头发："还疼吗？"

令思渊懵懂地点点头："好像不疼了。"

"什么叫好像，疼就说出来。"

说完，他靠得更近，盯着令思渊的眼睛，低声说："你还真是够聪明，非要把自己弄进医院给我找事？"

令思渊眨眨眼，终于反应过来令琛的意思："我没有……"

听到小孩虚弱又委屈的声线，祝温书没忍住，皱眉道："这我就不得不说说你了，小孩子贪吃又不是什么大错，好好教他就行了，怎么能说是给你找事呢？"

令琛回头对上祝温书凶巴巴的眼神，抿着唇自顾自点点头："……行。"

然后转身拉了一张椅子摆到病床边，坐进去后抱着双臂，一本正经地说："来吧祝老师，先教他还是先教我？"

祝温书张口正要说话，想到什么，扭头看了一眼先前坐着打点滴的中年女人。

好在那个位子已经空了。

收回视线，祝温书再看向令琛，见他那跷着的二郎腿，职业病一犯，皱眉道："你先把腿放下来坐端正。"

话音落下，两个人同时愣了一瞬。

随即，令琛偏开头，祝温书却从侧面看见他眉眼微弯。

"那个……我的意思是，二郎腿对脊椎不好，当然，你想这么坐也行。"

"当然是听祝老师的。"

令琛慢慢转过脸，直直地看着祝温书，在她讪讪的目光中放下腿，并直起了腰。

只是祝温书瞥了一眼他那依然抱在胸前的双臂，总觉得他这话听着阴阳怪气的。于是避开令琛的视线，起身坐到令思渊病床边，轻声安抚他。

"以后体育课要是嫌热，先脱外套，运动完了立刻穿上，也不能吃冰激凌，记住了吗？"

令思渊点头："嗯，记住了。"

见小孩脸色苍白，祝温书也不打算再说他什么。

"还困不困？要不要再睡会儿？"

"不困了。"令思渊瓮声瓮气地说，"我想……玩游戏。"

"生病的时候玩游戏会好得更慢哦。"祝温书掏出自己的手机，问，"要不要看会儿动画片？"

令思渊想了想："也行吧。"

"嗯，想看什么？"祝温书打开视频软件放到令思渊面前，"《熊出没》还是《喜羊羊》？"

"嗯……都看过了……"

令思渊伸出胖乎乎的手指，滑了半天屏幕，竟没找出一部他没看过的动画片。

祝温书嘀咕："看得还挺多……这样对读写训练不太好……"

这时，一个护士推开门朝里看了一眼，说道："令思渊……爸妈都到了？那来把费用结一下。"

闻言，祝温书立刻说道："我们不是父母……不是，我不是他妈妈。"

此话一出，护士愣了一下，然后挥手说："不重要，那监护人来结一下费用。"

祝温书扭头看了令琛一眼，见他作势要起身，连忙说："我去吧。"

她指指外面："你去不太方便。"

"也行。"令琛又坐了回去。

祝温书把手机给令思渊，叫他自己选动画片看，然后跟着护士出去。

等她的身影消失在门外，令琛就像换了个人似的，浑身不再绷着，连带着病房的空气都似乎充足了些。

他仰靠着椅子，盯着天花板不知在想什么。

过了会儿，他扭头看向令思渊，抱起双臂，正想说点儿什么，小孩儿却先开了口："叔叔，我看见了。"

令琛抬眉："你看见什么了？"

令思渊扯了扯被子，盖住自己的嘴巴："我看见你刚刚摸老师的脸。"

令琛眸色忽深，沉沉地看着他。

令思渊又扯被子，捂到了鼻子，只露出眼睛，怯懦又视死如归地看着令琛："我要告诉老师——"

令琛依然盯着他，只是放下了抱在胸前的手臂，慢慢坐直。

令思渊："你是个流氓。"

令琛："……"

第 四 章

是你的歌

16

祝温书回到治疗室时，令思渊正捧着她的手机"咯咯"笑。

而令琛还坐在原来的位子，扭头看着窗外，连下颌线都透着一股不耐烦。

祝温书看他一眼，皱了皱眉，没说什么，转头走向病床。

"看什么呢，这么开心？"

见祝温书回来，令思渊立刻放下手机，兴奋地说："老师，我可以回家了吗？！"

"不可以哦，点滴还没打完。"

祝温书摸摸他的额头，体温基本正常了："再躺会儿，老师手机可以继续给你玩一下。"

令思渊撇嘴："老师手机里都没有游戏……"

他又偷瞄令琛一眼："想回家玩游戏了。"

此时的令思渊面色依然苍白，但隐约又透着点红润，双眼还放着光，仿佛很高兴的样子。

祝温书有点费解，怎么她才出去一小会儿，病就像全好了一样。

"玩游戏病会好得慢，渊渊怎么不乖呢？"

"噢……"

令思渊才不信这种哄人的话，他又不是三岁小孩儿了。

可他是少先队员，总不能不听老师的话。

唉，希望点滴快点打完。

一想到他游戏账号里新到账的一百四十八块钱，他恨不得插上翅膀飞回家。

"那我再看会儿动画片吧。"

令思渊又拿起祝温书的手机，随手滑了一下，觉得索然无味："老师，有齐天大圣吗？我昨天看到三打白骨精了。"

"《西游记》啊，老师找找。"

祝温书接过手机，一边搜索，一边说："你居然没看过《西游记》吗？我记得课外读物布置过呀。"

令思渊低头，抠着手指小声说："不喜欢看书，看不懂……"

祝温书倒是知道令思渊的读写能力堪忧，只是没想到课外读物匮乏到这种地步。

她默不作声地看向令琛，意思是"你自个儿瞧瞧，这也太不像话了"。

令琛感觉到祝温书的视线，回头看令思渊一眼，轻嗤一声："《西游记》都看不懂，我在你这个年纪都倒背如流了。"

令思渊挺起胸口："那你把紧箍咒背来听听。"

"……我给你背书？"令琛扯扯嘴角，"你那点儿零用钱够请我几秒钟？"

看到他这副模样，祝温书没忍住，别开脸笑了一下。

后来，祝温书还是没给令思渊看动画片，而是上网搜了儿童版《西游记》的书，带着他一起读。

今天的落日很美。

偶尔有麻雀叽叽喳喳地落在窗外枝头，轻柔的女声和稚嫩的童音时不时拂过耳边。

祝温书没看一眼那个懒散坐在窗边的男人，男人也没看一眼窗外西坠的落日。

令思渊的点滴打完时，正好下午六点。

护士进来拔了针，棉签还摁着针孔，令思渊就迫不及待要下床。

"你慢点，别着急。"祝温书扶着他坐起来，正考虑着要不要让他自己穿衣服，他便已经绷着脚尖去穿鞋。

结果就是他脚掌还没着地就急着起身，想用力时却浑身一软，差点一头栽下床。

"都说了别着急。"

祝温书及时扶住了他，才不至于让他摔倒。

到底是七八岁的小孩儿，上吐下泻一番，又疼了好一会儿，能有力气才怪。

祝温书叹了口气，俯身拿起鞋子帮他穿。

再起身时，发现令琛不知什么时候走了过来，一言不发地拎起床边的衣服给他穿上，眼里看似很不耐烦，手上的动作却很细致有条理，一条胳膊一条胳膊地套进去，同时拉着衬衫袖口免得被卷上去，最后利落地系上外套扣子，还知道把手伸进下摆扯扯羊毛小马甲。

祝温书抬眼，有点不可思议地看着令琛："你这不是挺会照顾人的吗？"

听到祝温书的话，令琛手上动作顿了顿，目光有些黯淡，随后也没说什么，一只手抱起令思渊，另一只手拎起床边的药袋。

"走吗？"

"嗯。"

今天的太阳下山特别早，路灯把三个人的影子拉得很长。

可能令思渊确实有点重，令琛走得很慢。

"医药费多少，我转给你。"

祝温书："两百多，不过你不用给我。"

"这不好吧。"令琛仰头看着天边的余晖，"祝老师，我们就只是认识七八年的高中同学而已，你不必把他当亲儿子似的。"

"……"祝温书抿抿唇，努力让自己的无语不那么明显，"我不是这个意思，令思渊可以刷医保。"

"……哦。"

令琛沉默着往前走了几步，问："医保怎么刷？"

祝温书："有一卡通就行，这个你不用操心。"

"行。"

两人说着话，不知不觉间到了卫生院门口，令琛的车已经等在那儿了。

司机见他们出来，按开了自动门。

令琛弯腰放下令思渊，让他自己钻上车。

"顺路送你？"

祝温书想到办公室里还有堆积如山的事情等着她处理，疲惫感席卷而来，叹着气摇头道："不用了，我打个车就行。"

"耽误您这么久，我是不是得——"令琛压了压帽檐，低声道，"请祝老师吃个饭？"

"啊？"祝温书看了令琛一眼，紧接着又有新消息进来，她连忙低头打字，"不用不用，我应该的。"

"哪有什么应该的，是我应该感谢你。"令琛的声音不轻不重落在祝温书头顶。

她不再看手机，抬头望着令琛："你的好意我心领了，不过还是先带渊渊回家休息吧，要是明天还不舒服就跟我请个假。"

正好有出租车路过，祝温书连忙伸手拦下。

"那……我就先回学校了。"

冥冥薄暮里，祝温书的发丝带着一层淡淡的光。

她俯身坐进后排，关上车门。

出租车从令琛身旁开走时，他看见祝温书朝他挥挥手，双唇微启，似乎在说"再见"。

令琛没回应，目送着出租车汇入车流，才转身上车。

"叔叔。"刚落座，令琛便听见后排的令思渊叫他。

"干什么？"

他俯身上前，小脑袋搁在车座颈枕侧边，歪脸看着令琛，语出惊人："你是不是想跟我老师处 cp（情侣）啊？"

令琛："……"

他徐徐扭头，和令思渊对视："你知道 cp 是什么意思吗？"

令思渊不可思议又有点儿嫌弃地盯着令琛："你在兵马俑第几排？这都不知道！"

"……"令琛冷冷地瞥他一眼，"我回去就让你爸把你网瘾戒了。"

令思渊红起脸："你！叔叔你这是'老'羞成怒！"

令琛："……来，跟我念，恼，是 n，不是 l。"

他转过头，拨了拨令思渊的头发："你家语文老师怎么教你的？"

令思渊："你就是老啊！我没说错啊！"

"噗——"一向沉默开车的司机没忍住笑出了声。

这位大哥工作的时候一向眼观鼻，鼻观心，从来不多话。

但他喜欢小孩子，尤其喜欢令思渊。所以有令思渊在的时候，他偶尔会搭几句腔。

"渊渊真是能说会道，看来语文老师很会教。"

令琛扭回头，冷着脸盯着前方风挡玻璃。

确实挺会教，有样学样。

过了一会儿，他的肩膀被一根胖短手指戳了下。

"叔叔，处 cp 就是绑定在一起玩的意思。你是不是想跟我老师一起玩？"

半晌后，令琛才面无表情地说了两个字："不是。"

令思渊："那你为什么要请我老师吃饭？"

令琛："这叫知恩图报，你多学学。"

"那你为什么要当我爸爸？"

令琛没回头看他："这不是你害怕被你爸爸骂，先冒认了我？"

"哦……"令思渊意兴阑珊地仰了回去，"我还以为你跟卢梓熙的哥哥一样呢。"

令琛突然沉默了一会儿。

随后，他转过头："她哥哥怎么了？"

令思渊突然又来了兴趣，下巴歪过来，神秘兮兮地说："我悄悄告诉你哦，我们班的卢梓熙，她的哥哥就想跟我们老师处 cp，经常让卢梓熙给老师送小礼物，还让卢梓熙骗老师是她自己做的。"

司机正好停在红绿灯路口，笑着打趣："渊渊，你可不能学她，骗人是不对的。"

"嗯。"令琛也接口道，"那你不去告诉老师，就让别人骗你老师？"

"啊？"令思渊眨眨眼，"那我要是告诉老师，我不就背叛朋友了吗？"

就连司机都觉得令思渊这话说得很有道理，抽空给他竖了个大拇指。

车内很久不再有人说话。

直到回了家，进了电梯，令思渊已经一心扑在游戏上了，身后的男人突然开口："令思渊。"

"干吗？"

"还想要一百四十八吗？"

第二天清晨，祝温书顶着一副憔悴的面容来了学校。

进入办公室的第一件事，就是翻着日历计算原班主任什么时候才能休完产假。

发现解放的日子遥遥无期后，她撑着脸，打了个哈欠。

紧接着，旁边一个老师也打起了哈欠。

这种东西会传染，没一会儿，整个办公室都哈欠连天。

"祝老师——"这时，一道清脆的声音打破了办公室萎靡的气氛。

祝温书回头："梓熙？什么事呀？"

卢梓熙背着小手，一蹦一跳地跑过来，绑着蝴蝶结的双马尾轻晃。

"这个送给老师。"

她摊开手，一个木刻的小胖猪躺在她掌心。

"好可爱呀。"

祝温书欣喜地拿过来，放在阳光下反复看："你也太棒了吧！"

卢梓熙似乎很害羞，埋着头笑了笑："那我就先回教室上课啦。"

"嗯，谢谢你，老师很喜欢。"

卢梓熙走后，祝温书打开办公桌第二层抽屉。

加上这个，里面已经躺了六个木刻小动物。

王老师见了，羡慕地说："女孩子就是好，哪儿像男孩子，不给老师惹麻烦就谢天谢地了。"

话音刚落，男孩子令思渊歪着个脑袋，双手抱着一个牛皮纸盒走进来。

"祝老师！"

"怎么了？"

祝温书看到令思渊有些惊讶，本以为按他的性子，肯定会趁机请假在家玩两天再来学校。没想到今天就来了。

"你好点儿了吗？肚子还疼吗？"

"不疼了。"

令思渊把纸盒子放到她桌上："这是我爸爸和我一起做的，送给祝老师，感谢老师昨天送我去医院。"

祝温书有点儿出乎意料。

她没想到，自己只是做了一件小事，令琛这样的人，居然记挂在心里。

还是自己做的。

她带着些好奇，打开了纸盒。

放在里面的，是一个小小的，看起来像玩具的白色钢琴。

令思渊踮起脚，指指钢琴上的小按钮："这个，老师你摁一下。"

祝温书不明所以，将钢琴拿出来，手指轻按——

看似玩具的钢琴徐徐流淌出一段旋律。

音色很纯粹，曲调却婉转递进，回旋起伏，让这深秋的晨光，像夏日的初阳一般清新又热烈。

不知不觉，连办公室其他老师都转过身来。

"什么呀，八音盒吗？"

"挺好听的耶。"

"小祝老师收到的礼物还真是花样百出，我都只收到过贺卡和花。"

在同事们的言语中，祝温书突然有些慌乱地关掉了音乐。

仿佛是怕被人发现，这段旋律来自那个只存在于手机和电视里的令琛。

她笑笑，对令思渊说："谢谢。"

令思渊很不可思议地望着祝温书。

这可是他的大明星叔叔送的礼物欸！

老师的反应居然这么平静。

要是换作其他人，可能要开心得疯掉吧。

唉，老师就是老师，果然比较厉害。

"那老师，我回教室了。"

"好的。"

令思渊走后，祝温书盯着那个八音盒愣了一会儿，然后盖上盖子，收了起来。

中午，所有老师都去吃饭了，她才又拿出八音盒。

在空无一人的办公室里，这段短短的旋律又回荡了三遍。

但每一次，都像那些从小听到大的歌曲一样，熟练地拨动着祝温书每一根神经末梢。

可她还是觉得，自己应该是没听过这首歌的。

为了不出现上次的尴尬，祝温书专门打开微信，用"摇一摇"的听音识曲功能试了两次。

确实匹配不到任何歌曲。

所以……他送的不是八音盒，而是这段旋律？

她带着一股微妙的疑惑，给令琛发了两条消息。

祝温书：东西收到了，谢谢。

祝温书：你太客气了。

令琛没立刻回，祝温书便起身去了食堂。

因为来得晚，教师食堂没什么空位。

祝温书随便打了点饭菜，找了个角落坐下，吃了两口饭后，手机终于振动。

她一边咀嚼，一边打开微信。

c：嗯。

一阵歌声响起。

——是旁边一位女老师刷起了短视频，背景音乐正好是令琛的老歌，伴随着万千掌声与欢呼。

喧闹的人声很远，他的歌声很近。

祝温书渐渐忘了吃饭，盯着手机屏幕，有一种在千万道目光下和令琛说悄悄话的隐秘感。

连打字的动作都变得谨慎。

祝温书：那段旋律很好听。

祝温书：是你的歌吗？

c：是你的歌。

17

在人声鼎沸的食堂，祝温书沉默了许久，嘴里的一块牛肉也忘了咀嚼。

半晌后，她才很不确定地打字。

祝温书：我的……

祝温书：歌？

也不知道令琛在忙什么，好一会儿，直到食堂的人都走了一半，他才回了消息。

c：我家小孩是个知恩图报的人。

c：回家闹着要报答老师。

祝温书：嗯？

c：我也没什么拿得出手的东西。

c：随便写了段旋律。

c：祝老师不嫌弃吧？

祝温书心想她哪儿敢嫌弃。

还没什么拿得出手的东西，这可是他的原创曲调。

她哪天要是过不下去了，拿去吆喝卖一卖，说不定——

打住。

祝温书突然清醒。

没必要这么咒自己。

祝温书：不嫌弃。

祝温书：我很喜欢，谢谢。

c：不客气。

其实祝温书不是客气，她还真的挺喜欢的。

哪个老师不想得到学生或家长发自内心的感谢，而令琛选择的这个方式既没有越线，又超过了贺卡和鲜花的常规操作。

而且，于令琛的身价来说，他即便只是随手送一段旋律，也算很大方了。

想到这儿，"大方"这个词突然触及祝温书记忆里一段小小的插曲。

她本来都已经忘了，却不知为何，褪色的片段在脑海里飞速闪动。

高二还是高三来着，体育课前的数学课，老师临时请假，发了一张试卷安排全班上自习。

祝温书前一天没睡好，又坐在前排，没什么机会补觉。

正好一直坐后排的数学课代表坐上讲台监督纪律，祝温书便抓住这个机会，带上试卷去了他的座位——靠教室最内侧的小组，倒数第二排，正好是令琛前桌。

祝温书低调地坐过来，刚把选择题做完，上下眼皮就开始不争气地打架。

她不知道自己是什么时候睡着的。只记得睁开眼时，教室里空荡荡的。

由于意识有点模糊，当时的祝温书没意识到同学们是一下课就去操场玩了，还以为出了什么大事。

她还趴在桌上，惊恐地瞪着双眼，怀疑自己在做梦。

忽然听到身后有铅笔画动的声音，她眨眨眼。

咦？还有人在呢？

于是祝温书忽然坐起来，朝后转身——

握着铅笔低头在草稿纸上涂涂画画着什么的令琛，敏锐地察觉到祝温书的动作。在她视线转过来的前一秒，他飞速翻过草稿纸，"啪"的一声反扣在桌面上。

祝温书被他剧烈的反应吓了一跳，连表情都僵在了脸上。

令琛没说话，他生硬地紧盯着祝温书，手摁住草稿纸背面，连呼吸都有些沉。

这么明显的拒绝，祝温书哪儿看不出来，当然不会再自讨没趣地跟人家说话。

只是她讪讪转回去时，还是没忍住往桌上瞥了一眼。

草稿纸潦草翻过来，只盖住了部分试卷，露出了只写到一半的几何证明题。

至于吗？

祝温书不高兴地撇嘴，心里嘀咕。

她只是想问问教室里怎么没人了，又不是要偷看他的试卷答案。

而且，她回回考试都是全班第一名，这种试卷她才没放在眼里。

难道说，他是害怕被她看见自己做不出来证明题丢脸？

那就更没必要了。全班谁不知道，拥有教师梦的祝温书最热衷于教同学做题，从来不会嘲笑任何人。

总之，在那次之后，祝温书觉得令琛这人有点小气巴拉的。

如非必要，她再没有主动找令琛说话。

回忆片段闪过，祝温书再看向手机屏幕上那句"随便写了段旋律"，连连感慨，现在的令琛可真真是大方极了。

　　可见人们常说的"人越有钱越抠门"是站不住脚的。

　　帝都的深秋天高云淡，满目萧瑟，比千里之外的江城要冷上七八摄氏度。

　　坐落于近郊的香庭酒店门庭若市，围着喷泉进出的商务车络绎不绝。

　　今天国内某个重量级音乐颁奖典礼将在帝都举行，许多明星下榻这家离演播厅最近的五星级酒店。

　　媒体、各方员工穿梭于酒店，把门童忙得脚不沾地。

　　一间套房内，著名音乐领域自媒体主播刘乐游正在和团队一同调试设备，等待还在做妆造的令琛。

　　几分钟后，令兴言过来跟刘乐游打了个招呼，随即穿着一身笔挺西装的令琛也走了出来。

　　刘乐游算是如今最红的互联网音乐博主之一，他性格外向开朗，能说会道，很得音乐人喜欢。

　　最重要的，是他专业、严谨，不以噱头博出位，是以最不爱和媒体打交道的令琛也对他另眼相看。

　　闭关期间，除了像今天这样的重要场合，令琛几乎不会出现在任何公众视线内，但前段时间刘乐游给令琛打了个电话。

　　两人交谈一番后，令琛便答应在今天走红毯之前，给刘乐游留出专访的时间。

　　当然，刘乐游的专访从不是闲聊，他得知令琛的新专辑已经进入筹备期，主题自然围绕此展开。

　　这是大家都乐意看到的双赢场面，采访主人公是令琛，刘乐游能得到更多流量。而他的采访在不泄密的前提下，和令琛谈论新专辑的概念与风格，也是为令琛宣传并营造期待感。

　　四十五分钟后，刘乐游准备的相关话题已经全部聊完，看时间还早，便笑着说："那我们聊点儿轻松的？"

　　令琛点头："可以。"

"话说咱俩好像还没加微信好友。"刘乐游突然想起这件事，说，"可以加个好友吗？"

"好。"

令琛回头看了眼卢曼曼，示意她把自己手机拿过来。

扫二维码的时候，刘乐游想起什么，突然转头对着镜头说："不容易啊，我加上令琛微信了，也不知道算上我，他的好友过百没有。"

令琛身上一直有个广为人知的传说——微信好友不过百。

喜欢他的，觉得他人际关系非常简单，跟娱乐圈的名利浮华格格不入。

不喜欢他的，便觉得他为人傲慢，人缘不好。

总之，当刘乐游这么说的时候，令琛没生气，只是提醒道："不巧，前段时间刚过百。"

"真的假的？"刘乐游笑，"我的意思是，你微信好友真那么少？那你不会觉得……有点奇怪吗？"

"没觉得。"令琛今天状态很放松，懒懒地靠在沙发上，眼里有浅浅的笑意，"多了也交不过来。"

"那你的意思是——"刘乐游感觉气氛越发活跃了，肢体语言也多了起来，他指着自己鼻子，笑着问，"微信好友都是关系特别好的朋友或者亲人？"

令琛格外配合，说了句"你这么理解也可以"。

这句话应得刘乐游有些飘飘然，突然觉得之前准备的你问我答小环节没啥意思。

"那我们玩个游戏吧，我随便指一个你的好友，你打电话过去借钱，看对方借不借给你，怎么样？"

在旁边站着的令兴言一听，有点儿犹豫。

偏偏刘乐游带来的几个工作人员都在跟着起哄，令琛不想驳刘乐游面子，便把手机递给了他。

刘乐游这人也有分寸，没乱翻乱看，直接滑动好友列表。

令琛的好友是真的少，没几下就浏览得差不多了，而且其中不少人刘乐游都有所耳闻，是音乐界德高望重的前辈，不太适合玩这种游戏。

最后，他把列表滑到底，指着最末尾的那个好友说："要不就她吧？"

日落时分，祝温书抱着那个八音盒回了家。

她的书桌很拥挤，摆满了各种书籍，没什么位置能留给这个说小也不小的东西。

但若是留在办公室，她又觉得有点张扬。

即便不可能有其他人知道那是令琛的谢礼。

最后，祝温书把床头几本看完的书收起来，摆上了八音盒。

然后拍一张照片，发给她妈妈炫耀。

妈咪：这是什么？

妈咪：挺漂亮的。

妈咪：男朋友送的？

祝温书：……

祝温书：这是我学生和家长送我的。

妈咪：哦。

好心情突然就被妈妈搅和，祝温书兴致缺缺地放下手机，躺到床上放空。

盯着天花板看了一会儿，她的视线慢慢地，移到床头的钢琴八音盒上。

摁下按钮播了两遍，她坐起身，想起自己还有事情没弄完，便起身去书桌前打开电脑，刚敲了几个字，又觉得这么一段单一的旋律听久了还是有些许单调，于是又起身，去打开了蓝牙音响。

播放列表还停留在上次选择的令琛的歌单。

写了一会儿教学比赛的教案，敲门声突然响起。

祝温书正投入，视线没离开电脑，直接说道："请进。"

应霏推开门："我吹风机坏了，你——"

话没说完，她听到房间里播放的歌曲，突然吞了音，表情有点微妙。

"什么？"祝温书扭头，"怎么了？"

"哦，我吹风机坏了。"应霏接着说，"借一下你的？"

祝温书："好的，在洗漱台上。"

两人住的两室一厅，祝温书是主卧，内配卫生间，所以她的洗漱用品都在自己房间里。

应霏自个儿进去拿了，见祝温书在忙，也没再说什么，轻手轻脚地退了出去。

音乐流淌中，祝温书的思维很流畅，键盘敲得飞起。

以至于微信语音通话铃声响起时，她皱了皱眉头，不太想打断自己的思路。

可铃声一直响，她也不能真的不接。

祝温书叹了口气，谨慎地点了个"保存"，然后起身去床边。

拿起手机那一刻，她拧眉不解地盯着屏幕。

令琛？

他为什么这个时候打电话过来？

难道是令思渊有什么事情？

急忙就要摁下接听键的前一秒，祝温书又想起上一次通话的尴尬。她动作一顿，转而谨慎地去关掉了蓝牙音响，这才接起电话。

"喂，有什么事吗？"

电话那头很安静，没有一点杂音。

但令琛一开口，就把祝温书听蒙了："祝老师，你现在方便借我点钱吗？"

祝温书："啊？"

她倏然举起手机，反复确认给她打电话的人到底是谁。

是令琛没错。

这个声音，世间恐怕也没有第二个人拥有。

可是，令琛……找她……借钱？

"真的假的，你……很急吗？"祝温书问。

"嗯，银行卡出了点问题，很急。"令琛说，"不急我也不会找到你了。"

也是啊。

这种明星能找一个人民教师借钱，可不就是病急乱投医了吗。

但是，他们这种明星张口借钱，得借多少啊？

而且祝温书前几天刚发了工资，她很清楚自己的银行卡余额。

"可是……"祝温书坐直了身体，小心翼翼问，"我都存理财了，卡里没多少钱，你要借多少啊？"

"借——"令琛顿了一下，"两万？"

"两万？！"祝温书不可置信地睁大眼睛，"那、那我就只剩一点点了……"

"……噢。"令琛的语气倒不太急，而且说话的语速还有点慢，"够你这几天吃饭吗？"

祝温书：……倒也不是。

见她沉默，令琛问："怎么不说话了？"

祝温书："在心里挣扎。"

令琛："大概还要挣扎多久？我这边确实有点急。"

祝温书垂下脑袋："差不多了。"

令琛轻笑："那我把我账号发你？"

"行……"

祝温书才毕业没多久，那些钱都是自己攒的，一想到要借出去，她还是有点儿肉疼："你什么时候还啊？"

"下周吧。"令琛说，"放心，我不会卷款跑路的。"

也是。

就算他跑路了，他儿子还在她手里……不是，在她班里呢。

再不济，她还可以去曝光他。

但想归这么想，到底是把自己的积蓄都借出去了，祝温书还是没什么安全感。她觉得自己有必要给令琛施加一点还钱的紧迫感。

"那个……我胃口其实挺好的，你知道我们这行一节课就要站四十多分钟，有时候还连上两节，所以我每顿一定要加个鸡腿，不然是吃不饱的，你要是不按时还的话，我会出事的。"

令琛："嗯，你放心，不会让你吃不上鸡腿的。"

重点是在鸡腿吗？

祝温书无语，但她此时的心思全在盘算着万一他没还钱，自己要怎么靠七八百块活到下次发工资，也没跟他多计较。

"那……我现在给你转账吧。"

她刚说完就听到电话那头，令琛的声音拉远了些，说了句："这样算通过了吧？"

紧接着，他又说："非常感谢祝老师的信任，我不是真的要——"

这时，应霏敲了敲门，探头进来："我来还吹风机。"

听筒里，令琛的话戛然而止，祝温书也有点蒙地抬头看应霏。

"哦，你放桌上就行。"

应霏把吹风机放回书桌，双眼随便一扫，看到了桌上的那张专辑。

她手臂还没收回，想了想，还是没忍住问："你是不是喜欢令琛啊？"

"啊？"祝温书既没听见令琛继续说话，也没听清应霏说了什么，"你说什么？"

应霏抿着唇，踟蹰片刻，重复道："我说，你是不是喜欢令琛啊？"

"啪"一声。

应霏没听到祝温书的回答，却见她用力摁了一下手机。

她垂眼，这才注意到，原来祝温书刚刚在跟人通话。

"你在打电话？抱歉抱歉，那我先出去了。"

祝温书愣怔着，没说话。

直到应霏关上了门，她徐徐低头，盯着手机。

屏幕停留在被她挂断的通话记录上。

她后知后觉地，抬手薅了一把长发。

糟糕，她怎么，顺手就挂了……

可若是不挂——

喜欢或者不喜欢，这两个答案她都不好说出口啊。

但祝温书转念一想，令琛可能也没听见站在门边的应霏说了什么，正犹豫着接下来该怎么办，手机突然振动了两下。

c：你慌什么？

c：不喜欢就不喜欢，我又不会生气。

18

我刚刚是不小心摁到的。

删掉。

不是不喜欢的意思……

删掉。

你别误会，我挺喜欢你的。

删掉。

最后，许是令琛见她反复输入八百次也没放出个屁，还来主动宽她的心。

c：输入十分钟了，祝老师。

c：不用给我解释，不喜欢我也没关系，我没在意。

祝温书：……怎么觉得更尴尬了呢。

这都什么事儿啊。

她明明是大发善心借钱给大明星周转，怎么就变成了——

等等。

不是借钱吗？

她忽地又坐起来，迅速打字，打算委婉地表达一下，自己也不是"不喜欢"他。

祝温书：你的银行卡账号呢？

祝温书：我这就转给你。

c：不用，开个玩笑。

c：刚刚只是玩了一个小游戏，不是真的要跟你借鸡腿。

祝温书：？

c：不是真的要跟你借钱。

祝温书：噢……

祝温书：什么游戏啊？真心话大冒险？

c：差不多吧。

c：一个小采访。

祝温书：哦。

过了几秒。

祝温书：采访？

祝温书：是那种有摄像头的采访吗？？

祝温书：是会上电视的那种采访吗？？

c：嗯。

c：卫视的采访。

祝温书：？

c：怎么了？

你说怎么了！

你自己说怎么了！

早知道这是一个采访，那她就算是装也会装出一副大方的样子啊。

现在好了，全国人民不仅会知道她抠抠搜搜，还会知道她每顿都要加一个鸡腿。

她可是人民教师啊……这以后还怎么在学生面前树立威严？

祝温书长长叹了口气。

祝温书：那……这个采访什么时候播出啊？

c：后天吧。

祝温书：这么快？？

c：这么紧张？

祝温书：！

c：骗你的，不是卫视，只是一个音乐博主。

祝温书一口气松了下去，那就好那就好。

但她又有一点好奇。

祝温书：哪个博主啊？

c：刘乐游。

没听说过。

看来没什么名气。

想是这么想，祝温书还是偷偷摸摸打开微博，搜了一下这个人。

一眼看到他的粉丝数量，祝温书以为自己眼花，把手机凑近了些，真的看清粉丝数时，差点儿眼前一黑——

与其在这种新潮的千万粉丝音乐博主那里丢人，还不如去卫视丢人呢！

那口好不容易松下去的气又吊了起来。

祝温书平躺下来，给自己找台阶。

就算一千多万粉丝又怎么样，令琛给她打电话的时候又没有指名道姓。谁知道是她呢？

不过……祝温书想了想，又问。

祝温书：为什么会给我打电话？

令琛没再回。

祝温书猜他也忙，便起身去厨房拿了个橘子，打算给自己顺顺气。

谁知道剥开橙黄漂亮的皮，果肉却酸得瞎子都能睁眼。

现在的水果和人之间真是没有一点信任！

祝温书蔫蔫儿地扔了手里剩下的橘子，拖着脚步往阳台走去，打算吹吹风。

另一边房间门锁响动，应霏握着手机急匆匆跑出来开门。

拿了外卖，她一转头，见祝温书在阳台，说了声："你吃饭没？"

祝温书回头看她一眼："在学校食堂吃了。"

"噢，好的。"

应霏正打算拎着外卖回房间吃，祝温书见她转身，想起刚刚的事情，问道："对了，你刚刚怎么突然问我喜不喜欢令琛？"

"啊……"应霏回过头，慢吞吞地说，"我看到你桌上的专辑，就问问你是不是他的粉丝呀。"

"我不——"答案几乎要脱口而出，祝温书却突然笑得很无奈，"你刚刚就该这么问啊，什么喜欢不喜欢的……"

应霏拧眉，满脸不解。

这两者有什么区别吗？

"总之，我……不算是他的粉丝。"祝温书说。

不算是。

应霏心里有了数，点点头："噢，这样，我看你又买专辑又听歌，之前还问演唱会门票，所以顺口一问。"

"没呢，门票是帮朋友问的。"

祝温书站在阳台灯光下，看不清漆黑玄关处应霏的表情，问道："怎么了吗？"

"没怎么呀，我就随便问问。"

应霏背着光，没再说什么："我先进去吃饭啦。"

她回了房间，才背着门无奈地叹了口气。

虽然祝温书说不算是令琛的粉丝，但多少还是有点喜欢的吧。不然这个年代谁没事去买 CD 在家里摆着啊？

其实就算是令琛的粉丝也不奇怪。

他如今正当红，喜欢他的人很多。

但正因为他当红，黑粉也不少。

很不巧，应霏就是令琛的黑粉之一。

她只是没想到，自己的室友居然有变成令琛粉丝的倾向。

不过目前看来也还好，祝温书有点喜欢就有点喜欢吧，只要不是成天在她面前说令琛的狂热粉丝，她就可以视而不见。

另一边。

祝温书在阳台吹了一会儿晚风，也打算回房间。

经过应霏房门时，她侧头看了一眼。

虽然应霏没说什么，但祝温书隐隐约约感觉到，应霏是不是不太喜欢令琛啊？

啧啧。

祝温书摇了摇头，推开自己房门，一拿起手机，便看到令琛几分钟前回的消息。

c：因为。

c：别人都不接我电话。

祝温书：“……”

人缘好差。

到了出发去演播厅的时间，令兴言指挥着套房里的工作人员做准备工作。

刘乐游那边也收拾好了东西，准备离开。

和令琛打了招呼后，他转头又去跟令兴言道谢：“真的感谢百忙之中抽出时间，采访我那边会好好弄，发出去之前还是照例给您过目。”

令兴言跟他握着手，笑呵呵地说：“别客气，天色不早了，回去路上注意安全。”

卢曼曼见机上前，帮刘乐游拿东西。

“没事没事，我自己拿就行。”

刘乐游拿上包，刚走到门口，坐在沙发上玩手机的令琛突然叫住他。

"对了，采访借钱那一段——"令琛从手机上抬头，看向刘乐游，"麻烦您剪了吧。"

"啊？剪掉吗？"刘乐游还没说话，他的小助理先开口了，"为什么呀？"

令琛盯着落地窗看了片刻，回头道："让人发现我朋友不怎么乐意借钱给我，有点丢脸吧？"

"没有啊！很有趣啊！"

刘乐游另一个工作人员也说："那个老师也很可爱啊，这段我最喜欢了。"

令琛看向刘乐游，没说话。

"OK，没问题。"刘乐游不像他的团队那么诧异，平和地说，"本来也只是个小游戏，放后面还有点分散咱们这个采访的主题，我会剪掉的。"

"谢谢。"

等刘乐游带着人走了，套房里空旷不少。

令琛起身，让造型师再次给他整理衣服。

令兴言把刘乐游送到门口，转身回来，经过令琛身旁时，低声道："什么不乐意借钱，我看你是怕人家被全世界都知道她每顿饭要加个鸡腿，不搭理你了。"

令琛充耳不闻，低头和造型师说话，像是没发现旁边站了个人。

造型师弄了会儿，转身去另一边拿定型喷雾。

趁着这会儿，令兴言笑着小声说："还是个老师呢，在哪儿教书呢？初中还是高中？"

"袖口有点紧。"令琛转头跟造型师说话，直接忽视他堂哥。

"你说说看嘛。"令兴言索性坐了下来，跷着个二郎腿，满脸揶揄，"说不定以后我儿子升学还能去熟人那儿呢。"

"不巧。"令琛面无表情地看他一眼，"教小学的。"

令兴言闻言摊手："那没机会了，啧，可惜。"

江城的秋天多雨，一下起来绵绵不绝，黑云从早到晚都沉沉地压着这座城市。

这天是周末，祝温书本想待在家里，奈何隔壁装修，电钻折腾了一上午，她最终忍受不了，带着电脑和书去了市图书馆。

图书馆离家不算近，没有直达的公交和地铁。

祝温书专程打车过去，有点折腾，但她向来坐得住，于是这一待就是一整天。

等她拿起雨伞准备回家时，夜幕已经完全降临。

淅淅沥沥的雨还在下，经久未修的路面淌着水，几片枯叶漂浮，看起来格外萧瑟。

祝温书怕冷，早早就穿起了含羊毛的裤子。这种料子格外精细难清洗，所以她走路的时候格外仔细，怕被污水溅到。

可惜天不遂人愿，她再注意，脚后跟带起的雨水还是弄脏了裤子边角。

祝温书叹了口气，不想再站在雨中，于是朝公交车站走去等出租车。

平时这个点，公交车站一般都没什么人了。

但因为下雨，不少人进去躲雨，远远看去，竟然站满了人。

大多数和她一样，是来这里等车的。

见状，祝温书加快脚步，想给自己找个位子。

一辆公交车从雨幕中缓缓驶来，人群松动，陆陆续续上了几个人。

"等等！等等！还有人！"

焦急的声音由远至近，情绪感染周边。

祝温书下意识想让开路，刚往旁边一挪，一个急着上车的中年女人猛然冲过来。

肩膀相撞那一刻，祝温书的平底鞋一滑，整个人摔倒在地。

那个撞倒她的中年女人已经冲出去好几步，听到声音回头，看见一个年轻女孩儿跌坐在地上，这才后知后觉，自己干了什么。

"哎呀对不起对不起！姑娘！"

她一只手撑伞，另 只手拎着饭盒，艰难地弯腰去扶祝温书，反而导致雨伞上的雨水纷纷落到祝温书身上。

"您先退开一点。"祝温书伸手挡脸，自己站了起来。

低头一看，这裤子从右腿侧面一路湿到了腰上，连上衣都混着黑乎乎的泥泞。

"哎哟怎么这样了。"中年女人很着急，五官都皱到了一起，"你没事吧？没受伤吧？"

祝温书其实摔得不重，也没怎么疼。

就是这泥水弄得她一身脏，着实有点糟心。

"没受伤。"

"还上不上？！"公交车司机的声音在雨中模糊不清。

"上！上！等我会儿！"

中年女人焦急地拉着祝温书袖子："那、那你这衣服怎么办，要不我帮你洗干净？"

怎么洗？

现场脱给她吗？

喇叭声在耳边催促，祝温书叹了口气，摇摇头："没事，我自己弄吧，您先上车。"

看祝温书这么好说话，女人开始犹豫。

她回头看了眼公交车，试探道："那……我就先走了？我太着急了，给我家老头子送饭去，真是太对不起你了。"

"您去吧。"

祝温书已经捡起了伞，也不想在这雨中和一个无心犯错的人纠缠，她现在只想快点回家换衣服。

因为下雨，晚上八点多又是下班高峰期，路上没有一辆空客出租车，而网约车也挤得排到了一两百号。

祝温书只拿一张纸巾把自己的手擦干净，剩下的全用来擦衣服，却也只是杯水车薪。

脏水彻底浸透了衣服，湿漉漉地贴着皮肤。

因为衣服上一大片污渍太显眼，给她的长相和气质骤然添上几分破碎感，引得一旁等车的路人频频看她。

这些目光放大了祝温书的狼狈，她往角落挪了挪，不太想受到这样的关注。

雨一直没有要停的趋势，打车的排序也跳动得很慢。

公交车站的人渐渐少了，也有了座位。

祝温书坐到边上，和一个女孩儿紧邻。

"你什么时候到呀？我快冻死了。"女生打着电话，语气娇嗔，"快点！我没带伞，刚刚都淋雨了！"

祝温书悄悄看她一眼，想给她一张纸擦擦头发上的雨水，却发现自己刚刚已经用完了。

不一会儿，一辆白色轿车停在公交车站前。

男人撑着伞从驾驶座出来，搂着女孩儿上了车，途中还好声好气地哄了几句，伸手温柔地擦去女生头发上的雨水。

祝温书没抬头。

等人走了，看向旁边空落落的座位，她才轻轻叹了口气。

还是有点羡慕的。

四周人越来越少，祝温书又冷又困，紧紧抱着自己的包，拿出手机打发时间。

一打开微博，首页就有博主转发前两天的颁奖典礼红毯图。

其实从当天晚上开始，祝温书就陆陆续续看见不少博主发那场颁奖典礼的照片，自然也看见了令琛。

只是今时今日，她狼狈地等在雨中，再看到闪光灯下，光鲜亮丽的令琛，突然觉得世事还真不可捉摸。

随便翻了两下，祝温书往下一滑，突然又想起令琛说的那个采访。

好像就是今天发吧？

祝温书凝神片刻，点进刘乐游的微博，果然见他最新一条视频就是令琛的采访。

看见这条微博的转发评论点赞量，祝温书莫名有点紧张。

她小心翼翼地点看评论，一条条看下来……

咦？好像没人提到她的抠门行为？

于是她点开视频。

近三十分钟的视频，她一点没落地看完，最后停止在刘乐游加上令琛微信这里。

根本没有跟她借钱的片段。

松了一口气的同时，祝温书想问问令琛怎么回事，但转念一想，他别是以为自己多想上镜，刻意来问的吧。

打住了这个念头，祝温书没再继续看，切换到打车软件，见前面只剩三十多号人了。

而公交车站，也在她看视频的时候空了下来，只剩她一个人。

祝温书百无聊赖地看了看四周，拿手机拍了张照片。

清冷萧瑟的雨幕中，老旧公交站牌看起来摇摇欲坠。

——终于体会到班里最后一个被接走的小朋友是什么感觉了。

发了这条朋友圈，评论来得很快。

祝温书垂着脑袋，点进朋友圈，提示处的小图……居然是她刚刚才看过的令琛的照片？！

啊？他居然也看朋友圈的吗？

祝温书点进去，备注名却显示——祝启森。

祝启森：具体什么感觉？展开讲讲。

……吓她一跳。

祝温书后知后觉想起来，令琛的头像也不是他自己的照片。

她回复祝启森：你这头像什么鬼？

祝启森：讨好女朋友的一百零一种手段，你不懂。

祝温书没再理他，只是看着他的头像，仿佛是令琛本人来见证了她此刻的狼狈一样。

但可能是最近令琛在她生活中出现的频率很高，她的思绪在雨中发散，渐渐想起，上一次这么狼狈，好像也有令琛的身影。

那会儿已经要高考了，全校高三停课，自主上自习。

在即将上"战场"的紧张氛围中，祝温书整理错题本，发现自己有一道物理类型题总是做错，一直没有攻克。

她心里没底，想到近在咫尺的高考，发誓非把它吃透不可。

于是她忙活了一下午，到了放学时间，也没急着回家，不想打断思路。

等她能够清晰完整地写出所有做题思路后，教室也和现在一样，人都走得差不多了。

祝温书简单整理了一下书包，正要起身，忽然脑门儿一凉，低头去看，凳子上果然有暗暗的红色痕迹。

她立刻又坐了回去。

这几天她在生理期，因为做题太投入，忘了定时去厕所更换卫生巾。

炎炎夏日，她只穿了短袖和校裤。

虽然学校里没什么人了，但她还要坐公交车，还要穿过巷子回家。十几岁的小姑娘脸皮薄，想到自己会被那么多人看见裤子上的痕迹，忍不住用头轻轻磕桌子。

救命啊……

这个时候谁能救救她？

她磕了一会儿，突然想到可能有同学留有衣服在教室，于是立刻回头，目光一扫，却先看见坐在角落还没走的令琛。

她愣了愣，见他在这大热天还穿着校服外套，感觉看到了希望。

"令琛……"

听到名字，令琛抬头，在角落和她遥遥相望，却没说话。

因为不熟，要提出这种要求，祝温书有点不好意思，脸上起了点红晕。

"那个……你能帮我一个忙吗？"

"什么？"

距离这么远，祝温书不好大声说出口："你可以先过来一下吗？"

令琛盯着她看了一会儿，才起身过来，站到她桌前，也没说话。

"就是……我裤子有点脏……"祝温书支支吾吾地说，"可以把你的外套借我穿回家一天吗？"

令琛的眼里有讶异，有不解，还有下意识的拒绝。

他垂着手，裤边的手指不自觉捏住袖口，藏住那几道针线缝补的痕迹，没说话。

"啊，你不方便也没事的，我再看看别人的。"

祝温书一直盯着他的脸，见他这样的神情，很快就明白他是不太愿意的意思。

她知道自己这个要求确实有点过分，毕竟是高三的男生，肯定知道她想干什么。

觉得不干净，不想借，也能理解。

还好这时，有回来拿东西的同学经过走廊。

祝温书余光看到，连忙叫住："尹越泽！"

回忆在这里中断，因为祝温书发现刚刚坐在她旁边的一个中年女人也离开了，脚步声很急，匆匆跑向路边一辆电瓶车。

雨总算小了点，只是凉风吹来，刮得祝温书那几处被雨水浸湿的地方格外冷。

祝温书打了个寒战，见路上的车辆越来越少，心想自己也该打到车了吧。

她拿出手机看了一眼，前面还有二十多号人排队，预计还要等一会儿。

手机电量所剩不多，祝温书不敢再浪费，关掉屏幕，徐徐抬头。

一辆黑色商务车缓缓开来，速度越来越慢。

直至最后停在公交站台前。

空无一人的公交车站，下着雨的夜晚，祝温书不得不多几分警惕，脑子里已经闪过了无数个电影里女生被车里的人打劫的画面。

她不自觉地坐直身体，握紧了手机。

然而下一秒，自动车门打开。斜风细雨将视线切割得模糊不清，夜色昏暗，车内亮着灯，将令琛的轮廓映得格外清晰。

可即便这样，祝温书也以为自己出现了幻觉。

随即，一把黑色雨伞伸出来，伞面撑开的同时，车里的人俯身下车。

零落的雨滴在伞面上绽开。

眼前的画面似乎被慢放成一帧一帧，祝温书看见黑色伞面抬起，令琛在晦暗的夜色中，一步步朝她走来。

还是黑色的西装，头顶却没有明亮的追光灯。

但眼前的光景仿佛和刚刚看过的照片重叠，祝温书感觉，眼前的男人让这个萧瑟的公交车站变得灯火辉煌。

他停在祝温书面前，低头，看见她沾满雨水的衣服，随后将伞递过来："拿着。"

直到他说话，祝温书才有一股真实感。

她伸手，细长的指尖擦过他的指节，还没握紧伞柄，这把伞的重量就已经全到了她手里。

祝温书眨眨眼，不明所以地抬眼。

面前的男人低下头，手指解开胸前扣子。

将他身上的西装外套脱了下来，双手拎着，臂弯绕过她的耳旁。

秋风混着他身上清冽的香气，萦绕在她鼻尖。

下一秒，带着他体温的外套，轻轻盖到了她身上。

19

上了车，谁都没有说话。

祝温书侧头看着车窗，目光没什么焦距，走马观花地看着飞速倒退的光景。

直到她的注意力缓缓移到雨滴上——

她的心跳和砸在玻璃上的雨滴一样重。

车厢内开了空调，暖风从四面八方温润无声地袭来。

祝温书披着令琛的外套，坐在他旁边，过了好一会儿才恍然回神，扭头怔怔地问："……你怎么在这里？"

两人座位之间隔着半米距离，给他的声音添了几分疏离，不像撑伞上车那几步路，连呼吸都近在咫尺。

"祝老师，"令琛似乎没想到祝温书会问这么显而易见的问题，半耷的眼皮抬起，直直看着前方司机的后脑勺，"这是我回家的路。"

"噢……"祝温书垂着眼睛点点头，"啊？"

"啊什么啊，"令琛说，"我看见了。"

看见了啊。

祝温书看了眼车窗外，细密的雨水织成网，罩住路灯微弱的光亮，一闪而过的行人像模糊的光影碎片。

这也能看见？

她又歪着身子，余光往令琛那边的车窗看去。

"我是说——"令琛抬手挡住她神不知鬼不觉偏过来的头，慢慢推回她自己的座位，"我刷到你朋友圈了。"

"……哦。"

祝温书坐直，拢了拢衣服，嘀咕道："我还以为你这眼睛真是八星八钻的。"

她重新陷进车座里，不再说话。

车快要开到路口，司机在选择车道的时候很犹豫，最后停在直行车道，回头看了眼那个撇头看着窗外的男人。

令琛感觉到司机的目光，和他对视片刻，这才转过头，去看旁边的人。

"祝老师，你再不告诉司机你家地址……"

令琛的声音冷不丁又响起，祝温书一惊，愣怔地扭头看他。

他撩起眼，两人的目光在灯光下交汇："就只能跟我回家了。"

"……"祝温书如梦初醒般，立刻说，"光华路辰光苑一期。"

司机打开导航，看了眼路线，有点儿无语。

这两人上车后就不怎么说话，好不容易开口了，还尽说些有的没的，没一个人说重点，仿佛都在神游。

车在前方路口掉头后，进入了祝温书熟悉的路段。

空调烘得她浑身软绵绵的，想靠着车窗，一低头，却又能闻到令琛衣服上的味道。

祝温书虽然不是一个话很多的人，但她也不太习惯跟人在封闭的空间内却沉默不语。

况且坐在她旁边的还不是陌生人。

可今晚，每当她想到话题打算说话时，车内的空气流动太慢，窗外的雨丝太乱，都让她开不了口。

一路安静无话。

车停在小区门口，车门打开，有裹着细雨的风吹进来。

祝温书捏着令琛的外套领口，犹豫着该怎么办。

衣服上已经沾了脏水，她总不能不清理干净就还给别人。

但若是直接穿回家，万一人家不愿意呢？

"那这个衣服……"祝温书迟疑地开口。

"穿回家吧。"令琛说。

"行。"祝温书不再纠结，点头道，"那我洗干净了还给你。"

目送着令琛的车离开，祝温书一转身，撞见应霏拎着雨伞慢悠悠地走过来。

雨几乎已经停了，她便没撑伞，视野开阔。

“你回来啦。”应霏还侧头看了一眼刚开走不久的车，一看就不是网约车，“你朋友啊？这车真厉害哇。”

天上还飘着微弱的雨丝，祝温书没收伞，轻轻“嗯”了一声。

路边光线不好，应霏见祝温书身上的外套，只当是她出门时就穿了，也没多想。

直到两人进了电梯，灯光明亮，她才注意到，这显然是一件男士西装外套。

应霏笑了笑，本来也没打算多问。

像祝温书这样的女生，有人追是很正常的事。

只是当她多看了那外套两眼时，突然发现事情没那么简单了。

“你这朋友……不光车厉害，这衣服也挺厉害。”

“啊？”祝温书低头看了眼，“不就是一件黑色西装吗？”

应霏知道她不是装，是真不懂。

“什么黑色西装，这是限量高定西装欸！”

祝温书听到“高定”两个字，立刻把外套脱了下来。

可她看来看去，也不明白这跟普通西装有什么区别，甚至连水洗标都没看见一个。

“别找了，这衣服没有标的。”

应霏见她一脸蒙，伸手把衣服翻过来，给她指了指内衬上的暗纹logo标志。

纵然祝温书不关注时尚圈，也知道这大名鼎鼎的品牌。

“你这都能看出来？”

祝温书惊讶不已，怎么全世界都有八星八钻的眼睛就她没有。

“叶邵星前几天穿了这套走红毯啦。”应霏说完，见祝温书一脸蒙，“你朋友这都没跟你说一下？”

此刻正好到楼层，电梯门打开。

应霏拍拍祝温书的肩膀，竖起大拇指，揶揄道：“我觉得你这朋友不错，低调奢华，可以深交。”

祝温书在电梯里怔了一会儿，想起自己下车前承诺的“我洗干净了还给你”，脑子不停地“嗡嗡”响。

"应霏！"她连忙追出去，"那你知道这衣服要怎么洗吗？"

应霏刚刚注意力全在那件西服上，这会儿回过头，才看见祝温书身上的泥污："你衣服怎么了？摔跤了？"

"嗯，不小心摔了。"

祝温书有些急，没在意自己的衣服："这西服是不是清洗很麻烦？"

"清洗……"应霏平时只关注自己偶像穿了什么大牌衣服，哪儿会关注这大牌衣服怎么洗，"应该……不洗吧？"

祝温书："啊？"

有钱就不嫌脏吗？！

大概是看出了祝温书的疑惑，应霏没忍住笑出了声。

"不是说人家不洗衣服的意思！"她打开家门，开了玄关的灯，"这些衣服金贵得很，而且能穿这种衣服的人，大概也没打算要穿第二次吧。"

祝温书："……"

既然应霏也无计可施，祝温书只好自己琢磨琢磨。

她回到房间查了查，可网页上只有普通定制西装的清洗办法，并没有明确指出这种品牌的高定要怎么洗。

唯一一个指向明显的答案，还和应霏的说法一样。

——不洗。

可祝温书总不能真的把这种沾了脏泥污水的高定西服就这么给令琛送回去吧。

她坐在桌前想了会儿，拿起手机挨个给干洗店打电话。

有几家店倒是说可以洗，但当祝温书询问能不能确保衣服品质不受任何影响时，对方都支支吾吾，给不出确定答案。

最后她没了办法，又不能病急乱投医，只好去问衣服的主人。

祝温书：你这件衣服要怎么清洗？有什么注意事项？

祝温书：或者你平时都去哪里清洗？

过了一会儿，令琛回了四个字。

c：你不用管。

祝温书：？

祝温书：这不好吧，都弄脏了。

c：随便洗洗就行。

祝温书：这怎么行呢？我知道这衣服很名贵，你给我说个可以清洗的地方吧，我拿去处理。

c：那你还给我吧。

c：我助理会拿去专门的地方清理。

祝温书认真地思考了一会儿，发现这可能确实是最好的解决办法。

像令琛这种明星，造型是很重要的一部分，身边肯定有专门打理服装的团队。

她若是坚持自己清洗，搞不好最后会弄巧成拙。

祝温书：唉。

祝温书：真的很抱歉。

祝温书：那你什么时候有时间呢？

本来第一念头是寄过去，但想到这衣服的金贵程度，她还是不放心交给快递员。

祝温书：我给你送过去。

这一次，令琛过了很久才回消息。

c：明天放学后。

祝温书：放学？

c：保姆明天请假。

c：麻烦祝老师，顺便把我家小孩送回来吧。

举手之劳而已，祝温书一口答应。

祝温书：好的。

白忙活一晚上，衣服最终还是得原封不动地物归原主。

祝温书也算不上松口气，还是觉得有点过意不去，起身拿毛巾把那件衣服细致地擦了一遍又一遍，才放进袋子里收好。

第二天，她拎着袋子去了学校。

忙到放学，令思渊背着书包排在队伍最后面。等祝温书把学生一个个送走，他才慢吞吞地挪到她身边。

"老师，今天你送我回家吗？"

"是的。"祝温书牵住他，走到路边等车，"你不喜欢老师送你回家吗？"

"不是……"

他今天早上得知肖阿姨放假，本来挺开心的，以为自己一回家就可以玩游戏。谁知出门的时候叔叔告诉他说放学的时候祝老师会送他回家，那他的计划岂不是要泡汤了？

"老师你不回家吗？你爸爸妈妈不会着急吗？"

"会着急的呀。"

有出租车停在面前，祝温书带着令思渊上车，轻声道："不过老师已经给爸爸妈妈说过了，先送你回家，而且我有东西要还给你爸爸。"

"噢……"

到家后，令思渊垂着脑袋按开门锁。

和上次来的时候不一样，深秋的季节，屋子里却很暖。

客厅灯光明亮，还添了几盆绿植。

令思渊进门换鞋，弯腰从鞋柜里拿出一双女士拖鞋给祝温书。

"谢谢渊渊。"

祝温书扫了一眼室内，没看到令琛的身影，倒是听到有细微的水流声。

换好鞋，祝温书跟令思渊进去。

虽然不愿意被老师看管着，但令思渊平时见他爸爸招待客人非常周到，耳濡目染下养成了习惯，放下书包就说："老师，我去给你倒水。"

祝温书本想把衣服还给令琛就回家，但小孩儿这么礼貌，她也不便拒绝，便去沙发找个位子坐下。

"好的，谢谢渊渊。"

倒来一杯温水，令思渊又说："老师我再去给你拿水果。"

本想说不用了，但令思渊已经朝厨房跑去了。

顺着他的方向，祝温书抬头，看见站在厨房里的令琛。

炉火上一个砂锅正冒着白烟，飘出鸡汤的香味。一旁的烤箱亮着灯，看不清里面是什么。

令琛站在水池边，穿着一件宽松的灰色卫衣，袖口挽起，双手垂在池子里洗菜。

祝温书真没想到会见到这样的场面。

水流细长，令琛的双手有条不紊地翻洗着每一根青菜，娴熟且仔细，像常年下厨做菜的人。

大概是感觉到祝温书的目光，令琛回过头，朝她抬了抬下巴："来了？你先坐会儿。"

祝温书愣愣地"哦"了一声，收回视线，看着黑屏的电视，这才想起，自己是来还衣服的："衣服我拿来了。"

令琛没回头："先放着吧，等我一会儿。"

这语气自然得，仿佛祝温书是专程来拜访的客人，倒让她说不出立刻要离开的话。

令思渊捧着一盘洗好的水果过来，在茶几上摆好后，又问："老师，你要看电视吗？"

他那大眼睛放着光，祝温书哪儿能不知道他什么意思。

但或许是这屋子的温度很舒适，厨房的香味也浓郁，祝温书不想催着他写作业，点头道："好呀。"

令思渊立刻打开电视，画面和吵闹的音乐一同出现。

不一会儿，厨房里响起食物下锅的声音，热油"欻啦"响。

令思渊看动画片看得入神，拿起桌上的苹果就要啃。

"哎，先削皮。"祝温书拦住他，看了一眼茶几，没找到水果刀，于是问令思渊，"水果刀呢？老师帮你削吧。"

令思渊也不知道在哪里，扭头就喊："爸爸！"

令琛："干吗？"

令思渊："水果刀在哪里？"

"我怎么——"令琛回过头，目光穿过厨房玻璃门，话突然卡在嗓子里。

玄关处。

令兴言不知什么时候进来的，正一脸莫名地看着这一屋子人。

两秒后，他的亲儿子也后知后觉地发现了不对劲，转过身，愣怔地看着他。

整个屋子陷入一段很长时间的死寂，直到令兴言找回声音——

"你，"令兴言问，"在叫谁爸爸？"

令思渊呆着没说话。

令兴言又扭头看令琛："你，又在答应谁？"

第 五 章

祝老师的那个朋友

20

令兴言是真没想明白。

他已经不分日夜地工作很多天了，从帝都回来后更甚，因为拓展业务，他基本没怎么回过家，床都快安在公司了。

今天他寻思自己好多天没见着儿子，连午饭都没吃，忙着把工作做完，想着回家陪儿子吃顿晚饭。

结果呢？

然后呢？

他一推开门，饭香扑鼻，欢声笑语，其乐融融，差点以为自己走错了门，误入一家三口之家。

然后，他就亲耳听见自己亲儿子叫别人爸爸。

人还答应得挺顺口。

怎么，他在外面累死累活打江山，结果家被自己弟弟偷了？

好一个兄友弟恭、父慈子孝。

特别是，当他看到祝温书转过头来时，更不理解了。

在自己喜欢的女孩儿面前扮演一个有儿子的人，这是什么新时代情趣？

"问你们呢。"令兴言鞋都没换，两三步走过来，"叫谁爸爸呢？"

原本令琛也沉默地看着他堂哥，无言以对。

但锅里突然飘出煳味儿，他回神，转身将火关了。

这边的"火"却没关。

见令兴言走进来，令思渊眼珠子乱转，抱着苹果小声喊道："爸爸……"

爸爸？

全程最蒙的祝温书看了眼令兴言，又看了眼令思渊，糨糊般的脑袋突然拨云见日。

饶是再迟钝，祝温书也反应过来了。

令思渊根本就不是令琛的儿子，是令兴言的！

她就说！！

跟她同龄的令琛怎么会有这么大的儿子！！！

而他的儿子为什么又跟自己堂哥长得这么像！！！

果然，面前的令兴言抱着双臂，似笑非笑地看着他儿子："你还知道谁是你爸爸呢？"

看见令兴言又上前几步，令思渊以为要挨揍，下意识地往祝温书身后躲："老师……"

老师？

令兴言前进的脚步停滞，歪着头，迷惘地看着祝温书。

虽然现场情况有点混乱，但祝温书觉得自己还是有必要跟这位真正的学生家长自我介绍一下。

她起身，脸上表情也不太自然："您好，我是令思渊的语文老师，也是代班班主任。"

令兴言的脸色变换很精彩。

先是震惊，而后是迷惑，再是无语，最后……他转身看了令琛一眼，突然低头笑了，但他很克制，努力不让自己笑出声。

可这很难。

不一会儿，吵闹的动画片背景音里混入了令兴言放肆的笑声。

明明刚刚还一脸讶异的人，这会儿笑得像年纪跟令思渊差不多大。

祝温书觉得这一家子都挺让人不理解，她看向令琛，只见那人紧抿着唇，脸色很黑。

对上祝温书的目光，他没说话。

但祝温书看出来了，他明明就是人证物证俱在无话可说。

"这到底怎么回事？"祝温书低头问令思渊，"你为什么要叫他爸爸？"

令兴言也问："是的，你也给我解释解释。"

"我……"见老师和爸爸都来质问他，令思渊没胆量再撒谎，偷偷挪到沙发角落，抱住玩偶，"我……上次老师来家里告状，我怕爸爸骂我，所以……让叔叔当我爸爸……都是我的错！"

祝温书："……"

令兴言："……"

祝温书觉得这也太荒唐了，而令兴言则一言难尽地看着自己儿子。

这就把责任揽了，也不知道该说他太聪明，还是太傻。

被人卖了还帮着数钱。

可令琛也太不是个东西了，利用小孩子满足私欲，这是一个成年人干得出来的事情吗？

"你怎么能这样呢？"祝温书可算明白了一切，觉得自己被蒙骗这么久，简直像个小丑，真丢脸，"小孩子不懂事撒谎，你不纠正他反而配合他，这样很好玩吗？"

没等令琛回答，令兴言在旁边咳了一声。

令琛凉飕飕地扫了隔岸观火的令兴言一眼，再看向祝温书时，垂眸盖住眼里那点儿无名火。

"我——"

"哎，老师，是我家小孩不懂事。"令兴言突然打断令琛，侧身挡了挡他的视线，直面祝温书，"我一定好好教育，您别太生气。"

祝温书觉得这事儿令兴言也算一个受害者，肯定不能跟他发什么火。

只是自己儿子都认别人当爹了他还一无所知，多少也得负点责任。

"您平时工作忙，但还是多抽点时间关注孩子吧，您看他这样，要是以后撒谎成性怎么办呢？"

"哎哎哎，好的好的，我一定好好批评，给您一个交代。"

令兴言抬手看了眼时间，说道："那个……时间也不早了，要不我叫司机送您回去？"

令琛闻言，眉梢忽抬，想上前两步，却被令兴言反手挡住。

"不然等会儿该堵车了。"

其实祝温书知道令兴言是想给令琛留点面子才下的逐客令。

她也意识到该留空间给他们先自己处理家事，于是顺着台阶下去："不用了，我家不远，打车就行。"

起身后，她看见身侧装着西服的袋子，拎起来放到茶几上，没好气

148

地说："这是你的衣服，谢谢你。"

等她走出客厅，令琛沉沉地呼了口气，抬头看她："祝温书——"

祝温书回头，拧着眉头瞪了令琛一眼，硬是把他想说的话瞪了回去。

等传来关门声，祝温书的身影消失，令琛盯着那道门看了好一会儿，压着满腔烦躁转身。

锅里的菜已经焖了，令琛没再去厨房，也没搭理站在客厅中间的令兴言，直接掠过他走向阳台。

看着他那烦躁的背影，令兴言慢悠悠地走过去。

其实他刚刚真的很想煽风点火坐看好戏，但想到他这弟弟那张嘴，他要是不把祝温书请走，可能得眼睁睁看着令琛把人气死。

这会儿他无所顾忌了，靠着墙说："小孩子不懂事，你还配合他演上了？怎么，唱而优则演？要不我回头给你接两部戏？反正递本子的人还挺多。"

令琛没理他。

令兴言又转头看向还躲在沙发上的令思渊，指指他鼻子："你先回房间去写作业，等会儿我再来收拾你。"

令思渊一听，忙不迭躲回了房间。

客厅没了别人，令兴言越发肆无忌惮。

"想当爹就自己生，不要非法占用他人'劳动成果'，OK？你一个原创歌手这点也要我教你吗？"

令琛终于回过头，脸色没一点儿缓解，依然很黑："你怎么回来了？"

"嘿，抢了我儿子还想抢我房子？"令兴言对他的眼神视而不见，"房产证名字没改成你的吧？"

不过说完这句，令兴言感觉四周的空气确实凉飕飕的，决定见好就收。

"我吃饭去了。"他大摇大摆地走到厨房，揭开砂锅盖子闻了闻，又去开烤箱，"哟，烤大鸡腿呢，没人吃可惜了，正好我赶上。"

回家的路上，太阳还没下山。

小区里老人带着小孩在树荫下玩耍，一片欢声笑语。

祝温书的表情和这氛围格格不入，她今天脚步格外快，没看四周风景也没看手机，盯着路前方，满脸写着不高兴。

她一路上都在回想最近发生的事情，真是做梦也没想到令琛居然不是令思渊的爸爸，她还傻傻地操心他要怎么当一个好爸爸。

结果从头到尾都是在演戏，就为了不让她把状告到令思渊亲爸面前。

幼稚不幼稚！

推开门，祝温书愤愤地换了鞋，嘴里还在碎碎念。

"你怎么了？"应霏正在客厅吃饭，没抬头就感觉到了气氛的不对劲，"跟人吵架了？"

"没。"祝温书拎着包经过她身旁，"被学生家长气得。"

还说没吵架，应霏感觉刮过自己身旁的风都带着一股火药味。

回到房间，祝温书坐在书桌前一个人生闷气。

这时，手机振动。

她拿起来看了一眼，就倏地丢开。

令琛还好意思来问她到家没有呢。

不回。

过了会儿，祝温书慢吞吞地伸手，摸到桌上，拿起手机。

万一令琛这种人没看出她是在生气，见她一直不回，误会她路上出事然后报个警什么的……

到时候别因为这么一件事，她还被警察教育一下，那就不划算了。

可她又实在不想搭理令琛。

思来想去半晌，她点开同事群，随便找了篇公众号文章转发到朋友圈。

《孩子总是撒谎怎么办？聪明的父母这样做，让孩子变成诚实的人》。

刚发完没多久，手机又振动。

祝温书不明白，他既然看见朋友圈更新了，就该知道她已经安全到家了只是不想理他，干吗还要来问。

打开手机一看，却是收到一条好友申请。

验证信息是令兴言的名字。

毕竟这才是真的学生家长，祝温书点了"通过"。

令兴言：祝老师，您安全到家了吗？

祝温书：已经到了。

令兴言：那就好。

令兴言：今天的事情实在太抱歉了，不过您也别气着自己。

令兴言：小孩子不懂事，令琛也没恶意。

令兴言：我会好好说他们的。

祝温书有时候看到娱乐八卦，以为明星的经纪人，特别是当红明星的，都拿鼻子看人跩得不行。

没想到令兴言这么好说话，姿态还放得这么低。俗话说伸手不打笑脸人，她不知不觉也缓和了情绪，平静地和令兴言聊了会儿令思渊的情况。

总之，打了这么多字，她也没回令琛的消息。

到了第二天，祝温书去学校上班，在教室走廊上碰到令思渊。

她虽然没了昨天的火气，但此时也摆着严肃的脸色。

令思渊见状，有些怯生生地说："祝老师，早上好。"

祝温书点头："早上好。"

"老师……"令思渊声音很小，"您还生气吗？"

"老师确实很生气。"祝温书蹲下来和他对视，"好孩子怎么能撒谎骗老师呢？"

面前的小脑袋垂了下去："我知道错了……"

"知道错了不能光靠嘴，要说到做到。"祝温书说，"老师要看到你的行动。"

"我知道了……"

祝温书还有其他事情要处理，没再跟令思渊多说。

不过这一整天，她还是没回令琛那条消息。

又过了一天。

祝温书再到学校，虽然看见令思渊的脸还是会想到那件事，但她已经没那么生气了。

精神饱满地给两个班上了课，她回到办公室处理杂事。

有一张教研活动的表格很复杂，几个地方她不知道怎么填，便拿着纸去问王老师。

王老师也刚刚下课回来，没收了一个学生的手机，此时正坐在座位上摆弄。

祝温书一过去，正好看见王老师滑开屏幕，锁屏亮起。

——是令琛的舞台照片。

重工风格的舞台只留一束昏黄的追光灯，坚硬与柔和融为背景。

画面中的男人坐在高脚凳上，一条腿斜斜伸直，另一条腿半屈，左手随意地搭在话筒支架上，微垂着头，只留一张侧脸给镜头。

犹如中世纪油画的构图与色彩和透露着虔诚爱意的镜头语言，本该是烘托出低吟浅唱的氛围。

可他手腕上系着一条红丝绸，迎风乱舞，像张牙舞爪的红缨，横飞在镜头前，映得那张侧脸张扬又热烈。

"噢哟，这些小女孩儿，"王老师念叨，"小小年纪就开始做梦，长大怎么得了哦。"

祝温书的视线在照片上停留片刻。

不得不承认，这张照片很有冲击感，令琛的万丈光芒尽数体现。

"祝老师？"王老师发现祝温书在她身旁站了有一会儿了，问道，"有事吗？"

"噢，这个表格，想问问您怎么填。"

"哦，我看看。"

在王老师的指导下填好表格后，祝温书回到了自己的座位。

手机响了有一阵，是一位家长给她连发了很多消息，问她一些事情。

回复完这位家长，祝温书滑动消息列表，想看看自己有没有遗漏的消息，却看到，和令琛的对话框，还停留在两天前。

想到刚刚看见的那张锁屏照片，祝温书轻哼一声。

大明星了不起啊？

大明星就可以不道歉啊？

大明星就可以一句"到家了吗"然后当无事发生吗？

祝温书没再看手机，抱过一旁的家庭作业开始批改。

昨天的作业仍然是生字抄写，批改起来很快。

十几分钟后，祝温书翻到了令思渊的作业。

也不知他是不是明白自己惹老师生气了，作业写得格外认真。只是他这字迹吧，再认真，也有点一言难尽。

祝温书叹了口气，往后一翻，眸色忽动。

令思渊又紧邻着最后几个抄写的生字，用稚嫩的字迹，写着——

保证书

　　祝老师，我错了。

　　我保证以后再也不骗您，不惹您生气了。

　　请您原谅我，不要再生气了。

而最后的落款处，"保证人："后面，除了歪歪扭扭的"令思渊"三个字，还跟着格格不入、龙飞凤舞的"令琛"两个字。

21

一到下课时间，办公室里总有小孩进进出出，一会儿是告状的，一会儿是哭闹的，老师们哄来哄去，整个屋子热闹得像菜市场。

但祝温书的班刚刚上了美术课，孩子们大概都还沉浸在做手工的快乐中，没什么人来找事，她格外清闲。

于是，就出现了这么一幅画面——祝温书每写一会儿备课内容，就会翻开令思渊的作业本看两眼，然后低头，手背抵着唇，努力地克制自己不笑出声。

没一会儿，还是有人发现了端倪。

"祝老师，你一直在笑什么呢？"

"啊？"祝温书抿唇，压下嘴角的弧度，"没什么，在想昨天听的相声。"

"……你还挺喜欢听相声的。"

祝温书没再接话，却也很难完全脱离现下的状态。

令琛和令思渊那天差地别的字迹对比还是其次，祝温书主要是控制不住自己去脑补画面。

她才不觉得令琛会老老实实地坐在令思渊身旁，指导他写保证书，然后正经地签上自己的名字。

她脑海里不由自主出现的画面是：早上令思渊收拾好书包准备去上学，令琛鬼鬼祟祟翻出他的作业本，然后偷偷摸摸在后面签上自己的名字，再神不知鬼不觉地放回去。

　　祝温书总觉得，这才是令琛干得出来的事情。

　　过了一会儿，预备铃打响。

　　下节课是祝温书的语文课，她抱着作业本起身，准备去教室分发下去。

　　走到门口，她想到什么，又掉转头回到办公桌旁，拿出红笔，翻开令思渊的作业本，在保证书后面画了一个钩，顺便写上今天的日期。

　　嗯，高冷，很有姿态。

　　但合上作业本的前一秒，祝温书脑子里又萌生了另一个想法。

　　她盯着保证书看了两眼，然后，小心翼翼地把这一页撕了下来，折叠两次，收进了包里。

　　去教室的路上，祝温书抱着一沓作业，遇到正要去上课的祝启森。

　　"小祝老师！"祝启森远远叫住她，两三步跑过来和她并肩走着，"正说给你发消息呢就碰见你了，晚上有空没？"

　　祝温书："干吗？"

　　"雪儿前段时间带学生参加合唱比赛，已经结束了，就说请你吃个饭。"

　　雪儿不是祝启森的第一任女朋友。

　　大学的时候，祝启森这种男生在师范院校很受欢迎，换过好几任女朋友，几乎都带出来和祝温书他们一起吃过饭。想到每次祝启森和女朋友腻歪的样子，祝温书打了个寒战："不要，我怕我到时候一个人看你们秀恩爱，吃不下去饭。"

　　"那你再叫个人啊。"祝启森想了想，"你要不叫上你室友？雪儿一直很想认识她，觉得她很厉害。"

　　祝温书加快脚步："……不了吧。"

　　祝启森："怎么了吗？再怎么说她也是帮了大忙，我也一直在找机会想道个谢，这不正好我请客吃个饭，你就问问她愿不愿意来。"

　　祝温书抬头看了看天，突然觉得自己跟令思渊也没什么区别。

　　撒了一个谎，要用无数个谎来圆。

　　"不用问了，她社恐。"

"这样啊……"祝启森说,"那你晚上来吃饭吗,反正也没什么事。"

眼看着要走到教室门口了,祝温书懒得跟他多说。

"行行行。"

小学放学早,还不到饭点。

祝启森平时也不开车上班,一个是没有他骑单车方便,另一个是他觉得自己一个小学体育老师,每天开辆奥迪 A7 来上班过于高调,就差把"富二代"三个字写脸上了。

所以放学后,他先回家一趟,开了车去接雪儿。

祝温书没他那么闲,在学校忙到晚上六点多,直接去吃饭的地方。

这会儿正是下班高峰期,等祝温书骑着单车去了地铁站,再辗转到烤肉店,祝启森和雪儿已经在等她了。

"抱歉,地铁站有点远,我走路过来的。"

"没事没事,我们也刚到。"

说话的是施雪儿。

祝温书对她的印象全部来自祝启森的口述,以为是一个娇气的小公主。

现在看来,施雪儿长得小巧精致,穿着毛茸茸的短外套,看着是挺小公主,但语气神情倒是不娇气。

而且,施雪儿一看见她,亮晶晶的双眼便一直盯着她看,从她进来到落座就没移开过视线。

这要是换成个男人,祝温书只会觉得猥琐,但面前是个漂亮的女生,她莫名还有点害羞。

"外面冷吧?你快喝点热水。"

施雪儿没看祝启森一眼,只是挥手指挥他:"你快给祝老师倒热水啊!"

"噢噢。"祝启森忙不迭站起来给祝温书倒水。

捧着热水杯,祝温书朝施雪儿笑笑:"你好,听祝启森提你很多次了,今天终于见到了。"

"要不是带学生比赛,我早就想见你了,真没想到祝启森还有这么神通广大的朋友,能帮忙买到令琛的演唱会门票,你真是太厉害了!"

她比祝温书想象中的热情得多,说话的时候身体不自觉地前倾。要不是中间有饭桌挡着，祝温书怀疑她都要靠到自己怀里去了。

"我其实也没怎么帮大忙……"她低声说道。

"我知道，是你室友帮忙买的嘛。"施雪儿说，"你室友厉害就等于你厉害了，真的，你都不知道票有多难抢，还是 VIP 座，而且居然还是原价呢！这真的比中彩票还难！哎，你室友没来太可惜了，我还想认识认识她呢，她一定是个粉圈大神吧。"

祝启森看着叽里呱啦的施雪儿，笑着没插嘴，拿起手机扫菜单二维码。

"……这我不太清楚。"祝温书想起应霏对令琛的态度，说话声音越发没底气，"她应该也就是正好看见有人在转票，那人好像是有事去不了。"

"那可真的是活菩萨，居然没有趁机赚一笔。"

施雪儿睁大眼睛，说话特生动："我去年哦，在别人那儿买了一张令琛的签名专辑，你知道多少钱吗？"

祝温书摇头，施雪儿伸出两根手指，亮晶晶的美甲晃得祝温书眼花。

"两、两千？"

施雪儿："两万！"

祝温书："啊？！"

施雪儿："这都算便宜的，我看还有人卖到三万呢，现在很多富婆追星的！"

祝启森一听，也惊了。

虽然家里条件很好，但他是个典型的实用主义，不太理解施雪儿的消费观。

"你有这钱拿来干点儿啥不好？"

"还能拿来干啥？"施雪儿眨眨眼，摇头晃脑，"我开心我乐意，我自己赚钱为快乐买单怎么啦？"

祝启森哪敢说什么，只是低着头嘀咕道："我就是不懂一张 CD，怎么就值那个钱。"

施雪儿："值钱的是令琛的签名！"

祝启森："好好好，你开心就好，以后我也给你买。"

听着两人你一言我一语，祝温书捧着水杯，双眼愣愣地看着桌面，想起自己今天上午撕下来的保证书。

要是令思渊回家后，令琛发现那页纸被撕了……令琛该不会以为她拿来卖钱了吧?！

她怔了一会儿，趁着施雪儿和祝启森打情骂俏，悄悄打开包，翻出那张保证书，放在膝盖上拍了一张，然后给令琛发过去，表明自己没有拿去卖。

祝温书：保证书已收到，我留下了，作为凭证。

等了几分钟。

c：哦。

看手机的同时，耳边还有从施雪儿嘴里源源不断输出的"令琛"两个字，再联想到他签保证书的模样，祝温书没忍住又笑了起来。

祝温书：居然蹭小孩子的保证书，亏你还是个大明星。

c：那我亲自给您道个歉?

祝温书：也不是不行。

c：……

c：有时间再说吧。

有时间再说? 那和没时间有什么区别?

算了，她也不是真的要令琛来跟她当面道歉，不过是顺着他的话接一嘴罢了。

于是，祝温书放下手机，一抬头，施雪儿正好递来手机让她点菜。

因为施雪儿的性格实在太外向，这顿饭比祝温书想象中轻松愉快得多，两人还在吃饭间隙加上了微信。

一个多小时过去，烤盘上仅剩的几块烤肉被祝启森吃完后，他摸着肚子问："还吃点什么吗?"

祝温书和施雪儿都摇头。

"那回家吧。"他看了眼店外，"唉，天气一冷，天黑得可真早。"

施雪儿也朝外面看了一眼，突然问祝温书："你家住哪儿啊?"

祝温书："光华路那边。"

"啊，跟我家顺路的。"她扭头，伸手戳戳祝启森："那你一趟都顺回家呗。"

祝启森掏出手机买单，点头道："知道知道，司机小祝一定服务周到。"

烤肉店离施雪儿家不远，十多分钟后便到了。

下车前，她扭头跟后座的祝温书挥手："祝老师，再见呀，下次再一起出来玩。"

"好的。"祝温书笑，"你也早点休息。"

等施雪儿进了小区大门，祝启森才重新发动汽车。

"你觉得她怎么样？"

"挺好的，长得这么漂亮，性格又好。"祝温书看了眼祝启森的后脑勺，说，"就是眼神不太好。"

祝启森点点头："我也觉得，居然说令琛比我帅，确实眼神不太好。"

祝温书："……"

不一会儿，车开到了祝温书家附近。

这边不临街，晚上车流量也不大，交通管制不严格，一到晚上就停了许多车。

祝启森找了个空地，停稳后，祝温书开门下车。

刚关上车门，她握在手里的手机振动。

c：你在家吗？

祝温书忽然愣住。

怎么，令琛在她身上安装监控了？

祝温书：刚到家，怎么了？

发完这句，祝温书转身朝小区大门走去，身后的祝启森突然叫住她："等会儿！你等会儿！"

祝温书停步回头："干吗？"

祝启森朝她招招手，见她不动，于是自己解开安全带走了下来。

"那个，你跟雪儿不是加了微信吗，我就是跟你说一声，她最近老爱问我恋爱史，我都没敢怎么说。她要是来问你，你悠着点儿回答啊。"

"啧啧。"祝温书抱起手臂，笑眯眯地打量祝启森，"现在知道害怕了？以前一个接一个换女朋友的时候怎么不怕？"

"那不是年轻不懂事吗？"祝启森有求于人，态度特好，"求您了，行不？她要是问你，你就说我大学只交往过一两个女朋友，而且时间都很短，也没她漂亮！"

"这话我可说不出来。"祝温书撇嘴，"而且你那些前女友都挺好的，我为什么要说人家坏话？"

祝启森："这哪里是坏话？不过是善意的谎言罢了。"

"我劝你还是坦白吧，为人师表，敢作敢当可以吗？"

这个天气的晚风已经有了冬天的寒意，祝温书拢了拢外套，懒懒地说道："到时候再说吧，她不一定会来跟我打听呢。"

"祝老师能言善辩、伶牙俐齿，一定知道怎么说的。"

祝启森见祝温书的态度松动，顿时笑了，准备开车回家，走着走着还回过头，把手举在头顶利落地一挥，敬了个礼："祝老师大恩大德，小祝我没齿难忘。"

看着他开心的背影，祝温书笑着摇摇头，这才转身准备回家。

刚走了两步，她想起刚刚令琛的消息，于是又拿出手机看。

一分钟前。

c：我来给祝老师登门道歉。

祝温书脚步忽然停住，扭头环顾四周。

这里路不宽，行人倒是挺多，还有不少小摊贩趁着夜色出摊，形形色色的路人里，祝温书并没有看见令琛。

回神一想，令琛好像也不可能明目张胆站在这里。

她低头，正准备问令琛他人在哪里。

c：回头。

祝温书依言回头，在路边停着的一众车辆中，看见了一辆黑色汽车。

那辆车很普通，并不显眼。

祝温书注意到它，只是因为它开着双闪。而透过风挡玻璃，坐在驾驶座上的男人穿着黑色衣服，还戴了顶鸭舌帽，虽然看不清面容，但祝温书基本能认定是令琛。

她莫名一慌，看了看四周，然后快步走过去。

拉开车门，她弯腰，有些震惊："你真来了？"

令琛没说话，朝她抬抬下巴。

祝温书明白过来，连忙坐进副驾驶座，并关上车门。

隔绝了路边纷杂的声音，车内的安静显得空间有些逼仄。

沉默了一会儿，祝温书扭过头看令琛，发现他盯着前方，不知在看什么。

"你……"

"刚刚那个，"令琛终于收回了视线，转头看向祝温书，"尹越泽回来了？"

从令琛嘴里听到这个名字，祝温书有一阵恍惚，甚至没反应过来。

她愣了好一会儿，说道："不是啊，你看错了，那个是我同事。"

令琛垂着眼，"哦"了一声，沉默片刻，才开口："那尹越泽跟你没联系了？"

祝温书又是一阵恍惚。

她已经很久没有听到身边的人跟她提起尹越泽了。

"我们……"祝温书说，"早就分手了。"

前方有车开来，大灯由远至近，光影投射进来，被帽檐切割，在令琛脸上落下一片阴影。

半晌，他才"噢"了一声。

祝温书以为这个话题就到此为止了，正想开口，又听令琛说："早就——"

他抬眼："是多早？"

这个问题让祝温书再次哑然，思绪凝滞片刻，才说："大三吧。"

见令琛眉梢抬了抬，祝温书以为自己谎言要被戳破了，连忙又改口："啊，不对，是大二。"

帽檐挡了令琛半张脸，祝温书看不见他眼底的一丝惊诧转为疑惑，只听到他问："到底是大三还是大二？"

"呃……"祝温书还真不知道怎么说。

当年，尹越泽喜欢祝温书，是全班甚至全校都知道的事情。

一个是全班第一，另一个是天之骄子。

但他们真正在一起，是毕业那天，尹越泽给了祝温书一个盛大且浪漫的表白。

故事如果在这里画上句号，那么就能以"从此，王子和公主过上了幸福的生活"作为结束语。

但不是。

他们的恋爱结束得太快，超乎当事人的想象。

尹越泽是担得起"天之骄子"这个形容的，祝温书从来只在他身上见到过意气风发的模样。

摊牌那天，她却看到了挫败和落寞，像一只淋了雨的小狗的尹越泽。

看着他这个模样，祝温书很愧疚。她知道是自己的问题，尹越泽没做错什么。

但即便这样，尹越泽还是选择尊重她的意愿。

只是，他请求她，能不能先别急着告诉同学们这个消息。

那天的烟花太轰动，声势太浩大，认识的人都把此当作一段佳话口口相传。而十八岁的少年，不想被别人知道短短几个月，他就被甩了。

祝温书答应了。

事实证明，这个谎言也没对他们的生活造成什么影响。

她留在江城读大学，而尹越泽去了美国上学，两人即便不分手也很少有同框机会。

何况毕业后同学们各奔东西，忙着过自己的新生活，没人发现什么端倪。

直到很久很久之后，尹越泽突然联系祝温书，跟她说有个同学来问他，为什么没见两人有什么朋友圈互动，尹越泽便说了分手的事情。

两人对了对口径，以"异国恋聚少离多"的理由，陆陆续续告知同学。

当然，别人不主动问，祝温书也不会主动说。

来主动问的，也就那么两三个，还是好几年前的事情。

所以才会导致在多年后的今天——

一时想不起当时到底是大二还是大三。

"大……二吧。"祝温书点点头，拿出那套跟同学们说过几次的说辞，"那时候我们见不到什么面，又有时差，然后生活的圈子也不同，就没什么……"

"行了。"令琛突然抬手搭在方向盘上，看着闪烁的路灯，"我不好奇。"

祝温书："……"

那你刚才一直在问什么？

22

明星也是人，明星也会八卦。

祝温书也没多问，只是看着窗外的人来人往，弯了弯嘴角。

也不知道令琛这种人，平时会不会上网搜自己的名字，看别人怎么说他。

脑子里思绪飘得有点远，拉都拉不住。

车里的另一个人也不知在想什么，一直没说话。

许久，路边汽车尖锐鸣笛，突然把祝温书唤回现实。

她扭头，看了眼令琛："你……不是来道歉的吗？"

令琛的注意力是回到车里了，但他还是盯着前方，双唇紧抿，好一会儿，才悠悠转头，有点儿无奈地看着祝温书。

正要开口，车里突然响起手机铃声，令琛左右看了眼，才从中控台拿起手机接听电话。

"我不在家。

"嗯，在外面，有事。

"急事，什么时候处理完……"令琛侧头看了眼祝温书，"看情况。"

祝温书："……"

她别开脸看窗外。

"嗯，等下来琴房找我。"说完最后这句话，他挂了电话。

祝温书想问他是不是有事，却听他先开口道："想我怎么道歉？祝老师教教我？"

不知道为什么，那句听了无数次的"祝老师"从令琛嘴里说出来，总有一种说不清道不明的意味，和别人不太一样。

祝温书慢慢地转回下巴，看着风挡玻璃。

"这都要祝老师教你……你是小学生吗？"

没听到旁边的人说话，祝温书想起那份保证书，又低声说："你还不如小学生呢，人家都知道该怎么做。"

车厢里突然响起窸窸窣窣的声音。

祝温书回头，见令琛解了安全带，打开车门，一条腿已经迈了出去，一只手从中控台掏出一只黑色口罩戴上。

"你在车里等我一会儿。"

一阵冷风灌进来。

车门关上后，祝温书慢慢转头，视线跟着令琛移动，眼睁睁看着他进了路边一家便利店。

这个街区虽然算不上热闹，但途经的行人并不少。

每当看见有路人走进那家便利店，祝温书的神经就会紧绷一刻。

看见有人神色正常地出来，她又悄悄松口气。

这七八分钟格外漫长，等看见令琛拎着一袋东西出来，祝温书才算彻底放了心。

"你去便利店干什么？"待令琛打开车门重新坐进来，祝温书说，"那里人很——"

腿上突然多了重量，祝温书的声音顿住，低头看了眼令琛塞过来的一大袋……零食。

"你干什么？"

令琛："你觉得呢？"

见她迷茫地眨了眨眼睛，令琛很轻地叹了口气，拉过祝温书的手腕，掰开她微蜷的手指，往掌心塞了两颗水果糖，然后抬眼看她。

"别生气了，祝老师。"

车里没开空调，却有一股似有似无的暖风在浮动。

许是刚从外面进来，令琛的手指微凉，指腹有拨弄乐器生出的茧，触在祝温书的手背，隐隐有刺痒的感觉。

她愣愣地看着令琛，脑子像短路一般，不知该如何开口。

其实她只是开玩笑，没有真的要他怎么道歉，并且以为令琛也是随口说说，却没想到他还真的像班里的学生哄小朋友一样，去买了一大堆零食。

半晌，祝温书回神般"噢"了一声。

"我随便说说而已。"她别开脸，看向车窗外，视线飘忽片刻，突然握住门把手，"那没什么事我就先回家了。"

电梯里。

四周寂静无声，祝温书垂眼盯着地面，一动不动地站着。

也不知过了多久，电梯门徐徐打开。

祝温书回神，抬起头准备回家。

迈腿的那一刻，她却发现，自己还在一楼。

电梯没按。

祝温书收回腿，轻轻呼了口气，伸手按下楼层。

到家的时候，应霏正在厨房里。听到开门声，她没回头："你回来啦？"

祝温书"嗯"了一声，换好鞋子，往里走了几步，见应霏开着冰箱翻找东西，便问："你还没吃晚饭？"

"吃了，又饿了。"

冰箱里只有水果和几个面包，应霏不太喜欢，叹了口气关上冰箱门："是时候补粮了。"

转过身，却见祝温书手里拎着便利店的袋子。

她没别的意思，只是打量了一眼。

祝温书却停下脚步，问："我这儿有吃的，你要吃点吗？"

两人做了这么久的室友，经常分享食物，应霏便也没客气："好啊。"

她接过祝温书递来的袋子，放到餐桌上，手指往里一翻，说道："这么多啊，你平时不是不怎么吃零食吗？"

祝温书坐在旁边，低声说："朋友买的。"

"哦，那我——"应霏本来还想说什么，话到了嘴边，突然变成揶揄的笑，"朋友啊……"

祝温书看着自己手心里的两颗水果糖，"嗯"了一声。

"不错。"应霏抿着笑，说道，"穿高定西装，送普通零食，也不知道该说他太抠门，还是太懂得怎么拿捏女人心。"

"……啊？"

祝温书抬头，看见应霏的表情，后知后觉地反应过来她的意思。

"不是，你想多了，就是普通朋友。"

应霏没想到，自己居然猜中了。

还真是前两天给祝温书外套的那个人。

那她就不好意思吃太多了，只随便挑了袋果冻出来。

"嗯嗯嗯。"应霏朝她挥挥手里的果冻，"那谢谢你的普通朋友了。"

"……"

等应霏回了房间，祝温书才起身，把这袋零食放进储物柜。

她其实不是没有吃零食的习惯，上学的时候，下课一有时间她就约着同学往小卖部跑。只是工作后，很少有心思专门去买。

不过这会儿她也不饿，只是剥了颗糖。

糖果化开，橘子的酸甜味在嘴里蔓延。

祝温书脱掉外套，进房间洗澡。

晚上吃的烤肉，头发上难免沾了味道。祝温书的发量又多，等她完全吹干头发出来时，已经过去了近一个小时。

一般这个时候就会有家长找了，祝温书没闲着，习惯性地去找手机，却没在自己平时放手机的书桌上看见。

她又翻了翻床头和包，都没找到。

刚刚也就在餐厅待过，祝温书走出去，看见桌上干干净净，只有一个水杯。

她环顾四周一圈，最后还是去敲了应霏的门，借她的手机给自己打个电话。

因为害怕接不到家长电话，祝温书的手机二十四小时都开着来电铃声。

但这会儿电话通了，屋子里却没有声音。

"你是不是忘在吃饭的地方没带回来啊？"应霏问。

"不对呀，我明明还回过……"

祝温书忽然一愣，想起自己今天最后使用手机的地点。

难道……

她连忙说："你再打一下吧？"

应霏依言再打，但这次的结果没什么变化。

电话打通了，说明不是被人偷了，但没人接听，说明手机旁边也没什么人。

看来是真落在令琛车里了，而他此时大概已经不在车上。

祝温书皱眉深深叹了口气。

当时溜那么快干吗！结果慌得连手机都忘拿了。

她拍拍脑袋，说道："我知道在哪里了，唉，我现在去拿。"

"哪儿啊？"应霏问，"你怎么去？没手机很难搞啊，我陪你吧？"

室友的关怀，祝温书很感动，但她哪儿敢真的让应霏陪着去见令琛。

"没事，我自己去吧，应该是落在朋友车上了，你大晚上出门也不方便。"

一听这话，应霏突然笑了："噢……我去是挺不方便的。"

慌着找回手机，祝温书已经急着回房间换衣服了，也没注意到应霏的表情。

穿好袜子，祝温书看了眼电脑，突然定住。

没有手机，她没法用微信联系令琛。

但 QQ 里，好像是有令琛的？

抱着一丝侥幸的想法，祝温书打开电脑，登录许久不用的 QQ。

输入"令琛"两个字，显示"无本地搜索结果"。

想起令琛的微信名，祝温书又输入"c"，果然跳出了一个连头像都是原始设置的联系人。

她点开对话框，历史记录一片空白。

这么多年不用这玩意儿，祝温书有点不确定是不是令琛，打开好友详情页面，也没什么能确定身份的信息。

她想了半天，才发了一句话过去：我是祝温书，我手机是落在你车上了吗？

十分钟后。

聊天框毫无反应。

看来不管这人是不是令琛，估计都看不到这条消息了。

祝温书叹了口气，从柜子里翻出平时备用的现金，拿了件外套就匆匆出了门。

还好令琛今天在车里接了个电话，祝温书知道他这会儿的去处，于是拦了辆出租车，前往他琴房所在的园区。

这个点已经不堵车了，祝温书没花多少时间就到了目的地。

只是没有手机导航，她不太记得具体的路，只能靠着记忆一路寻找。

走错几次后，她终于站到了那栋楼下。

二楼开着灯，说明有人在，祝温书松了口气。

但同时一楼冷冷清清，门也锁着，还没有门铃之类的东西。

她抬头，朝着二楼喊："有人吗？"

回应她的只有空气里的回声。

想起他这里的隔音设备，祝温书叹了口气，只能老老实实等着。

深秋的晚上不比寒冬好多少。

夜风一阵阵吹来，祝温书收紧了外套，却发现不怎么抵事，露在外面的脖子还是一阵阵被刮得生疼。

唉……要是他们一直不出来该怎么办？

令琛的助理好像说过，他们这些搞音乐的总是日夜颠倒。

再等五片落叶吧。祝温书想，要是身旁的树落下第六片叶子，还没人出来，她就只能先回家了。

抬着头看了许久，当第六片枯叶摇摇晃晃落下时，祝温书抱紧双臂，准备回家。

转身前，她还是有点不甘心地往一楼看了两眼。

这时，一楼玻璃门内出现了一个模模糊糊的身影。

"欸？"

卢曼曼看见有个人鬼鬼祟祟地往里张望，以为被记者蹲点了，再走近一看，发现那人有点眼熟。

"你怎么在这儿？"她打开门，探出头，"你……"

"终于有人出来了！"祝温书急匆匆跑上台阶，"令琛在吗？我手机落他车里了。"

"啊？"卢曼曼抬起眼帘上上下下打量祝温书许久，才懵懂地点点头，"他在呢，你跟我进来吧。"

两人上了二楼。

还是之前那间屋子，卢曼曼敲敲门，没人应，然后直接推开——

不是想象中的钢琴声，随着门打开，涌出来的音乐热烈而冲击。

167

祝温书站在卢曼曼身后看进去。

震耳欲聋的音乐来自电子琴、架子鼓、贝斯……还有站在中间，弹奏电吉他的令琛。

他不像鼓手那般摇头晃脑，只是闭眼偏着头，祝温书却从他身上看到了从未见过的桀骜。

和不久前，往她手里塞两颗糖的模样截然相反。

正出神地盯着，贝斯手阿哲忽然看到卢曼曼，见怪不怪地挑了挑眉，并没有停下动作。

而令琛也在此时感觉到打破沉浸氛围的外来者。

他睁眼，侧头看过来。

视线越过卢曼曼，遥遥一定，指尖突然停下，拨出一道低沉的弦音。

随着电吉他的戛然而止，其他几个乐器也渐渐停了下来。

随后，室内所有视线全都集中到门口。

"你怎么来了？"令琛开口问。

大家这才发现，卢曼曼身后还站了一个人。

"抱歉，打扰你们了。"祝温书看向令琛，"我手机好像落你车上了，过来拿。"

本就安静的琴房因为祝温书这句话变得更安静。

乐队几个人的视线渐渐从祝温书身上转移到令琛身上，看了两眼，又齐刷刷转回祝温书身上，不可思议地盯着她。

手机……他的……车上？

当事人基本没感觉到这些目光里的好奇，他垂眼"哦"了一声，取下电吉他放到一旁："我没注意。"

祝温书问："那……"

令琛转头看阿哲："钥匙。"

"啊？"阿哲反应过来令琛这是在跟他要车钥匙，便转身去角落拿包。

掏出钥匙的那一刻，他突然一顿。

今天借他车出去说有事，就是……

他弯着腰，扭头看了看祝温书。

还没想出个所以然，钥匙被人抽走。

"走吧。"令琛说，"停车场有点远。"

通往停车场的路比其他地方更冷清，除了路灯，再无其他照明物。

两人并肩走着，影子在地上拉得很长。

"怎么不给我打电话？"安静了一路，令琛突然开口。

"我没你电话啊。"祝温书说，"而且就算有，我也不可能去背你的号码啊。"

令琛看着前方，没说话。

"哦，不过我给你发QQ了。"祝温书说，"就是不确定那个人是不是你。"

"那东西早就没用了。"

说完，令琛还是拿出手机，打开QQ。

这里网络不太好，他登录后，刷新了两下，果然弹出一条消息。

小蚕同学：我是祝温书，我手机……

见身旁的人在鼓捣手机，祝温书抬头看过去。

视线不经意扫过他的手机，只看到好像是QQ的界面，令琛就立刻按灭了屏幕。

23

露天停车场在园区边缘地带，附近几栋写字楼还在施工中，四周只有寥寥几盏临时设置的路灯照明，其中还有一盏就跟要嗝屁了一样要亮不亮的。

两人走了十几分钟才到，虽然视野一片模糊，但偌大的空间只停了几辆车，很方便寻找目标。

隔着几步的距离，令琛摁了车钥匙上的丌锁键。

祝温书连忙加快脚步，跑过去拉开车门，俯身进去，果然在车座上找到了自己的手机。

她就那么弯着腰拿起手机，连忙打开看了一眼。

还好没什么急事，只有几个家长给她留言关于作业的问题。

祝温书迅速浏览一遍，确认没有需要立刻回复的消息，这才慢慢退出车厢，直起腰转身——

晚风吹起她的长发，拂过令琛近在咫尺的脸颊。

在他眨眼的瞬间，祝温书脚步慌乱地退了一步，后背抵在门框上。

她不知道令琛居然靠得这么近，刚刚她转身的动作如果再快一点，几乎就要撞进他怀里。

思及此，她盯着眼前的令琛，心跳忽然很快。

头顶的路灯忽明忽暗，令琛感觉那缕发丝好像拂到了他的喉结，有点痒。

他别开脸，目光追着光柱里细小的飞虫摇摇晃晃飘到上空，没说话，也没动。

祝温书被他的身躯困在这个狭小的空间，仰头问："那我就先回去了？"

"嗯。"令琛闻言退了一步，却晃了晃手里的车钥匙，"那我送你？"

这哪儿合适啊。

祝温书立刻摇头："不用了，那么多人等着你呢。"

"噢，行。"

令琛没坚持，等祝温书关上车门后，他也上了锁。

两人掉头离开停车场的路上，都没说话。

途中，她收到高中同学钟娅的消息。

钟娅：话说下周徐光亮结婚，咱们随多少礼合适啊？

祝温书：我其实也没想好……你之前一般随多少？

钟娅：我这也是第一次参加自己同学的婚礼，不知道该怎么搞啊。

钟娅：给多了我"肉痛"，给太少了又怕不合适。

钟娅：问问其他人怎么打算的吧，唉，我还以为你有主意呢。

祝温书也纠结过这个问题。

徐光亮是她们为数不多还有联系的高中同学，但也算不上特别好的朋友，只是他这人性格特别活泼，跟谁都能打成一片。

所以三个月前他发来喜帖，祝温书一看时间是周六，便答应去参加。

只是临近好日子了，她没经验，不知道该给多大的红包。

至于问问别的同学……

祝温书想起自己身旁的人，突然看了他一眼："徐光亮下周就要结婚了，邀请你了吗？"

令琛忽然抬眼，有一丝错愕。

只是祝温书不知他这错愕，是因为知道徐光亮要结婚了，还是他根本想不起这个人。

令琛："没。"

"噢……"

祝温书一开始有点意外。

毕竟在她印象中，徐光亮当年也是教室后排钉子户，好像还跟令琛坐过一段时间的同桌，算是唯一跟他走得比较近的人。她以为以徐光亮的性格，应该会邀请令琛。

不过转念一想，徐光亮再活跃，也是成年人，拥有正常人的思维——当你一个算不上特别好的同学飞黄腾达成了大明星后，隔了好几年，巴巴儿地去邀请人家参加婚礼，多少有点硬巴结的味道。

反正换祝温书，她是做不到的。

只是当着令琛本人的面说起这种事，还是有点尴尬。

她低声找补："其实现在还在联系的同学也不多了，有空去的也就几个人，连一桌都凑不齐。"

送祝温书到门口坐上出租车后，令琛拍下了车牌号。

转身回琴房的路上，他握着手机，思绪随着夜风乱飞。

突然，他又打开那个早就没用的 QQ，搜了搜"徐光亮"的名字，跳出一个联系人。

打开对话框，令琛愣了愣，还真给他发过消息。

两年前。

徐光亮：在吗？

再往上翻，四年前还有记录。

徐光亮给他发了一张截图，内容是一个娱乐博主的博文，有人匿名投稿，自称是令琛高中同学，说了他一堆坏话。

徐光亮登着"大号"上场，晒了自己的毕业证，以证明自己是令琛的同学，然后口吐芬芳妙语连珠骂了投稿人一百多字，最后总结：少把互联网当作造谣的"圣地"，令琛高中的时候是个很好的人，别让我知道你是谁!

　　只可惜他这条评论被淹没在当时的骂声里,只有零星的一两个点赞。

　　在这张截图下面,他还说了句话。

　　徐光亮:令琛你放心飞!兄弟永远挺你!

　　再往前,是五年前的记录,那时令琛刚刚出道。

　　徐光亮:牛啊你!没想到你还有这才艺呢?早说哇,我每次校园艺术节都去报名唱歌,你没在心里偷偷笑话我吧?

　　令琛又往上滑了滑,仅剩的最后两条记录,是高考结束那天。

　　徐光亮:你问兄弟做多久,心跳多久做多久!有朝一日我辉煌,带着兄弟一起狂!

　　徐光亮:大家都记住,青春不落幕,我们不散场!

　　令琛:"……"

　　他手指一拨,聊天框又回到两年前那句"在吗?",然后打字回复。

　　c:在。

　　过了许久,令琛已经回到了琴房,QQ弹出消息。

　　徐光亮:?

　　阿哲他们见令琛这么久才回来,全都齐刷刷地盯着他,八卦欲快把屋顶掀翻。

　　令琛却浑然不觉,蹬开碍眼的立式麦克风,坐到台阶上,玩起了手机。

　　c:你找我什么事。

　　徐光亮:?

　　徐光亮:这我得想想。

　　对话框输入很久,却没跳出一个字儿。

　　最后是令琛先没耐心了。

　　c:最近怎么样?

　　徐光亮:?

　　从他今晚发的问号数量来看,确实挺震惊了。

　　徐光亮:挺好的,马上都要结婚了。

　　c:恭喜。

　　徐光亮:哈哈谢谢啊,不知道你现在定居哪里,毕业后也没见过了,有时间的话来喝杯喜酒哈。

徐光亮发完这句之后便因手头工作暂时放下了手机。

他就是提到了，礼貌地顺嘴一问，用脚指头想想也知道令琛不可能过来。

谁想几分钟后，他拿起手机再看——

c：好。

c：哪天？

徐光亮：？

c：？

徐光亮：你给我发条语音过来，我看看你是不是被盗号了。

令琛还真发了。

"在哪儿办，周几？"

徐光亮立刻发来电子请帖链接。令琛点进去看了会儿，确定了地方，再退出时，见徐光亮又给他发了消息。

徐光亮：我想起来两年前找你什么事了。

c：？

其实当初徐光亮发现令琛一直没回消息后，也挺有自知之明，没再打扰人家。

只是他还是时不时在朋友面前显摆，说自己是令琛的同学。比如他现在的老婆，就是听说他是令琛的同学，主动加了他微信跟他打听令琛高中的事情。

他当时还有在女人面前吹牛的坏习惯，没忍住就说自己跟令琛关系很铁，谁知人家问他能不能要个签名照之类的。

牛都吹出去了，徐光亮下不来台，便又给令琛发消息，只可惜还是没等到回复。

这事儿害他丢了面子，当初还耿耿于怀呢，所以也没彻底忘记。

徐光亮：我老婆是你粉丝来着，当时想找你要张签名照。

令琛正想说没问题——

徐光亮：不过你放心！她已经脱粉了！婚礼现场她不会做出疯狂的事情！我也会保密的哈哈！

c：？

徐光亮：那就……下周六见？

c：嗯。

祝温书刚到家，便被徐光亮拉进一个群里。

徐光亮：嘿嘿！婚礼现场有神秘重磅嘉宾！

几十个人的群，不用祝温书打字，就有好几个人问是谁。

徐光亮：嘿嘿，我不说。

徐光亮：到时候吓死你们！

徐光亮：我的婚礼绝对让你们可以吹一辈子牛！

见他这么说，其实祝温书心里隐隐有了一个答案，但又觉得不可思议。她明明才问过的，令琛说徐光亮没有邀请他。

心里揣着疑虑，祝温书把手机放到鞋柜上，想着要不要问一下令琛。

正好这时，语音通话铃声响起。祝温书直觉是令琛打来的，拿起一看，果然是他。

"喂？"祝温书换好鞋，往房间走，"怎么啦？"

令琛："你到家没？"

"到了。"祝温书推开房门，"正想跟你报个平安呢，你就打电话过来了。"

令琛"嗯"了一声。

祝温书看了眼时间，问："那……没事我就先去洗漱了？"

"等会儿。"令琛突然开口，"徐光亮的婚礼，礼金怎么给？"

"还真是你啊？"祝温书笑，"我看徐光亮拉了个群说有神秘重磅嘉宾，我还想有什么嘉宾能比你重磅。"

令琛："……"

"不过礼金这个，我其实也不太清楚，我路上跟我妈聊了下。"

祝温书想了想令琛的收入情况，委婉地说："那个……著名学者伊奥说过，'我们吃多少饭不在于我们有多少米，我们有多少米不在于我们种了多少地'。"

令琛："所以？"

"就是……你也不要给太多，会给人家压力的。"

174

祝温书脱下外套，顺手挂在门后："以后咱们结婚办婚礼，人家是要还回来的。"

电话那头，令琛沉默了许久。

祝温书等了一会儿没听到声音，先是愣了一下，才反应过来自己刚刚顺嘴说的什么话。

她瞪大眼，刚想说我不是那个意思——

"哦。"令琛淡声说，"那我跟你给一样的吧。"

24

徐光亮婚礼这天，阴沉了快半个月的江城终于放了晴。

银杏落叶铺满绿化带，暖阳晒得人懒洋洋的。

祝温书靠着车窗，几度昏昏欲睡，都被司机绝妙的刹车技巧叫醒。

后来她索性坐直了，戴上耳机听歌。

刚打开手机，便收到施雪儿的消息。

独钓寒江雪媚娘：祝老师，你今天有空没？

祝温书看着她这微信名，总觉得影响自己的文学素养，于是动手改了个备注。

祝温书：参加同学的婚礼呢，怎么了？

施雪儿：还说今天天气好，叫你一起野餐呢。

祝温书：噢……下次吧。

施雪儿：嗯嗯。

到了举办婚礼的酒店门口，祝温书下车，和早几分钟到的钟娅会合。

好几年不见了，和来的另外几个同学也不熟，钟娅怕一个人进去会尴尬，宁愿在门口顶着太阳等祝温书。

今天皇历日子好，结婚的人多，光是这家酒店便有三对新人。

祝温书和钟娅进了大堂，跟随易拉宝的指引上了二楼，去往徐光亮的婚礼宴会厅。

路上，钟娅低头从包里翻出红包。

"所以最后你包了多少啊？"

说起这个，祝温书就有点儿无语。

本来她那天把礼金这事儿打算得好好的，都在楼下的 ATM 机取好现金了，结果令琛说跟她随一样的。

她就不得不又加了三百块钱，免得说出口后令琛嫌她给得太少。

然后令琛说自己没现金，转了钱给她，叫她帮忙带上，婚宴的时候给他。

真是……

大明星请独立行走不要绑架他人好吗！

跟钟娅说了数字，钟娅微讶："呀，那我是不是给得稍微少了点？"

"没，合适了。"祝温书说，"我是想起以前徐光亮经常帮我搬桌子发作业什么，人挺好的，就多给点。"

"噢……"钟娅笑着说，"他以前是不是暗恋你呀？"

"哎，别胡说。"祝温书拍拍她手背，"在人家婚礼上说这种话不合适。"

钟娅："哎呀，我开个玩笑，不会当着新娘的面说的。"

这家酒店很大，两人穿过一条玻璃长廊，才又看见徐光亮的婚礼立牌。

"他就是人好，没别的意思。"祝温书扫了眼立牌上的婚纱照，想起一些往事。

其实当初班里哪些男生对她有意思，她都是知道的。毕竟是十几岁的男生，又在一个班里朝夕相处，藏都藏不住。

"对了，今天章博艺也要来。"钟娅小声说，"你还记得吗？当初送你施华洛世奇手链那个。"

祝温书没想到钟娅会突然提起这件事："这你都还记得呢？"

钟娅："当然了，当时施华洛世奇那么贵。"

"哎，我后来还给他了，他就没再找过我了。"祝温书说，"你一会儿别提，万一被人听到了会尴尬。"

"你放心，这点分寸我还是有的。"钟娅说完，指指前方，"到了到了。"

宴会厅门口摆着两张长桌，上面罗列着成堆的喜糖和香烟。

亲戚坐在后面收礼金，徐光亮则带着新娘站在旁边迎宾。

见祝温书和钟娅过来，徐光亮老远就挥手："哎呀，祝老师！钟大哥！"

听到徐光亮还喊高中的外号，钟娅一面朝他挥拳，一面又觉得那股熟悉感回来了。

好像只是睡了个懒觉，他们还是十七岁的花季少年。

"新婚快乐啊。"

祝温书拉着钟娅和徐光亮打了个招呼，又看向新娘，钟娅忍不住说："你真是，上哪儿找到的这么漂亮的老婆？"

新娘被钟娅说得有些脸红，一旁的徐光亮摸摸自己脑袋："那还不是我魅力大。"随后转头搂住新娘，跟她介绍："这是我高中同学，祝温书、钟娅。"

新娘说："你们好，酒店有点偏，快进去喝口水吧，你们的座位在靠舞台的第二排。"

"好的。"

给了红包后，祝温书和钟娅朝厅内走去。

满满五十桌的喜宴，此刻已经入座一大半。

在这披红挂彩的日子里，吵闹喧哗也变得合时宜。

满场人头攒动，却几乎都是陌生面孔。

好不容易找到徐光亮安排的座位，却发现这一桌五六个人，有一半都不认识。

还有一半，跟不认识没什么区别。

那三个男生高中跟徐光亮玩得好，但都是后排钉子户，跟祝温书这种尖子生确实没什么交集。加上过了这么多年，完全没什么联系，几个人见了面也只是点点头，寒暄几句，没什么聊的。

"章博艺没到啊……"钟娅扫视四周一圈，低声道，"是不是不来了？"

祝温书摇头："我怎么知道，我跟他连微信都没有。"

钟娅又张望两眼，问道："哎，徐光亮说的那个重磅嘉宾是谁啊？会不会是——"

"令琛吧。"对面一个高中同学接话道，"除了令琛，还能有谁啊？"

桌上另外几个客人是新娘的高中同学，早年听说过新郎和令琛的关系，只是没想到居然能在婚宴上看到他，顿时都兴奋起来。

"真的吗？他会来吗？"

"我也觉得徐光亮说的是他。"

"不会吧，令琛怎么可能来，高考完他就人间蒸发了。"

"他们应该早没联系了吧，不然徐光亮那人不得天天发朋友圈炫耀？"

"而且就算有联系，令琛也不会有空来参加这种普普通通的婚宴吧。"

在大家七嘴八舌的讨论中，祝温书默默低头，看了眼手机。

两分钟前。

c：你到了吗？

宴会厅的人实在太多了，耳边又一直充斥着"令琛"这两个字眼。

祝温书莫名有一种自己是地下组织成员的感觉，连消息都偷偷摸摸地看。

祝温书：到了。

c：在哪儿？

祝温书：就二楼右转，最里面的宴会厅。

c：嗯。

c：红包带上了吗？

祝温书：带了。

过了会儿，这桌人越来越多。

因为徐光亮这边确定能来的高中同学不多，坐不满一桌，所以还安排了新娘的几个同学。

眼看着陌生人陆陆续续落座，这桌只剩祝温书身旁的一个空位了。

她想到令琛也是高中同学，按理说座位也在这里，便又给他发了条消息。

祝温书：你要跟我坐一块儿吗？

发出去后她又觉得不该这么问，于是又打字：我的意思是人很多，我要不要帮你占个座——

还没编辑完，对面回了消息。

c：要。

祝温书默默删了编辑框里的字，然后悄悄把自己的包放到旁边的凳子上。

桌上没人注意到她的小动作，新落座的女方宾客也加入了讨论。

没多久，有个独自赴宴的年轻女生过来，也不知是哪方宾客，看着跟大家都不认识，发现祝温书旁边有空位，正想坐下，突然见凳子上有个包，便问："请问这里是有人吗？"

祝温书点点头："嗯。"

女生没说什么，转身去别处寻找座位。

"谁啊？"钟娅听到对话，问道，"还有谁要来啊？"

"一个朋友。"祝温书说完，又觉得没必要瞒钟娅，"其实——"

"啊！"钟娅的一声尖叫，打断了祝温书的话。

她这才后知后觉地发现四周的氛围好像不一样了。

整个宴会厅，有不同于喧闹的躁动声。

而这一桌，不仅是钟娅，其他人也全都盯着她身后的方向伸脖子张望。

祝温书立刻转头，果然见宴会厅拱形双开门大开。新郎新娘以及双方伴郎伴娘们，浩浩荡荡地拥簇着一个男人，阔步朝里走来。

顶头水晶吊灯光影直射，如追光灯一般照在那个男人身上，他身着简单的白衬衫西装裤，不算隆重，距离遥远也看不清脸，但颀长挺拔的身姿倒是让正装的新郎伴郎们沦为陪衬。

好大的阵势。

祝温书默默地想，自己以后结婚但愿令琛没时间来，不然风头都被抢光了。

令琛所过之处，人声如浪般迭起，宾客们全都往过道拥去，有的甚至毫不掩饰地举起手机拍照。

而靠近舞台这边的宾客，除了祝温书他们桌，其他人不太明白发生了什么。

直到令琛越走越近，大家渐渐能看清他的脸——

一阵喧哗声骤起。身旁的人却全都站了起来，纷纷借势举起手机。

"哇！令琛真来了！"

"令琛？真是令琛啊？他怎么会出现在这里？"

"你不知道？徐光亮是令琛的高中同学啊！"

"徐光亮可以啊，真把令琛请来了，今天这份子钱值了啊！"

在周围的讨论声中，令琛已经离他们这桌只有几步之遥。

钟娅看得眼睛都直了，还不忘跟祝温书说："你说他会坐哪桌啊？我们要不要趁机挤过去？"

刚说完，令琛和徐光亮他们已经走到了这桌旁边的过道上。

徐光亮兴奋得脸都红了，一边引路，一边伸手朝着前方一张桌子指："给你留了第一排的座位。"扭头一看，却见令琛没有继续上前的意思，而是垂眸，又看向身侧的圆桌。

令琛视线扫过众人时，这一桌人莫名其妙地就有屏息的趋势，仿佛空气都凝滞了。

受氛围感染，祝温书也有点紧张，在和令琛视线交接的短短一秒，竟不知道该说什么。

不过令琛也没说什么，只是看了一眼桌上的席位牌，然后说道："不了，我坐这里。"

话音落下，祝温书似乎听到了这一桌人倒吸气的声音。

徐光亮也愣了一下，不过很快就理解了他的意思。

人红是非多，在这个人多口杂的地方，令琛想低调一些，坐到同学席位也是人之常情。

他看了眼仅剩的座位，想说这里好像有人了——

就见祝温书一言不发地伸手把包拿走，然后令琛拉开椅子，坐了下来。

徐光亮没想到祝温书还挺会见机行事，也没再多说什么。

"那你先坐，有什么需要的跟我说，我都在这里，或者你找我老婆，她……"徐光亮扭头一看，发现自己老婆迷迷糊糊的，目光还有点呆滞地看着令琛，像做梦似的。

"你们去忙吧。"令琛说，"不用管我。"

"啊，那、那行。"

想到还有许多宾客要迎接，徐光亮也没想多留，拉着自己梦游般的老婆，和一群伴郎伴娘一步三回头地走了。

四周稍微空了些，但祝温书还是感觉拥挤，感觉自己顺带都成了动物园里被围观的熊猫。

毕竟，全场人的目光全都集聚到了这里，还有很多人挤了过来，形成一个以令琛为圆心的包围圈，只留了过道的距离。

而这时，本桌的老同学们纷纷回过神来，开始找话和令琛说。

"你、你居然来啦？好久不见啊，还以为你不会来呢。"

"你还记得我吗？我是洪斯年，以前坐你前排来着。"

"你比以前帅好多……我记得你以前好瘦啊，哈哈，真是好久不见了。"

……

在一片生硬的寒暄中，钟娅说的话，仿佛一股清流。

"那个……"她戳戳祝温书的手臂，又偷瞄令琛一眼，"令琛坐了这里，那你帮忙占座的那个朋友一会儿来了坐哪儿啊？"

四周突然安静了一瞬，部分视线慢悠悠地集中到了钟娅身上。

很难想象，在这种时候，还有人这么正义凛然地思考这种问题。

二十一世纪已经很少见到思维单轨发散的人类了！

祝温书："……"

她也不知道该怎么和钟娅解释，她的那个"朋友"，已经到了。

在祝温书哑口无言的间隙，令琛倾身，在众目睽睽下偏头看向钟娅。

"你看我，"他慢悠悠地拉长语调，眼尾轻轻扬起，"长得像不像祝老师的那个朋友？"

"……"

第 六 章

贴回来

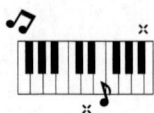

25

钟娅再迟钝，这会儿也反应过来了，祝温书说的"朋友"就是令琛。

但她不明白，大家都是一起走过高中三年的人，当初一学期说不了两句话，毕业后也没听任何同学说过联系上了令琛。

怎么这会儿祝温书就像个老熟人似的帮忙占座了？

这桌除了那些不明所以的陌生人，另外几个老同学也疑惑地看着祝温书和令琛。

见同学们的眼神别有意味，祝温书不等大家开口问，就连忙解释："他的侄子，刚好是我的学生。"

"噢……"

大家恍然大悟，钟娅也跟着瞪大眼睛："真巧啊！"

欸？

可是不对啊。

钟娅又想了想，侄子，又不是儿子，跟令琛关系很大吗？

难不成他平时还关心自己侄子的学习生活？

还想问点什么，钟娅抬头，却见徐光亮带着浩浩荡荡的新娘和伴郎伴娘们折返。

他笑呵呵地站到令琛面前，说："不知道合不合适，我老婆说想跟你合照，哈哈，要是不方便——"

"可以。"令琛起身，"就在这儿吗？"

"就这里就这里！"

徐光亮扯了扯自己老婆，她才如梦初醒般，脸兴奋得通红，也不知道该站在哪里，左右都挪了两步，嘴里嘀嘀咕咕也听不清说了什么。

祝温书见这地方确实有点拥挤，便想着要不要自己到边上站着去，给新娘腾出位子。

正打算起身呢，令琛突然想起什么，回头看了祝温书一眼。

祝温书："嗯？"

他朝她伸手："我的红包呢？"

"噢。"祝温书把挂在椅子上的包取过来，翻出一个跟她一样的红包，递给令琛。

令琛顺手就那么接过，递到徐光亮面前时，见他愣着没接，于是说："一点点心意，新婚快乐。"

"啊？哦哦，你太客气了，你能来我就很开心了。"

徐光亮终于收了红包，塞给身后负责收礼金的伴娘时，不经意一看，那工工整整又娟秀的"令琛"两个字，只可能是出自祝温书之手。

于是他又愣住了，有点蒙地看着这两人。

不是他多想，可这场景看起来也太像他跟他老婆伸手要钱的样子了。

不止他一个人蒙，桌上那几个人也盯着这两人看。

祝温书没办法，只得再解释一遍："他没现金，我就帮他准备了一个。"

"噢噢，这样。"徐光亮今天太兴奋，脑子不是很够用，其实他根本没明白其中逻辑，就被自己一心一意找站位的老婆拉着摆姿势，"以前没看出来你们关系还挺好的。"

"还行。"一直没怎么说话的令琛侧身移了下椅子，正好借着这个姿势垂眸看向祝温书，"祝老师照顾我。"

不知怎么回事，祝温书总觉得在这人声鼎沸的宴会厅里，令琛的那声"祝老师"听起来不仅仅是一个称呼，有点亲昵。

这么感觉的不止她一个人。

桌上其他人再次陷入先前的疑惑中，就连单线条思考的钟娅也扭头看着她。

祝温书对上他们的眼神，选择抱紧自己的包，不再说话。

她要是连这个都解释，真就有点欲盖弥彰的意味了。

可是天知道，她和令琛明明就没什么啊。

新郎新娘和令琛合照后，伴郎伴娘们自然也都借机要单独合照。

宴会厅里其他蠢蠢欲动的人立刻借着这个机会蜂拥而至，令琛也很给徐光亮面子，来者不拒，像尊蜡像似的在那儿挨个合照。

直到司仪上台，告诉大家婚礼即将开始，令琛才开始拒绝宾客。

他坐下后，四周的人却没散，饭都不吃就等着婚礼结束再继续拍照。

祝温书自己是从来没经历过这样的场面，没办法被这么多人围观还像令琛那样泰然自若地看着舞台上的婚礼仪式。

于是她虽然面朝舞台，目光却很难集中到新人身上。

不一会儿，她瞥见入口处进来一个男人，四处张望一番，然后朝他们这桌走来。

男人中等个子，穿着黑色夹克，里面一件白色卫衣遮不住隆起的啤酒肚，快步走过来时，脸上的五官逐渐清晰。

祝温书越看他越觉得眼熟，脑海里有个名字呼之欲出，却不敢相信。

这、这章博艺以前明明挺清秀的，是如何做到七八年就胖成这样的？

章博艺站到桌前，一眼看见令琛，惊讶之色溢于言表："哟，令琛！好久不见啊，你居然来了！"

令琛只是朝他点点头："好久不见。"

也不是人人都热衷于明星，像章博艺感觉到令琛的态度没那么热络，也不像其他人那样非得凑上去，他视线左移，看见祝温书，又笑道："你也来啦？咱们也是好几年不见吧。"

"嗯嗯。"祝温书点头，"好久不见啊。"

随后，章博艺跟桌上其他几个人打了个招呼，然后说自己来晚了没位子，去别桌坐了。

等他走了，钟娅惊得嘴巴都合不上："天……岁月是把杀猪刀吧。"

祝温书也不可置信地看着他的背影，喃喃道："我没看错吧，他该不会是……"

这话她是问钟娅的，回答她的却是令琛："是章博艺。"

"啊？"

这回祝温书震惊的是，令琛居然还能认出他。

想当初她可是说了自己名字，令琛才想起来呢。

"你居然还记得他？"

"就是你生日的时候送你施华洛世奇那个嘛。"对面一个男生突然说道，"你居然忘了？"

"不是，我没忘。"祝温书眨眼，"你们怎么知道这事儿？"

男生笑了起来："全班都知道啊。"然后脑袋一偏，嘴里的话已经说出口了，才意识到自己看向的是令琛，"是……吧？"

令琛转头看着舞台，淡淡说道："我不知道。"

思绪却在喧闹的环境中，飘得很远。

祝温书的生日，在高中班上并不是秘密。

高一的某个早上，英语早读课，老师一打开门，便对第一排的祝温书说了句"Happy birthday"。

这个日子特殊，于是很多同学都记住了祝温书出生在平安夜。

于是第二年的冬天，离平安夜还有几天，令琛便在走廊上听见几个女生商量着要送祝温书什么礼物。

那时候大家都没什么钱，能想到的礼物无非是一些小饰品或者玩偶，说着说着话题便歪到了大学城那边的夜市，说最近有许多女大学生摆摊卖手工艺品，特别好看。

平安夜前两天晚上，令琛出现在那条小街。

简易摊位密集地支在路边，统一的白色桌布上摆满了琳琅满目的小玩意儿。

令琛在这条路上走了三次，最后停在一家手工饰品摊位前。

他一眼扫过去，拿起一根攒着几颗珠子的银链。

老板是个年轻女生，笑着说："帅哥，选手链吗？这是我自己配的珠子，跟潘多拉一样。"

令琛问："潘多拉？"

"是一个丹麦的珠宝品牌啦，现在很火的。"老板又指指旁边的天鹅吊坠，"我这儿还有跟施华洛世奇一样的，你要不要看看？现在女孩子都喜欢这个。"

最后令琛没选老板推荐的赝品，而是挑了一根缀着小太阳转运珠的红绳。

付了老板二十五块钱，他口袋里还剩三个硬币。

老板看出他的窘迫，笑着说："礼轻情意重，你女朋友一定会喜欢的。"

令琛盯着那颗转运珠看了半晌，才闷闷道："怎么可能？"

"嘿……你这话说得……"

老板顿时不高兴了，连个小袋子都没给，就坐下去玩手机。

到了二十三日。

放学后，令琛在操场待了很久，等学校里的人都走得差不多了，他才返回教室。

冬天的夜色来得早，关了灯的教室空荡昏暗，风一吹，扬起的窗帘刮落几本练习册，"啪嗒"掉在地上。

令琛轻轻推开门，正好看见弓腰凑在祝温书座位旁边的章博艺被声响吓到，惊得猛回头。

"令琛？你怎么还没走。"

令琛看了他手里的东西一眼，亮晶晶的水钻在余晖里闪着光。

"回来拿东西。"

"哦。"章博艺不再多逗留，胡乱把东西塞进祝温书的抽屉，然后默不作声地走出去。

到了门口，他又不放心地回头看了令琛一眼："那个……刚刚的事情，你别说出去啊。"

令琛都没抬头看他，自然也没说话。

但章博艺心里明白，令琛都懒得应他，更不可能说出去了。于是，他放心地离开。

等教室再次归于安静，令琛手放在包里，握着那根红绳，慢吞吞地走到祝温书座位前。

她课桌里堆了很多东西，没什么多余空间。

令琛只是拉了下椅子，细微的动静就让章博艺塞进去的东西掉落出来。

他弯下腰，借着微弱的天光，看见深蓝色包装盒上印着一个天鹅图标。

最后一点夕阳退了，风也停了，教室里一点声响都没有。

过了许久，令琛捡起盒子，擦掉上面沾染的灰尘，仔细地放进抽屉，摆放妥当。

然后，转身回家。

半个多小时后，服务员开始上水果。

因为新郎拿话筒跟大家提了一嘴，让大家不要过多去打扰其他宾客，所以祝温书他们这桌还算吃得安稳。

酒过三巡，祝温书看见有老年人陆续离场，又想着徐光亮说下午的安排是打牌喝茶。她不会这些，便和钟娅商量着要不先回去了，继续待着也没什么意思。

两人说好后，祝温书拿起包起身，想和令琛说一声。

但侧头看去，发现令琛被徐光亮叫去拍照了，高中时的男同学全都聚在那儿，吵得热热闹闹，估计一时半会儿也不会放令琛走。

于是，热闹的宴会厅里，祝温书和钟娅各自给徐光亮发了条消息，便默不作声地退了出去。

离开宴会厅，空气都变得清新。

"妈呀，办个婚礼也太累了，我看徐光亮他们两口子都没吃上一口饭。"钟娅说，"还有令琛，我以为他露个面就走了，没想到居然待了这么久，他不是应该挺忙的吗？"

"不知道……"

祝温书边走边嘀咕："我看他最近还挺闲的。"

钟娅闻言，踌躇半天，支支吾吾地说："那个……我刚刚就想问你来着，令琛在，我没好意思。"

祝温书："嗯？"

"就是……"钟娅还回头看了一眼，确认四周没人，才说，"我总觉得……你跟令琛是不是有点什么？"

祝温书脚步一顿，哑然半响，才说："你想什么呢？怎么可能！他是令琛啊，你刚刚没看见那架势吗？你用脚指头想也不可能啊。"

"哎呀……"钟娅没见过祝温书语气这么急促，知道自己想多了，便笑着说，"你别急嘛，我就是随口一说，毕竟他刚刚看起来跟你很熟的样子，还以为是你俩约好一起来的。我又想令琛那身份，没点什么特殊关系，他也不会跟人特意约好吧。"

"我没跟他约好……就是碰巧。"

话音刚落，祝温书手机振动。

她打开一看，进来一条新消息。

c：没等我一起走？

一旁的钟娅还在絮絮叨叨，祝温书却忽然停下脚步。

"怎么了？"钟娅问。

"没什么。"祝温书别开脸，看着落地玻璃里映出的身影，发现自己脚步好像有点乱。

过了会儿，她还是回。

祝温书：你没说要我等你呀。

c：那我现在说了。

c：来得及吗？

收到这两条消息时，祝温书和钟娅刚走到酒店门口，迎面开来一辆出租车。

"咱俩一起吧。"钟娅拦下车，"先送你回去，我家也不远。"

祝温书脑子忽然有点乱，做得出高数题，却想不清自己这会儿该不该等令琛。

片刻后。

"不了……"祝温书声音有点小，"我想起我还有点事，你先回吧。"

钟娅歪着脑袋："啊？你不走？什么事啊？"

"走不走啊？"司机在驾驶座催促，"到底走不走？"

"走！"钟娅立刻拉开车门，钻进去之前，朝她挥挥手，"那我先走了！回头联系，拜拜。"

"拜拜。"

目送着钟娅的车开远，祝温书的心绪还有点飘忽。

直到一阵冷风吹来，她看着四周空旷的环境，突然清醒。

不是，她为什么要等令琛啊？

又没有约好，等下也是各回各家啊。

令琛以等下还有事情脱身，已经是二十分钟后的事情。

徐光亮拖家带口地送令琛出来，看架势还要送到大门口。

"留步吧。"令琛说,"我自己出去就行。"

徐光亮当然不依:"没事没事,送上车嘛。"

"不必。"

令琛低头看了眼腕表,眉心微皱。

徐光亮还是挺会看眼色,知道他这神情应该是有什么急事,也就没再坚持:"那行,你路上注意安全,今天照顾不周,包涵包涵。"

道别后,令琛疾步走向酒店大门。

这里环境不错,全是植被,一眼望去也没什么遮挡物。他扫视一圈,没能发现祝温书的身影。

还是走了?

令琛沉沉呼了口气,垂下眼,看着那没回的消息,又觉得毫不意外。

太阳渐渐藏到了云层后,令琛没再多留,转身朝停车场走去。

拐过大厅走廊,他整个人突然停住。

不远处,侧边的草坪上,祝温书蹲在一个盆栽旁,百无聊赖地逗着一只毛茸茸的萨摩耶,远远看去,像一只小绵羊。

令琛没出声,也没再继续上前,只是盯着她的背影看了很久。

怕再有动作,她在等他的画面就会被打破。

直到他看见不远处另一只狗狗跑过来,和祝温书面前的萨摩耶玩了会儿,两只狗便一起朝出口跑去。

祝温书站起身,留恋地看着那两只狗的背影,拿起手机拍了张照片。

下一秒,令琛手里的手机果然振动。

祝温书发来一张图片:狗都等着伴一起回家了,我呢?

26

还是那辆熟悉的黑色商务车。

绕过喷泉,徐徐停在祝温书面前时,她脸上看起来泰然自若,实则心里慌作一团,甚至想落荒而逃。

怎么就一时脑抽,发了条那么尬的消息?

自以为很可爱吗?

发完了想撤回，一回头却看见本尊已经站在她身后了。

好在令琛看了眼手机，没说什么。

可能也是被她尬到无语了。

两人就这么站在屋檐下，隔着两步距离，谁都没说话，像被一种说不清道不明的尴尬包裹着。

唉。一会儿上了车还是要这样尴尬吗？

正想着，车停稳了，令琛垂在身侧的手抬起："车——"

"哟，祝老师也在呢？"一颗脑袋突然从车里探出来。

没等祝温书说话，他又自问自答："哦对，高中同学结婚，你们一个班的。"

那只手神不知鬼不觉地垂下，令琛偏过头看令兴言："你怎么来了？"

"我刚下飞机，小周来接我，顺便接你咯。"

令兴言目光在祝温书和令琛身上扫一圈儿，忽然起身下车，拉开前排副驾驶的门："我坐前面吧，风大，你俩也别在这儿干站着了。"

刚刚进来的时候他就看见令琛了，见他低头站着，旁边站了个年轻女人，两人互不搭理。

隔着玻璃他没看出是祝温书，心说令琛在这种公共场合也不知道避避人，就这么堂而皇之地站人旁边。

等开门发现是祝温书，他又觉得令琛干站着是合理的。

等两人上了车，令兴言主动打破了沉默："祝老师，我家小孩最近在学校表现怎么样？"

"他啊……"

祝温书瞥了令琛一眼。

不愧是兄弟俩，话术都一样。

接收到祝温书的目光，令琛知道她什么意思，也没说什么，扭头看向窗外。

"最近挺乖的，上周做的小话筒还被老师拿去别的班展示了。"

令兴言笑："嚯，还挺厉害。"

他刚说完，手机里估计进了什么新消息，眼睛立刻就盯着屏幕去了。

车内再次安静下来，祝温书有点不知道该看哪儿，于是也拿出手机摆弄。

正好这时施雪儿给她发来消息。

施雪儿：祝老师！

施雪儿：令琛今天也参加同学婚礼！

施雪儿发来一张图片。

她的图片是在微博看见的，不知是哪位宾客发的，随时泡在令琛微博广场的施雪儿很快便发现了。

照片的场景祝温书很眼熟，正是自己那一桌，她一打开便在照片角落里发现了正在吃饭的自己。

虽然只是一个侧脸，但她对自己的身影还是很敏锐。

施雪儿：你参加同学婚礼！令琛也参加同学婚礼！

看到这句话，祝温书突然有点紧张地握着手机，总觉得自己之前跟她和祝启森撒的谎可能要被戳破了。

施雪儿：四舍五入就是我跟令琛参加婚礼了！

施雪儿：你就是我跟令琛的桥梁！

祝温书："……"

祝温书：哈哈，巧啊。

施雪儿估计继续逛微博去了，想找点其他新鲜照片看，没再回消息。

祝温书又看了两遍那张照片，心里想着不知道其他人有没有拍到她的丑照。

虽然可能没有人在乎她这个背景板，但美了一辈子的祝老师多少是有点包袱在身上的。

她趁着车里没人说话，悄悄打开微博，搜索"令琛"两个字。

顺着实时微博看，果然出来挺多今天婚礼现场的照片。

一张张看下来，祝温书稍微放了心。虽然背景有些杂乱，但祝老师还是扛住了各种死亡角度的。

不过带"令琛"关键词的微博也并不全是今天的照片，祝温书再往下一滑，看见一条热度挺高的微博。

博主是个娱乐营销号，蹭着最近的热度搞了个投票——得到两千万，和睡到令琛，你选哪个？

四千多人参加投票。

祝温书点进去看了一眼，居然！竟然！足足有两个人！选了睡到令琛！

这是她没意料到的，当今社会居然还有两个不为金钱所诱惑的、这么纯粹的色痞。

看得太投入，祝温书恍惚中听到令琛好像在跟她说话。

正要抬头，前方又有车流汇入，司机一脚急刹，刹了祝温书个猝不及防，手机"哐当"落地。

然后祝温书眼睁睁看着它滚落到令琛脚下，然后又眼睁睁看着令琛弯腰捡起手机——

没等令琛递过来，祝温书就几乎是伸手去抢。

可惜她还是慢了一步，没能在令琛垂眼看向屏幕的前一秒抢走手机。

原本就安静的车厢变得更安静了。

不过令琛的视线只是顺势扫过屏幕，祝温书也不知道他看没看清。

总之，她拿到手机后就立刻按灭屏幕看着车窗不再说话。

过了会儿，祝温书盯着车窗里令琛的倒影，发现他的嘴角，好像，弯了一下。

是在笑吧？

是在笑吧！

果然还是被看见了。

祝温书悄悄翻了个白眼。四千多人里只有两个人选择了你，这很值得高兴吗？

几分钟后，祝温书实在受不了这诡异的沉默，主动开口跟前排的令兴言说话。

"对了，这都十一月了。"她说，"今年学校的迎新艺术节每个班都要出节目，渊渊要不要去报个名啊？"

想到家里有个令琛，祝温书又补充道："他应该会唱歌或者弹琴什么的吧？"

"他啊？"令兴言忙着回复消息，头都没回，"唱是能唱，弹也能弹，就是有点拿不出手。"

"……艺术节是个表现的好机会。"

祝温书又扭头看令琛："你要是有空也可以教教他。"

也不是没教过。

当时他教得差点想把那价值几百万的钢琴砸了。

后来又教唱歌，倒是没跑调。因为压根儿就不在调上。

"教他，我还不如去卖唱。"

祝温书："嗯？"

"反正都是折磨。"令琛懒洋洋地伸伸腿，侧头靠着车窗，"卖唱还有钱赚。"

"……"

今天其实还是张瑜明的生日。

把祝温书送到家后，令兴言回家换下满是风尘的衣服，喝了口水，去陪令思渊看了会儿电视，便又准备去公司开会。

出门前，他指指桌上一个箱子："这是我给张老师送的两瓶好酒，你一会儿带去啊，仔细点。"

令琛应了声"哦"。

等令兴言走后，令琛去房间里听编曲团队给他发来的新歌 demo（小样）。

这一听就是四个小时，等他摘下耳机抬头，天色已暗。

他换了身平常的衣服，拎着令兴言送的红酒出了门。

张瑜明地位虽高却不爱铺张，六十大寿只请了十几个好友，在郊区一家私密性很强的餐厅开了个包厢。

令琛到时，包厢里几乎已经坐满了人。

在座的都是熟人，没什么客套寒暄的流程。

过一会儿，包厢门又被推开。

一个穿着素色风衣的中年女人一面进来，一面摘下墨镜，往里扫视一圈："哟？我居然是最后到的？"

有人笑道："应该的应该的，宋老师哪次演出不是压台？"

宋乐岚斜他一眼，又指指令琛："老了老了，被拍死在沙滩上了，现在都是令琛压台了。"

令琛闻言只是笑了笑，立刻起身帮她拉开身旁的座椅。

今天这场饭局算得上大咖云集，但绝大多数是张瑜明这样的幕后人员。真正在台前的艺人，只有令琛和这位最后到的宋乐岚。

不同于令琛这种后起之秀，宋乐岚红了十几二十年，即便现在产出少了，也没人会质疑她的地位。

粉丝经济时代，虽然打投榜上见不到宋乐岚的身影，但她的老歌却常年霸占各种音乐软件收听榜。

不过宋乐岚嘴上虽然说自己被拍死在沙滩上，实际对晚辈很照顾。

尤其是令琛，她很欣赏，平时完全把他当弟弟看待。

跟张瑜明打了招呼，宋乐岚脱下外套，坐到令琛身边。

抬手的那一刻，令琛注意到她手腕上戴着一条亮晶晶的钻石手链。

熟人饭局轻松自在，推杯换盏间，连向来不沾烟酒的令琛也陪着喝了两杯红酒。

当然，他不喝酒除了保护嗓子，也是源于他酒量是真的差。

这才第三杯下肚，他便已经上了脸，连脖子都透着一股红。

"令琛，你怎么回事哦？"忽然间，宋乐岚用只有两人听得见的声量说道，"从我进门开始你就盯着我手链看。"

令琛低头笑了笑："很好看，哪儿买的？"

"买的？这你就瞧不起我了，这可是巴塞洛缪没公开的设计款，专门送我的，上哪儿买去？"

令琛淡淡地"嗯"了一声："确实很特别。"

宋乐岚："怎么，想买一条送人？"

令琛："嗯。"

宋乐岚把声量压得更低："女朋友？"

令琛："不是。"

"嘻。"

宋乐岚觉得挺好笑，这么多年，还是第一次见到提到"女朋友"会脸红的男明星。

但她也不是打破砂锅问到底的人，只是摸着自己的手链，笑吟吟地说："其实这手链有两条，一条是我手上这双链的，还有一条单链的，适合年轻点儿的女生。我本来想送我宝贝，但你令琛要是开口呢，也不是不可以送你，多大个事儿。"

"不用送，我给你钱。"

随后，令琛端着高脚杯，轻碰她面前的酒杯，然后抬头，一饮而尽："感谢割爱。"

"咱们这么熟就不谈钱了，但你姐这可是全世界唯一的东西，你一杯酒就打发我啦？"宋乐岚憋着笑，"起码得三杯吧。"

和一天连吃两场席的令琛不同，祝温书回到家后，就没再出过门，晚饭也是外卖解决的。

虽然是周末，但年轻教师身上压着各种职称压力，上周刚结束了一次赛课，紧接着又要准备新的公开课。

这次祝温书又是作为实验小学的青年教师代表，不敢有一丝马虎，备课提纲都写了一遍又一遍，确认无误后才开始动笔写正文。

夜里九点，她正写得投入，桌边的手机突然响起。

见是令琛的微信语音来电，祝温书有点蒙。

不知道这么晚了，令琛找她还有什么事。

"喂？"她接起来，对面迟迟没有说话。

又"喂"了两声，还是没听到回应，祝温书以为他是不小心摁到了手机。

正准备挂掉，他却开口了："祝温书。"

就三个字，祝温书隔着屏幕都闻到了浓重的酒味。

她问："你喝酒了？"

"嗯，喝了点。"

你自己听听你那声音，是只喝了点吗？

"噢……"祝温书说，"什么事啊？"

令琛又没说话，过了会儿，才问道："你在干吗？"

"我在备课。"

"哦。"

听筒里，祝温书听到了呼啸的风声，也不知道他现在在哪儿。

"你喝多了吗？"

"没。"

嗯，那就是喝多了。

祝温书叹了口气："你要不喝点水，早点休息。"

令琛："祝温书。"

"啊？"

祝温书应了之后，他又没声儿了。

沉默许久，祝温书看着自己电脑上只写了一小半的备课文档："你要是没什么事的话……"

令琛似乎猜到了她要说什么："别挂。"

许久，祝温书才低低地"哦"了一声。

房间的窗户半开着，偶尔有风吹进来，裹挟着阳台上零落的花香。

屋子里没有说话的声音，电脑自带的键盘也没有再被敲打，只有手机上的通话时间在一秒秒跳动。

"祝温书。"令琛突然又开口。

"嗯？"

"你喜欢钻石吗？"

这没头没尾的问题让祝温书有点蒙，但想到对面是一个喝醉酒的人，她也没太严肃。

"谁不喜欢？"又看了眼文档，她心想自己要是不喜欢钻石，干吗这么晚了还在加班？

"我恨不得用钻石来造房子。"

电话那头的令琛轻笑了一声："你这么说，我得去卖身才买得起。"

……醉汉，醉汉。

祝温书一直在心里提醒自己，醉汉的话不要往心里去。

但心跳还是不可避免地漏了一拍。

为了不让长久的沉默暴露自己，祝温书转着眼珠子，张口就说："你卖身能有你卖艺赚钱吗？"

"那可不好说。"

令琛声音里带着明显的醉意，没平时那么沉，听着有点轻佻："毕竟有两个人选我，四千万这不就到手了。"

祝温书："……"

她看向窗外，紧抿唇，压住嘴角的笑意。

"祝温书。"他又叫了她的名字。

"嗯？"

"如果是你，你会怎么选？"

祝温书蒙了一下，才反应过来令琛在问什么。

两千万和睡到令琛，选哪个？

哪有本尊把这种事情问出口的啊！

果然是醉汉。

"我堂堂人民教师，为人师表……"

祝温书胸腔里"怦怦"跳："我但凡犹豫一秒，都是对那两千万的不尊重。"

27

深夜。

林立的住宅隐在夜色里，只有零星几家开着灯。

虽然令思渊的卧室在整套房最里面，但令兴言开门的动静还是很小。既怕吵到儿子睡觉，又想着万一那臭小子还没睡，岂不是被他抓个正着。

等进了门，发现整个房子鸦雀无声，客厅黑乎乎一片，这才放了心。

他轻手轻脚地穿过走廊，推开卧室门，见令思渊睡得正香，便在一旁安静地坐了会儿，这才出来，准备吃点东西就去睡觉。

谁知回到客厅，一股冷风吹来，惹得他打了个寒战。

这肖阿姨也真是的，这么冷的天居然大开着阳台的门。

他连忙朝阳台走去。

经过沙发时，却听到"窸窣"的翻身声。

低头一看，这才发现沙发上还躺着一个人。

纵使是三十来岁的令兴言也被这场景吓了一跳，拍拍胸脯后，才后知后觉地反应过来沙发上是谁。

他弯下腰，低声问："你怎么在这儿睡了？"

沙发上的人没回应。

令兴言又凑近了点儿，闻到一股酒味，嘀咕道："哎哟这喝得……"

他了解令琛的生活习惯，知道他平时连辛辣刺激的食物都不会碰。

刚出道那两年，也常常被当时的老板带着出现在各种应酬饭局，却从没醉成这样过。

也不知道今天是心情太好，还是太差。

令兴言没再多跟醉鬼说话，脱了外套，便打算把他架去卧室，刚俯身抬起令琛的手，便听到"哐当"一声，一部手机滑落在地。

令兴言没管，想着先把令琛弄去床上再说。

然而这时，静谧的客厅里突然响起一道女声："喂？是令兴言先生吗？你回来了？"

这诡异的声音把令兴言又吓了一跳，他往四周看一圈，又听到一句"喂？"，才反应过来这声音来自哪里。

他弯腰捡起令琛的手机，一看屏幕，忽然无声地笑了。

"嗯，是我。祝老师还没睡呢？"

"你回来了就好。"电话里，祝温书的声音有点疲惫，"刚刚令琛突然没声儿了，我还担心是不是出了什么事。"

"没事没事，他就是睡着了。"

令兴言看了眼一旁睡得死沉的男人："他在家呢，我刚刚回来。"

"行，安全就好。"祝温书说，"那我就先挂了？"

"唉！"令兴言重重叹了口气，"真的太麻烦您了，我家这大的小的都不省心，这么晚了还让您操心。"

"不客气。"嘴上这么说着，但祝温书也叹了口气，"我们当老师的，习惯了。"

挂了电话后，令兴言歪着头看屏幕，见通话记录显示足足有三十七分钟。

他又看了眼睡在沙发上的人，呼吸绵长平稳，面容看起来很放松。借着月色仔细观察，还能发现他嘴角有浅浅的弧度。

令兴言把手机放到一旁，艰难地把他往房间拽。

"啧，光会做美梦。"

第二天中午，令琛醒来发现自己浑身都有点疼，像被人揍了一顿。

昨晚的酒是好酒，不至于有这种醉后反应，就是不知道自己是不是干了什么糗事。

他去浴室洗了把冷水脸，刷了牙后，开始到处找手机。

令兴言正在餐桌边上吃午饭，见令琛穿着宽松的卫衣，在客厅绕了一圈又一圈，"啧"了一声，开口指点："在抽屉里。"

怕令思渊早上起来抓着个手机就开始乱鼓捣，所以昨晚令兴言给他收进了茶几抽屉里。

令琛闻言，只是"哦"了一声。

令兴言："你先过来吃点东西。"

令琛嘴上说"好"，结果找到手机后发现没电关机了，顺势就坐到沙发上，扯过一旁的充电线。

等手机开机的时间，他扭头问令兴言："你昨晚什么时候回来的？"

"我？"令兴言笑着去夹菜，"自然是该回来的时候回来的。"

见他这反应，令琛皱了皱眉。

等开机后，打开微信一看，眉头拧得更紧。

c：你昨晚给我打电话了？

过了会儿。

祝老师：你仔细看看。

祝老师：是你给我打的电话。

令琛抿着唇，感觉到了什么。

侧头一看，令兴言果然在偷瞄他。

"你看什么？"

"没什么。"令兴言丝毫不慌，"看看你醒酒没有。"

令琛："我清醒得很。"

说完，他又低头去看手机。

c：我昨晚喝多了。

祝老师：我知道。

c：我昨晚没说什么胡话吧？

这次祝温书没有秒回，顶头的备注名字变成"对方正在输入"。

201

这个状态持续了很久，久到令琛都有点坐不住了，她终于发来了三个字。

祝老师：没什么。

令琛："……"

他倒希望祝温书发来一篇小作文，指责他酒后撒泼打电话骚扰人。

偏偏却是这么欲盖弥彰的三个字，让人浮想联翩。

他没再追问，只想去浴室洗个冷水澡。

令琛经过餐厅时，令兴言吃得正香，就是味道有点重。他抬手拿过旁边的水壶，打算喝一杯温开水，刚倒好，杯子就被人拿走。

令琛一口喝干了温开水，皱眉道："你以后没事少送酒。"

令兴言笑了起来："嘿，自己酒量差怪我酒好？"

可能是因为那天晚上的醉酒，令琛没办法搞清楚自己到底干了什么事，所以这几天他格外安分。该工作工作，该休息休息，完全没有到处乱跑。

令兴言乐得省心，但也有点愁。别是这么小一件事，就让令琛从此止步不前了吧？

但他又不好开口问那天到底发生了什么，才能让他老实这么久。

这天晚上，令琛回得比令兴言还晚。

其实最近他虽然给令琛暂停了商业活动，但令琛也并不是完全闲着。

新专辑的制作还不着急，但今年的圣诞演唱会在即，令琛向来不是甩手掌柜，每次都会和演唱会总导演磨合，落实到每一处细节。

今天估计是在研究舞美问题，令琛回来时，一脸倦意。

"你吃了没？"令兴言难得有空，在客厅看电视，顺口问道，"没吃的话叫肖阿姨给你弄点饭菜。"

"吃了。"令琛脱了外套丢到一边，"我去睡觉。"

"噢。"令兴言应了一声，伸手抓了把花生。

"爸爸！"令思渊今天写完作业就去楼下和小朋友们玩了，这会儿回家发现令兴言在家，特别兴奋，"你回来啦？"

"嗯，爸爸刚回来。"令兴言朝他招招手，"饿不饿？吃不吃花生？"

令思渊一阵风似的从令琛身边跑过，扑到沙发上，撅着屁股趴在令兴言腿上："我还以为你这几天都不会回来呢，周五我们二年级有亲子运动会，你要来吗？"

"周五？"令兴言盯着电视机，皱了皱眉，喃喃道，"噢……你们祝老师前两天是给我发了消息来着。"

他还想说什么，却见说要去睡觉的令琛站在饮水机旁边接水。

令兴言看着他的背影说："周五啊……爸爸好忙的……唉……真是太忙了。"

令思渊委屈巴巴地说："那怎么办啊？人家都有爸爸一起的……"

水杯刚接了一小半，令琛摁了停止键，端着杯子徐徐走过来。

"但是爸爸再忙也一定会抽时间去陪你参加运动会的。"

令琛掉头就走。

"真的吗！"令思渊开心得差点从沙发上掉下去，"那你可以给我做个加油牌吗？六年级的大哥哥大姐姐都有！"

"可以。"令兴言说，"给你做个最帅最酷的。"

"好耶好耶！"

令思渊又说："那你可以给我们祝老师也做一个吗？祝老师也要参加比赛。"

令琛又端着水杯走了回来。

令兴言余光瞥他一眼，问："可以啊，给祝老师也做最帅最酷的。"

令思渊来了劲儿，小嘴"叭叭叭"地跟令兴言说自己想要什么样子的加油牌，上面一定要写他的名字，这样那样的要求说了一堆。

"好，好，可以，都可以。"

十来分钟过去，令兴言扭头，见令琛还站在那里。

水都喝三四杯了也不嫌胀肚子。

"哎呀，可是渊渊啊，你要爸爸带那么多东西，爸爸就两只手，拿不过来怎么办？要不咱们再叫一个人吧。"说完，令兴言转头看向令琛。

令琛愣了两秒："我去给你拎包？"满脸写着"我这身价做这种事情亏你说得出口？"。

"不行吗？"令兴言撇嘴，"那我找别人。"

"……算了。"令琛放下杯子，"也不是不行，毕竟我也算孩子家长。"

不过令思渊却眨巴眨巴眼睛："可以吗？运动会有好多好多人，会拿相机拍照的。"

他倒是想自己的加油团人多一点，可那是他叔叔欸！平时出门都很小心的。

"拍照怎么啦？"令兴言说，"去给侄子加油怎么了？他以后也会有自己的小孩，难道就一辈子不参加自己孩子的亲子运动会吗？"随后又拖着音调加了一句，"你叔叔又不做亏心事，不怕被人看到，是吧？"

令思渊懵懵懂懂地点头。

令兴言又转头问："那我们就这么说定了？"

"再说吧。"令琛又拿起水杯，"我也不一定有时间。"

还摆上谱了？

令兴言："那算了。"

"……我尽量。"

"没事，你不用勉强的。"令兴言说，"我找别人也行的，我看曼曼或者……"

"算了，别人跟你儿子也不熟。"令琛面无表情地打断他，"我应该有时间。"

周五是个阴天。

对于出门游玩的人来说是个坏天气，但对今天要参加运动会的家长们来说，却求之不得。

既不用晒到太阳，也不担心会中暑。

下午两点，学校里就热闹了起来。

祝温书借了祝启森他们体育老师的更衣间，换了套运动服出来。

祝启森见她出来，一言难尽地扫视着她的衣服："你这运动服也太旧了吧？"

是挺旧，高中时买的了。

从小到大，祝温书最讨厌的就是运动。以前读书的时候举办运动会，从来不见她上场，毕业体测更是要了她的命。

而高中之后她没怎么长个子，这套衣服也就穿过那么几次，丢了又有点可惜。像今天这种场合，可不就派上用场了，还免了她浪费钱再去买一套。

只是祝温书没想明白，怎么毕业工作了，还是逃不开运动会这个劫数？

"方便就行。"祝温书扯了扯袖子，发现还是短了点。

"不是，你这款式……"祝启森努力忍住笑，不想说出那个"土"字，"你要不去拿一套我们办公室的新款运动服，虽然是制服，但也比你这款式好看多了。"

"懒得麻烦。"

祝温书理着衣摆，朝外面走去："随便糊弄糊弄得了。"

办公楼正对学校大门，这会儿学生们都和自己家长会合了，浩浩荡荡的人群正朝着操场走去。

祝温书没急着下楼，靠着走廊栏杆去看自己班的情况。

"对对对。"祝启森也不坚持，在她旁边说道，"人穿衣服，不是衣服穿人，祝老师穿什么不好看啊。"

祝温书没接话，但心里是十分赞同祝启森的说法的。

而且她放眼望去，那些家长穿得花里胡哨的，也不见得多好看——

欸？

祝温书突然眨了眨眼睛。

因为是运动会，家长们都穿了运动服来，晃眼看去五颜六色花花绿绿。

于是，在那人群中，一个穿着黑衣黑裤，拎着一个黑色大包，还戴着黑帽子、黑墨镜和黑口罩的男人就特别显眼。

还有点眼熟。

随着人往里面走，祝温书越看越眼熟。

默默地看了几眼，祝温书收回视线，沉吟片刻，突然说："祝启森，你们办公室的新款运动服在哪儿？借我穿穿。"

28

这学期学校给体育老师新定了运动服，是挺好看的，如果遮住后背印的"江城实验小学"六个大字，完全看不出来是制服。

只是体育女老师的个子都比较高，平时又爱跑动，衣服定得比较大。

祝启森给祝温书找的已经是最小号了，穿着还是有点大。

她在更衣间的全身镜前左右照照，总觉得自己有点像偷穿大人衣服的小孩儿。

"哎，祝启森，你这儿有没有别针什么的？"

祝温书低着头整理下摆，等了半天没听到回应，抬眼看去，发现祝启森靠着栏杆不知道在看什么。

"你看什么呢？"

"你看器材室那边。"祝启森给她指了个方向。

学校操场去年翻修过，当时为了方便施工在操场边修建了几间板房。完工后也没拆，分配给体育组做了器材室，省得老师们成天搬上搬下。

而此刻，家长和孩子们都集中在操场中央，拍照的、跑跳的，热热闹闹，喧哗声都传到了办公楼。

只有偏僻的器材室旁，一个男人靠角落站着，离人群很远，正四处张望。

祝启森："你觉不觉得那男人有点不对劲？"

是啊，这不对劲。

祝温书想，令琛怎么会出现在这种场合？

祝启森："看起来是不是很奇怪？"

确实，好奇怪啊。

令思渊跟她说过，令兴言会来参加运动会。那令琛怎么还来了呢？

祝启森："今天来这么多家长，人多口杂的，该不会是想趁乱干点什么吧？"

有道理。

今天人这么多，他不怕被拍到吗？

唉，但其实拍到也还好。叔叔来看侄子的运动会，应该也没什么问题。

"祝启森，我先下去看看孩子，你——"

祝温书一转头，发现祝启森眯眼盯着令琛，然后掏出手机，拨通保安电话："喂，周师傅，您在哪儿呢？噢噢，您现在赶紧去操场器材室那边看看，那儿有个鬼鬼祟祟偷偷摸摸的黑衣男人，对对对，还拎着个黑色大包，也不知道装了什么东西，您赶紧去看看，有问题的话赶紧把他赶出去。"

祝温书一愣，等她回过神，这人已经挂了电话，并且正准备去操场保卫学校。

"祝启森！那是我学生家长！"

保安周师傅特别敬业，挂了电话后把手机一扔就冲去了操场。

祝温书赶到的时候，周师傅正站在令琛面前逼他摘了墨镜口罩。

眼看着令琛就要抬手，祝温书一个箭步冲过去挡在令琛面前："误会误会，周师傅，这是我学生家长。"

周师傅"哦"了一声，还是忍不住打量令琛，嘴里念念有词："什么家长穿成这样，大冬天的戴个墨镜跟路边拉二胡要钱的似的。"

祝温书："……"

令琛："……"

保安一走，祝温书松了口气，转身问令琛："你怎么来了？"

他拎着个行李箱大小的包，却轻松得像拎着小挎包，懒洋洋地靠到墙边，墨镜后的双眼看着天边昏沉的浓云。

"令兴言叫我来。"

祝温书："啊？"

令琛："东西拎不动，求了我一晚上，烦死了。"

"噢……"

虽然祝温书理解有的家长喜欢撑场面，但令兴言就不怕场面被"撑死"吗？

她又低头去看令琛手里的包："这里面是什么？"

"不知道，令思渊让我带的，说运动会要用。"

祝温书狐疑，伸长了脖子去看。

见状，令琛直接把包递过来。

祝温书拉开拉链后，一个方方正正的灯牌映入眼帘。

包里东西很多，她没怎么看清楚，伸手进去摸了摸，穿过一堆零食，找到一个按钮。

待她摁下，首先亮起的是一个大大的美少女变身图标。下面五彩斑

207

斓的小灯组成二十四个大字加一个标点符号——气质绝佳素颜女神实验小学第一大美女祝老师比赛加油!

一闪一闪亮晶晶尬得祝温书差点用脚趾抠出梦寐以求的江景大平层。

"别把这玩意儿掏出来。"祝温书深吸了一口气,"不然我让保安把你赶出去。"

令琛也愣了一下,明显是才看到这灯牌上的内容。

半晌,他"噢"了一声,戴着口罩和墨镜也不知道他是不是在笑。

"我先过去了。"

走了两步,祝温书还是有点不放心,回头看了令琛一眼。

他正低着头,似乎是在看那灯牌上的字。

祝温书:"……"

她转身,摸摸自己的脸,早知道今天化个淡妆了。

回到操场,在体育老师们的组织下,家长和学生已经开始热身。

祝温书从人群中穿梭而过,碰到令兴言时跟他打了声招呼,也没多逗留,和其他老师一起组织比赛。

运动会分年级举行,没那么多仪式,年级主任讲了几句话后便直奔主题。

七八岁的孩子正是闹腾得狗都嫌的年纪,家长们也把这次活动当个放松的机会,场面很快火热起来,祝温书是记录员,拿着写字板四处奔波。

但家长和学生越是活跃,祝温书就越是记挂角落里那个默不作声的人。

也不知是怕他把那个尬出天际的灯牌举来,还是单纯怕他被人发现,祝温书总是在比赛间隙朝他那边看去。

每看一次,就发现他的距离更近一点。

直到运动会过半,令琛已经神不知鬼不觉地站在了家长群中,时不时拿出手机拍照。

红气养人不是没有道理的,纵然身处人海之中,祝温书却也总能一眼注意到他,好像这阴天唯一的光亮也像追光灯一般聚集到了他身上。

可惜人与人之间是有差距的。

令琛在那边悄悄发光发亮,而他堂哥的比赛成绩简直是惨不忍睹。

祝温书看了眼写字板上的获胜记录,忍不住叹了口气。

再想到令思渊曾经写的小作文，祝温书都想提醒令兴言赚钱之余多注意注意自己的体能了。

虽说不是什么正经比赛，但他就这样一直输一直输，小孩子心里也不得劲啊。

果不其然，祝温书看向一旁的令思渊，虽然脸还是热得像红苹果，但他看着人家一场接一场地赢比赛，都要羡慕哭了。

运动会临近结束，最后一个项目是亲子接力。

小孩子倒是精力旺盛，不过大多数家长已经没了什么劲儿，个个拖着脚步慢吞吞地按分组站队。

令思渊今天一个冠军没拿，本来就很不高兴了，看见别的小朋友满场炫耀，他嘴巴都快噘上天了。

于是他偷偷站到了队伍最后一位，心想爸爸拖累就拖累吧，他最后一棒可以来个一鸣惊人。

谁知旁边队伍的卢梓熙也站到了最后，并且疯狂地朝一旁的年轻男人挥手："哥哥！哥哥！你去对面最后一个！等下你传棒给我！"

令思渊："卢梓熙！大家都是爸爸妈妈，你凭什么让哥哥参加比赛？！"

卢梓熙理都不理他："哥哥！快去！"

令思渊见状，转头就去给祝温书告状："老师！卢梓熙让哥哥参赛！"

祝温书闻言，看向另一边，果然见卢梓熙的哥哥卢梓彬不知什么时候来了操场，换下自己年近五十的老爸。

他还笑着跟祝温书打招呼："祝老师，我爸年纪大了，我替他上场。"

"噢噢。"

祝温书肯定不能说"不行，你就得让你老父亲上场"，只能转头去安抚令思渊："渊渊，友谊第一，比赛第二，梓熙的爸爸累了，咱们不能……"

"那我也叫我叔叔！"

令思渊都没听完祝温书的话就朝另一头挥手："叔叔！叔叔！你快来！卢梓熙的哥哥都能上场，你也可以！"

"欸，渊渊！"

祝温书根本来不及阻止，就见人群中的令琛侧头看了过来。

好在他只是看了令思渊一眼，根本没搭理她，扭头就走。

令兴言还坐在地上喘气，矿泉水喝了一半，看着那已经排好队的接力赛场，非常抵触地站过去。

累得要死也就算了，旁边还有个人"啧"来"啧"去。

令兴言很不爽地扭头，发现令琛不知什么时候站到了他旁边。

"你啧什么啧，你什么意思？"

"我？"令琛抱臂，抬头看着远处，"我没有要替你上场的意思。"

"……"令兴言又灌了一口水，"那你在我旁边晃什么晃？"

令琛："怕你累死。"

是快要累死了，但这并不是你说风凉话的理由。

"我累死对你有好处？"

"也是。"令琛突然伸脚踢了踢令兴言的鞋，"那你让开。"

体育老师一声哨响，接力比赛开始。

到了这个时候，其实每个队伍之间的差距已经不大了，但令思渊看着自己这一队落后一截，偏偏卢梓熙还在他旁边大喊大叫，气得他跺着脚原地转圈。

队伍前面的人一个接一个跑走，令思渊不忍直视已经预知的结果，圈圈转得越来越快。

直到前面人跑完，两边起跑线后都只剩一个人，他才发现自己预估错误，他不是最后一棒，对面的家长才是。

可惜这时候他这队已经明显落后了，靠他爸爸肯定是无力回天了。

于是令思渊几乎是哭丧着脸接了棒往前跑。

跑着跑着，接近对面终点了，他才发现等着他的人好像不是他爸爸。

欸？！

"叔叔！"他满血复活边跑边喊，"叔叔！叔叔！"

因为他这大喊，其他已经跑完的家长也回头看了一眼，纷纷露出不可思议的表情。

亲子运动会还能请外援的？

中间那个身高腿长戴着个口罩的男人一看就跟他们这些老骨头不是一个量级的！

现在的家长胜负欲都这么重了吗？！

他还"嗖"地一下就跑出去了，跑道之短，速度之快，根本没给其他人反应的机会。

也没给祝温书反应的机会。

等她意识到发生了什么的时候，令琛已经第一个冲过了终点线，手一松，接力棒落进了一旁的筐里。

祝温书原本举着手机站在终点线拍照，这会儿也忘了其他，视线随着令琛移动。

他脚步没停，大步迈过祝温书身侧时，她听到他口罩下轻微的喘气声。

忽然，他抬手捏住祝温书的手机镜头："胜之不武，就别拍了。"

祝温书这才看了眼跑道，除了卢梓熙哥哥，其他几个三十多岁的家长还没到终点线。

想到令琛一个拥有万千粉丝的当红歌手，为了个小学亲子运动会亲自上场，她笑得眼睛都弯成了月牙。

"你也知道你胜之不武啊。"

耳边是人群的加油喝彩，令思渊也跟着冲了过来围着令琛尖叫欢呼。

令琛扯了扯口罩，露出鼻子。

"还不是为了哄小朋友开心。"

"来！刚刚接力比赛获胜的小朋友和家长看这边！"祝温书一句话把散漫的人群集中起来，"来领小红花！"

学校办运动会明面上是为了让家长和学生体验运动挑战与健康成长的快乐，实际上就是为了完成指标，也没准备什么正经的奖品，都是些小玩意儿，还让老师们准备了小红花贴纸，给每个项目获胜的家长学生都发一张。

祝温书手里捏了　大叠，挨个给小朋友们贴到脸上，然后给他们的家长也发一张。

"渊渊今天跑得真快。"

走到令思渊面前，祝温书给他贴上小红花后，也递一张给他身后的令兴言："那……"

"我就不要了。"令兴言很有自知之明地摆手，"又不是我拿了第一名。"

闻言，祝温书回头，发现令琛不知什么时候又回了板房那边。

她正要过去，忽然感觉有人拉自己衣角。

一低头，发现卢梓熙眼巴巴地看着她。

卢梓熙的爸爸是全场家长中年纪最大的，所以她也没得到小红花。

本以为自己哥哥上场能扳回一局，谁知道被半路杀出的程咬金截了和。

等到祝温书发完了小红花，她看着祝温书手里剩的那一叠，无声地走了过来。

"梓熙今天也很棒。"祝温书弯腰给她贴了一张，"奖励一朵小红花。"

卢梓熙虽然嘴上没说什么，却还是侧着头让祝温书贴。

起身后，祝温书又递给卢梓彬一朵："哥哥也有。"

其他家长拿了小红花都随意贴到衣服上，卢梓彬却看了眼自己妹妹，然后撕开膜，贴到自己脸上，朝祝温书笑："可惜了，没拿第一名。"

"第二名也很棒。"说完，祝温书转身朝板房走去。

令琛刚从令思渊的装备包里掏出听可乐，祝温书便走了过来，递出一朵小红花："这位哥哥也有。"

"什么东西……"

令琛别过脸，扯下口罩准备喝水。

刚拉开拉环，一股冰冰凉凉的触感贴到他脸颊上。

令琛余光看见朝自己伸来的白净手臂，"刺啦"一声，可乐的气泡喷涌而出，在空气里沸腾。

29

当祝温书意识到令琛扯下口罩别开脸只是为了喝可乐，而不是示意她贴小红花时，一切已经来不及了。

操场上还有别的班级在比赛。

令琛徐徐转过头，目光移动得更慢，在热火朝天的加油喝彩声中看向祝温书。

如果说人的眼睛是心灵的窗户，那祝温书此时就从令琛的窗户中看到了暴雨来临前的景象——浓云翻涌，狂风大作。

虽然他嘴上还没说什么，但祝温书不明白就贴个小红花怎么就这么大反应。

哦……

她后知后觉地反应过来，这是令琛！是那个只会被人献上鲜花和奖杯的令琛！不是那些配合小孩子在她面前装幼稚装乖的家长。

往人家大明星脸上贴个简陋的小红花不就相当于给拳王泰森穿JK裙吗?

“呃……”脑子转速没快过手速,“刺啦”一声，祝温书顺手就从“老虎屁股”上撕下了小红花。

令琛轻“咝”一声，皱眉看着祝温书，又低头去看她手里的贴纸。

“你干什么？”

“弄疼你了？”祝温书尴尬地说，“我刚刚贴错人了……”

可能是真的有点疼，令琛伸手摸了摸自己脸上被粘过的地方：“那你原本想贴给谁？”

祝温书：“令思渊的爸爸。”

“……”摸脸的动作停滞，令琛偏头看过来，“怎么，刚刚是他跑的第一？”

祝温书：“……”

哇，他是如何做到把一个小学亲子运动会接力跑第一说出了拿格莱美大奖的骄傲感的?

令琛：“贴回来。”

祝温书：“……噢！”

她又撕开一张贴纸，伸出手时，忽然抬头看着令琛，有点犹豫。

他认真的吗?

见她踌躇，令琛叹了口气，然后半眯着眼睛看着前方跑跳的人群，弯下腰来，把侧脸凑到祝温书身前。

忽然就不需要抬手了，祝温书动作放得很轻，甚至都没有仔细地摁两下，贴上去后就像被烫到一般收回了手。

随后，令琛咳了下，扯上口罩遮住了脸上的贴纸，不再说话。

祝温书看着他的口罩，无声地叹了口气。

既怕被人看见，又非要争夺荣誉的标志，男人这奇妙的胜负心。

"那我先过去了。"

祝温书把剩下的一叠小红花塞进包里："我们教师还有比赛。"

因为不是全校性的正式运动会，学校没太重视，教师比赛就是走个形式，以三个骨干教师为队长分了三组。

项目也只有三个：拔河、接力跑和跳绳。

就没一个是祝温书擅长的。

不过学生和家长们倒是格外热情，围在赛场边上大声给各位老师加油助威。

老师们受了感染，个个都开始热身，似乎是要认真对待了。

拔河比赛开始时，力气本来就不大的祝温书试图蒙混过关，可是四周有那么多学生和家长看着，她不好意思太明显"划水"，于是动作看起来就有那么一点做作。

偏偏不少家长还跟着学生一起大喊"祝老师加油"，搞得她更尴尬。

而且令琛也不知道什么时候又过来了，混在人群中，视线一直跟着他们这一队移动。

唉。在如火如荼的比赛中，被绳子拽得脚步忙乱的祝温书心想：学校就不能给老师安排一些好看点的项目吗？

赛场边。

一场比赛没赢过的令兴言抱着双臂开始品头论足。

"你看祝老师这小身板儿，我都怕她一个不注意被前后的老师挤成夹心饼干。

"哎哟，输了。

"啧，看祝老师这脸红得，多大点运动量啊，平时缺乏锻炼吧？"

令琛没出声，口罩下的嘴角轻轻勾起。

下一秒，一道身影风似的刮过他面前。

等他看清，卢梓彬已经拿着矿泉水递到了祝温书面前。

"哎哟……"令兴言摇头晃脑，"这巴结老师是不是巴结得有点过分啊？"

他扭头看令琛："是吧？"

戴着墨镜，令兴言看不见令琛的表情，只听他没什么语气地点评了四个字:"歪风邪气。"

过了会儿,接力跑临近尾声。

令兴言看着那股"歪风邪气"又拿着一瓶水打算刮向祝温书,心里有点动摇:"你说,我要不要也给祝老师送张纸巾擦擦汗什么的……"

说完没等到回应,他扭头一看。

人呢?

想到了什么,令兴言朝跑道尽头方向看过去。

那个戴着墨镜和口罩的男人斜斜倚在终点线后的桌子旁,一只手插着兜,另一只手拎着一瓶矿泉水。

令兴言:"……"

令思渊不知什么时候跑过来的,呆呆地看着远处的令琛,问:"爸爸,叔叔去那边干什么啊?"

"你叔叔啊……"令兴言揉揉他脑袋,"在为你努力。"

冲向终点线后,同事接过祝温书的接力棒奋力冲了出去。

祝温书虽然过了终点线往休息处走去,但脑袋一直扭向后面,看着同事跑得头发乱飞也没能追上自己落后的距离,心里很是惭愧。

见这一场比赛的输赢又成了定局,祝温书叹了口气。

一回头,一瓶矿泉水递到她面前,把猝不及防的她吓得猛退一步。

待看清了递水的人,祝温书才松了口气,一只手擦着额头的汗,另一只手接过他递来的水:"谢谢。"

瓶盖已拧松,祝温书没费什么力气,喝了两口后,听到身后欢呼声骤起,知道自己这一队又输了,又叹了口气。

刚刚还说人家令兴言平时不运动,结果自己也总是拖后腿那一个。

"一个年级运动会而已。"令琛忽然开口道,"祝老师叹什么气。"

"也是。"祝温书碎碎念道,"女娲捏祝老师的时候开小差,德智体美劳少了一味料。"

"美就够了,要求那么多。"

话音落下,两人皆是一愣。

祝温书缓缓抬眼,在昏黄的日光里看着令琛。

她刚刚跑得满头大汗的样子……美吗?

可惜男人的墨镜和口罩把脸藏得严严实实，祝温书看不清他的表情。

"走了，比赛加油。"他转身，丢下一句话，"实验小学第一大美女。"

最后一个项目是集体跳绳，也不知是不是受了刚刚那两股"歪风邪气"的影响，比赛一结束，不少家长围上来给老师们送水。

看着眼前的三瓶矿泉水，祝温书摸了摸肚子。

很感谢，但真的喝不下了。

运动会结束后，家长带着学生回家，老师们则留下来收拾现场。

好在东西不多，男老师们负责把桌椅搬走，女老师们便拿着篮子收了些零零散散的小东西。

小奖品没有发完，祝温书抱回办公室，打开抽屉却发现快塞不下了。

正好她拿了袋子装着换下来的运动服打算带回家清洗，正好可以把卢梓熙送的六个小木雕带回家。

走出校门，路上还有不少逗留的家长和学生。

"祝老师！"

听到有人叫她，祝温书回头，见令思渊站在她坐过的那辆黑色商务车后备厢处向她招手。

他今天很开心，令兴言也难得有空，陪他在操场拍了许多照片才出来，这会儿令兴言刚刚把东西放进后备厢，还没来得及关上门便去路边接电话了。

"还没回家呢？"

祝温书走过去，看了眼令兴言，没打扰他，便弯腰问令思渊："今天开心吗？"

"开心！"

令思渊原本只是想跟祝温书道个别，这时突然想起什么，扭头朝车里的人说："叔叔，我准备的加油牌呢？你今天怎么一直没拿出来？"

祝温书这才注意到令琛就坐在里面，只是她站在后备厢旁边，不容易看到那道背影。

车里的男人回过头，遥遥看了祝温书一眼。

"你们祝老师不准我拿出来。"

"啊……"

令思渊觉得可惜，又不甘心，转身拉开拉链，露出里面的灯牌："这个灯会闪的，老师为什么不准叔叔拿出来啊？"

因为重新整理过包，这会儿露在最外面的灯牌不是祝温书先前看到的那个，而是写着"思渊思渊，宇宙第三"的闪亮灯牌。

幸好没让令琛拿出来。

否则十年后，一个少年将会在夜深人静的时候突然被自己尬醒并且用脚趾抠出一座梦幻城堡。

祝温书长长地呼出一口气。

"老师怕累着你叔叔。"

"啊？我叔叔怎么会累呢！"令思渊说，"老师你不知道吗？我叔叔的肌肉超厉害的！"

车里的人没动静。

祝温书看了他一眼，神色讪讪。

你叔叔的肌肉厉不厉害我怎么会知道？我又没看过他脱衣服的样子。

正好这时候令兴言打电话回来了，可能有点事要处理，也没跟祝温书多聊，打了个招呼便去了驾驶座。

"老师再见！"

令思渊上车，自动门徐徐关上。

他低头给自己系安全带，怀里突然被塞了一包薯条。他扭头看向令琛，一头雾水地眨了眨眼睛。

令琛也没说话，只是侧头看着车窗外的人。

这时，远处又有人叫祝温书。

刚走了没两步的祝温书回头，见卢梓彬牵着卢梓熙朝她跑来，正好停在已经关上门的车边。

看到一大一小热情的模样，祝温书朝前走了两步："怎么啦？"

卢梓熙站在自己哥哥旁边没说话，而卢梓彬则从裤包里掏出一个小玩意儿，递给祝温书。

他摊开掌心，上面放着一个木雕的哆啦A梦，还上了色。

"这是……"虽然已经猜到，但祝温书还是问了句，"给我的？"

"嗯。"

祝温书接了，但脸上没有欣喜的表情。

她仔细看了几眼手里的东西，又看了眼卢梓彬的手，迟疑地问："之前的……也是你送给我的？"

到了这时候，卢梓彬也不打算瞒了。

他笑得坦荡："知道一开始就说是我送的你不会收，所以才借了我妹妹的名义用用。"

祝温书没说话，低头蹙了蹙眉。

"那……"卢梓彬说，"集齐七个小礼物，可以获得和祝老师吃晚饭的机会吗？"

祝温书忽然就把哆啦A梦塞回他手里："抱歉啊，学校不准家长私底下请老师吃饭。"

说完，她又掏出袋子里另外六个小木雕，左右看了眼，最后塞进卢梓熙的书包里。

"这个也还给你吧，好意我心领了，以后还是不要这样了。"

卢梓彬的手掌就那么摊着，直到祝温书走远了，他看着掌心里的哆啦A梦，心里虽然隐约有了答案，却还是有点不甘心。

万一她最后那句话只是让他以后不要利用小孩子给她送礼物呢？

如果是拒绝，为什么她又要随身带着另外六个小木雕呢？

卢梓彬兀自想了会儿，看向自己那个不谙世事的妹妹。

看似是在跟她说话，但实际是在问自己："你们祝老师……什么意思啊？"

忽然，他身后那辆一直没什么动静的汽车降下了一小截车窗，飘来凉飕飕的一句话。

"好人卡的意思，不懂？"

第 七 章

———— ‖‖‖ ◆❖◆ ‖‖‖ ————

他的心跳比她更快

30

祝温书曾经以为，最折磨人的是连堂课。

直到今天第一次作为组织者举办了运动会，她才知道真正折磨的是这种劳心劳力还没什么钱拿的事情。

偏偏作为年轻语文老师，她身上肩负着为这次亲子运动会撰写公众号文章的任务。

刚到家，宣传办的老师就给祝温书发来一个压缩文件夹，让她选照片，配进等下要写的文章里。

宣传张老师：小祝你看着选，里面也有不少你的照片，你可以多配点，毕竟是咱们学校的门面，哈哈。

同事这么一说，祝温书立刻点开"教师比赛"文件夹匆匆扫了几眼。

还好，自己的镜头其实不多，还都是隐在人群里的。

倒是有几张摆拍的照片还不错，但祝温书想，就这五十块钱的稿费，不值得她祝老师亲自出镜。

全都 pass。

挑出三张后，祝温书才点进"亲子比赛"文件夹，正式开始加班。

点开第一张，她只是随意一看，视线便在围观人群中锁定令琛的身影。

也不是她刻意要找，只是这人个子高，又穿着一身黑，还戴着墨镜黑口罩，想不注意到他都很难。

又翻了几张，祝温书单手撑着腮，啧啧称赞。

这些明星是都经过特殊训练，把生活中的每一分每一秒都当作 T 台吗？

明明都是抓拍，构图画面也不讲究，但令琛的每一次入镜都像拍杂志似的，姿势造型看着随意，却找不到一张废片。

深秋夜凉，房间里的鼠标点击声忽快忽慢，不知不觉，祝温书竟然翻了四百多张照片。

等屏幕显示"已是最后一张图片"时，她才惊觉自己居然浪费了一个多小时在这上面。一开始的打算明明是随便挑几张照片就交差的。

最后，等她绞尽脑汁吹捧完学校又夸奖了家长学生，已是夜里十二点。

祝温书检查了三遍，照片里既没有她的镜头，也没有令琛的身影，确认这就是一篇看起来平平无奇的任务文章后，发到了宣传办邮箱。

睡着之前，祝温书还在想，真是淡泊名利祝老师，学校今年不给她颁个优秀教师奖真的说不过去。

却没预料到，在这个她熟睡的夜晚，那些她没有看到的照片，进入了更多人的视线。

第二天，祝温书是被枕边的手机惊醒的。

她睁开眼，看着窗外晃动的日光，思绪还停留在苏醒之前那个噩梦里。

好一会儿，她努力把情绪抽离出来，懒洋洋地伸手抓起手机。

三秒后——

"啊？"祝温书一个鲤鱼打挺坐起来，不可置信地看着微信里一百多条未读消息。

这一百多条消息来自二十多个微信好友，他们全都给她发了几张照片，有的询问照片里的人是不是她，有的则不用询问，直接发疯——比如施雪儿。

施雪儿：啊啊啊啊！祝老师！！令琛昨天去你们学校了！

施雪儿：他侄子在你们年级？！

施雪儿：你昨天是不是也看到他了！啊啊啊啊啊！这个世界好小！

施雪儿：早知道我昨天下午没课也来了！祝启森叫我我都没答应！

施雪儿：不行我要想办法调到你们学校来！！！

祝温书没回任何人，只是一张又一张地翻看好友们发来的照片。

每看到照片里的自己，她就得痛苦地闭上眼缓一缓。

最后，面如死灰地打开微博。

搜索界面，果然飘着一条"令琛参加亲子运动会"的热搜，看了眼数据，祝温书两眼一黑。

——今日阅读量 8165 万，讨论量 2.3 万。

她对令琛的热度倒是不意外，只是这意味着，有成千上万个人看见了她那些丑照。

或许并没有多少人在意这个乱入镜头的女老师，但祝温书本人做不到忽视。

她不明白，为什么学校拍的照片都没几个她的镜头，而那些偷偷摸摸拍令琛的家长却能准确无误地把她当成背景板。

背景板也就算了，偏偏她还穿着那不合身的运动服，顶着一头热汗，风一吹衣服鼓起来，她就像个酥酥软软的大面包。

而且她习惯和低年级的小朋友说话的时候比画手势做点幼稚的小动作，平时自己倒不觉得有什么，只是看到别人镜头里这样的自己，实在是智商不太高的样子。

最要命的是，接力比赛时因为令琛站到了观众最前排，那些照片中，清清楚楚地记录了她跑到五官乱飞的模样。

好多看见热搜的朋友都来问她最近是不是长胖了！

尤其是其中一张照片。

她当时蹲在地上安抚一个摔跤的学生，宽大的外套罩下来，从拍摄者的角度看去，她就跟只柯基似的。

而这张照片真正的主人公恰好在盯着她看，同时还拉下口罩透气，嘴角勾着的笑很刺眼。

下面评论："令琛估计没见过腿这么短的人，大开眼界了。"

短个屁！

祝温书翻了很久这个词条，就看到一张稍微正常点的照片。

就一张！

而且还是她跟令思渊说话的时候抓拍的，只露了个侧脸，一旁的令琛倒是双手插袋戴着墨镜酷得上天。

下面有人评论，说这个女老师还挺好看的。

但这点夸奖根本不足以缝补祝老师那摔得稀巴烂的包袱。

过了许久，就连应霏都来敲门。

"你看热搜了吗？"

祝温书叹了口气："是我，镜头把我拍变形了。"

应霏默了默："我是想问令琛的侄子正在你们学校？他真来参加运动会了？"

祝温书："……噢，是的，我也是看了热搜才知道是他。"

"啧啧。"应霏没再说什么，转头嘀咕，"立人设的方式真是花样百出。"

等应霏关上门，祝温书回过来消息了，耷拉着眉眼发了条朋友圈——

别问了，是我，镜头显胖。真人比照片好看。

祝温书平时很少发朋友圈，这还是今年唯一一条和工作无关的内容，评论的人非常踊跃。

有赞同的，有关心的，有打趣的，还有说"真的吗我不信素颜照发我看看"的陌生人。

因为工作，她经常加一些并不常说话的人。祝温书点进这位的资料看了看，确定不是班里的家长后就把人删了。

只有一个人的评论格格不入。

c：？

祝温书回复他：镜头真的挺显胖的……

c回复她：哪里胖了？跟真人一样。

祝温书：……你还是别说话了。

日近晌午，江城 CBD 一座商场内人山人海。

令琛代言的手表品牌在这里开了亚洲最大门店，今天开业，邀请代言人出席活动。

结束后，看令兴言过来带令琛离场，主持人还打趣，问令琛是不是急着去接侄子放学，说完才想起今天是周末，这还大中午的自己问的是什么傻问题，实在没话题可说其实可以不说，反正营业已经结束。

没想到令琛没拆他的台，反而点了点头："嗯，补习班还有半小时下课，现在过去刚刚好。"

主持人配合着"哈哈"笑了两声，目送着令琛在保镖和经纪人的引领下穿过重重人群离开商场。

上车后，令琛耳边清净了。

他解开西装外套透了口气，窝进座椅里，拿出了手机。

"还真是老了，昨天就参加个运动会，累得我全身散架了似的。"令兴言碎碎念几句，没听到令琛回他话，便扭头看过去。

旁边的男人盯着一个微信对话框，却什么动作都没有。

过了会儿，令兴言冷不丁说道："你做法呢？"

令琛倏地灭了屏幕，扭头看他。

"看我干什么，继续盯着手机做法啊。"令兴言说，"只要不眨眼看够两小时人家一定会主动给你发消息，真的，你相信我，很灵的。"

令琛："……"

"啧，我真是不知道怎么说你。"令兴言跷起二郎腿，看着手机上下属发来的资料，走马观花滑过几张照片，又想起昨天下午令琛在车里阴恻恻地给人家卢梓熙哥哥代发"好人卡"的模样，"有胆子吃醋没胆子主动，你这样下去，十个渊渊都帮不了你。"

身旁的人一直没说话，车平稳地朝公司开去。

就在令兴言早就忘了这个话题投身工作时，令琛突然开口道："你还真是聪明。"

周一清晨。

那条热搜对令琛来说只是不痛不痒的小事，但对祝温书这种普通人来说，后劲非常大。

整整两天过去，祝温书躲过了朋友们的好奇，却没躲过同事们的讨论。

她起床看了看工作群，有人说学校门口好像有几个人，也不知道是记者还是粉丝，拿着单反相机在蹲点。

手机都能把她拍成那样，单反还得了？

已经穿好衣服的祝温书立刻又倒回去翻衣柜，把大衣里的裤子换成长裙，还专门配了双高跟鞋。

谁知到了学校门口，祝温书四处张望，只见到送孩子上学的家长，也没见到传说中蹲点的人，也不知是不是被保安驱赶了。

但祝温书没有放下戒备。

这一整天，她站如松，坐如钟，背挺得笔直，时刻注意着自己的一举一动，自认为这个状态完全不怕任何抓拍。

可惜直到下午放学，学校外面人都走完了，祝温书连个镜头盖都没看到。

祝温书渐渐松懈下来，盯着面前几个被留下来背诗的人，忽然对自己很无语。

可真是有病，令琛又不可能出现，她怎么可能再遭殃？

这一天的忙活真是浪费精力。

薅了薅头发，祝温书蹬掉了高跟鞋，双脚神不知鬼不觉地换上备在一旁的平底鞋。

"好了，志豪过关了，可以回家了，你妈妈还在外面等你呢。"

说完，祝温书看向办公室最后一个小孩。

其实令思渊也有点冤，今天一来学校，许多同学就围着他叽叽喳喳，问得他昨晚背好的诗全忘光了。

祝温书抽背的时候，他张口就来了句"墙角数枝梅，凌寒独自开。遥知不是雪，叔叔是令琛"。

祝温书惊了，令思渊也惊了。

然后他就被留下来背诗了。

"渊渊背好了吗？"祝温书问。

"嗯！墙角数枝梅！凌寒独自开！"令思渊背着手，挺胸开口，"遥知不是雪——"

他缓缓望着祝温书身后，眨眨眼："叔叔是令琛。"

祝温书："……"

正想开口教训这小糊涂鬼，却听他歪着脑袋，皱眉喊："叔叔？"

祝温书顺着他的目光回头。

令琛站在夕阳光柱里，靠着门框，只戴了口罩，视线遥遥落在她身上。

然而祝温书此刻看到令琛的第一反应就是看看四周有没有人拍照。

还好办公室老师已经走完了，走廊上也没有其他人。

她松了口气，问道："你怎么来了？"

令琛慢悠悠地走过来："我来接我侄子放学。"

令思渊："啊？"

祝温书："……"还真打算把慈爱人设立到底吗？

"噢……他还没背完诗。"祝温书喃喃道。

"没事，慢慢背。"令琛找了个空椅坐下，"我不急。"

祝温书转头继续盯令思渊背诗，但自从令琛坐下，她却不自觉地又挺直了背。

总觉得有一道视线若有若无地落在自己身上。

其实她总觉得令琛不至于为了一个没什么用的慈爱人设，专门来接令思渊放学。

或许是她多想，但她感觉，令琛最近在她生活中出现得太频繁了。

今天的阳光很好，天边晚霞翻涌，橙红的余晖把令思渊的小脸映得通红。

办公室里有老师放了鲜花，若有若无的香气浮在空气里。

一首诗背完，祝温书点点头，示意令思渊背下一首。

在他卡壳的时候，祝温书也拂了拂头发。

长发从肩头滑落，荡在夕阳中。

忽然，脸边闪过一道亮光。

祝温书几乎是条件反射般收腹挺胸，看了眼四周，然后徐徐转身，看见正举着手机也一脸无语的令琛。

八百年没拿手机拍过照，就前两天运动会用得多了点，昨天晚上睡不着拿手机拍了个窗外的月亮……结果就忘了关闪光灯。

"……你在干什么？"祝温书木着脸问。

"拍张照。"令琛说，"回去告他状。"

令思渊："啊？？"

祝温书又问："那……我入镜没？"

令琛："一点点吧。"

祝温书又陷入前天被自己的照片丑到失语的状态，顿了片刻，朝他伸手："给我看一下吧。"说完又解释，"我就是看看我的表情凶不凶，不然这些照片被人看到了，还以为我虐待学生……"

令琛见她挺在意的样子，也没多想就把手机递了过去。

当祝温书接过然后手指点开相册时，他突然意识到什么："等下——"

可惜已来不及了。

祝温书已经打开了相册，除了刚刚那张新鲜的照片和一张莫名其妙的月亮，整个屏幕铺满了他从微博上保存的运动会照片。

因为祝温书也看了很多遍，所以她对这些自己充当背景板的照片印象很深。

特别是那张她唯一好看的侧脸照，正好就在相册中间位置，非常显眼。

祝温书不知道令琛为什么保存这些照片。

为什么——偏偏全是他们的同框照。

办公室里沉默了好几秒。

祝温书捏着手机，扭头看向令琛。

她的神情里有疑惑，也有自己都说不清道不明的忐忑："你为什么……存这些照片啊？"

令琛一顿，看着她问："你觉得呢？"

祝温书又不说话了，只是呆呆地看着令琛，心里却百转千回，像一条潺潺的溪流快要漫出来。

跟她对视半晌，看出对方眼里的茫然和无措，令琛无声地叹了口气："当然是因为……"

祝温书心头一跳，移开了眼。

令琛："这些角度下的我特别帅。"

祝温书："……"

31

"老师，我背完了。"

令思渊歪着上半身看祝温书："老师？"

"噢？好的。"祝温书拍拍他肩膀，"那你跟叔叔早点回家吧。"说话的同时，把手机递了回去，却没看手机的主人。

她怕自己多看一眼，心里的想法藏不住，被令琛看出那股自作多情。

直到手里的重量没了，祝温书才转头去收拾桌面。

"你头发有点长了，有时间记得修剪一下，遮住眼睛会影响视力哦。"

"好。"

令琛替令思渊答了，拎起他的书包，走了两步，突然回头问："一起吗？"

刚收拾好包也准备回家的祝温书顿住："一起……出去吗？"

"嗯。"令琛抬抬眉，"你家不是在光华路？捎你一程。"

祝温书想了想，说："那个……我还没有吃晚饭。"

"噢，行。"

祝温书刚松一口气，又听他说："那顺便一起吃晚饭？"

"……我不是这个意思。"祝温书指指楼下的校门，"我打算去外面吃个晚饭，就不跟你们一起了。"

"好。"

令琛垂下头，拽了拽令思渊的手臂："我们回家吧，老师不想跟你一起。"

啊？还能这样理解的？

"不是，"祝温书怕小孩子多想，连忙解释，"我只是……"

令琛抬眼看向她，目光沉沉，眸子在光辉中映成琥珀色。

每次看到这样的他，祝温书总觉得这个高大的男人有一股脆弱感。一如几个月前在他们家里猝不及防地重逢，他也是这样站在昏暗的灯光里。

"我是担心像运动会那样被拍到。"

祝温书小声补充："拍得丑死了。"

"丑？"令琛脱口而出，"不都挺好看的？"

他说得太快，眼里还有未经修饰的错愕。

这反应纯粹到祝温书来不及细想，立刻相信他是真觉得那些照片的她挺好看。

那一瞬间，被祝温书按下去的想法卷土重来。

她……真的是在自作多情吗？

两人就这么莫名地对视着，谁都没再说话。

直到风吹得身后的门晃动，发出"吱吱呀呀"的声音。

令琛的目光在移动的光影中渐渐收敛。

祝温书看见他的喉结轻微滚动，像是要说什么。

"那、那走吧。"祝温书忽地拿起包起身，两三步蹿到令琛身前。

放学后的校园很安静，只有几个高年级学生从广场跑过。

祝温书比平时走得快，和身后的令琛令思渊两人拉开一段距离。

她偶尔回头看两眼。

大的牵着小的，走得不紧不慢，对上她的目光，也不说话。

三个人磨磨蹭蹭地到了校门口，祝温书又看见那辆熟悉的黑色汽车，好像就是上次令琛开到她家楼下那辆。

车灯闪了下，身后的令琛开了锁。

祝温书环顾四周，没看见有什么异样，拉开后座车门的时候却犹豫了一下。小孩子肯定是要坐后排的，但她要是也坐后排，是不是有点不礼貌？

思忖片刻，她还是去了副驾驶座。

刚落座，令思渊也很自觉地钻进了后排。

令琛最后一个上车。

关了车门，他摘下口罩，低着头系安全带，同时问道："想吃什么？"

祝温书正要说随意，身后的令思渊兴奋地说："肯德基！"

令琛回头看他。

问你了吗？

"炸鸡！圣代杯！"令思渊开心得手舞足蹈，"我好久没吃啦，肖阿姨不让我吃油炸的。"

令琛看向祝温书："你呢？"

"都行。"祝温书说，"客随主便。"

令琛"噢"了一声，掏出手机开始摆弄。

看他这样子是同意了。

祝温书偏头看着窗外，轻轻地叹了口气。说是一起吃晚饭，谁要真的去吃肯德基啊？

几分钟后，他把手机丢进中控台，启动了汽车。

路边的风景在飞速倒退，祝温书沉默了好一会儿，才意识到令琛的车速有点快。

"你开慢点。"祝温书提醒他，"后排还有小孩子呢，吃肯德基又不赶时间。"

令琛没说话，只是偏着头抿了抿唇。

但车速总归是降下来了。

祝温书继续看着窗外，视线掠过林立的高楼。越看越觉得，这条路怎么这么眼熟？

正疑惑着，车停了。

祝温书看着旁边的小区大门，不明所以地转头。

还没开口，就听令琛对后排的人说："你可以回家了。"

"啊？"令思渊眨眼，"不是带我去吃肯德基吗？"

"回去写作业。"

令琛朝他抬抬下巴："给你点了外卖，自己回去吃。"

七岁多的小孩满脸疑惑，但看着叔叔不容反驳的眼神，他也不好说什么，只能背着书包下车。

令思渊一步三回头地朝小区大门走去，祝温书也不放心地盯着他。

直到他过了电子闸门，祝温书才收回视线，再看向车里另一个人时，见他并没有她一样关切地目送小孩进门，而是低着头又在鼓捣手机。

等了好几分钟，也没见他继续开车，祝温书忍不住问："你在干什么啊？"

令琛没抬头："选餐厅。"

"噢……"祝温书低低地应了一声，慢吞吞地别开脸，视线落在窗沿，盯着那条黑线出神。

她早就不是不谙世事的少女，学习工作中也遇到过形形色色的异性。

哪有平白无故丢下小孩单独相处的孤男寡女？她和眼前这个男人的关系也没有熟到变成饭友的程度。

但因为他是令琛，是那个万众瞩目的令琛，所以祝温书的猜测只能是猜测，甚至觉得这些只会是幻想里才有的剧情。

过了会儿，大概是选好了，令琛放下手机，重新启动汽车。

暮色在车流中缓缓降临，两个人都没有说话，空调的暖风无声循环，让车厢里的温度越来越高。

祝温书一会儿看看手机，一会儿摆弄发梢，整个人都像被一股混乱不安的氛围包裹着，没法平静从容地坐在这个副驾驶座上。

车停在红绿灯路口时，一直沉默的令琛突然开口："祝老师。"

他的声音和往常一样的低沉，却因为车厢空间的狭小、空气的封闭，声线里的几分磁性被放大数倍，恍若电流般磨人耳朵。

祝温书抬眼直视前方："嗯？"

令琛："你们学校是不是不允许家长私底下请老师吃饭？"

祝温书当时只是说来应付卢梓熙的哥哥。

令琛也算不上什么正经家长，正经来算，他们更应该称为高中同学。

"这个确实……"

令琛："那等会儿你请客。"

祝温书："啊？？"

他手臂搭在方向盘上，侧头看过来，嘴角带了点笑意："祝老师觉得怎么样？"

祝温书沉默了会儿。

"祝老师觉得你可以在前方路口停车。"

车徐徐停稳时，泊车员站在台阶上愣了两秒，才上前迎宾。

他来这家餐厅工作小半年，每天迎来送往的客人非富即贵，虽然也有人低调，但也没见过哪位客人低调到开十来万的小破车来这种地方吃饭的。

不过他职业素养还是有的，保持着得体的笑容走到驾驶座旁，伸手拉车门。

扑了两下，没拉动，他弯腰看向车里的人，却因为隔着车窗膜，只看见两个影影绰绰的身影。

"祝老师？"令琛已经解开了安全带，却见祝温书紧紧抱着自己的包，没有要下车的意思。

她环顾四周，入目皆是喷泉、雕塑和来往的豪车。

这家饭店虽然门厅装潢看着黑乎乎一片，实则走的是现代性冷淡风格，处处透着低调的奢华。

而且祝温书也听说过这个餐厅，前不久新闻报道某个中东国家的公主来访，就是在这里用餐的。

真后悔刚刚为什么不真的下车，而是撑着面子答应了下来。

这令琛也真不是个东西，过惯了纸醉金迷的生活就忘了她们这些工薪族的生活水平吗？居然带她来这种地方。

磨蹭了半天，祝温书选择放弃挣扎。

"没事，我刚刚腿麻了。"

令琛没再说什么，戴上口罩，开门下车，把钥匙丢给泊车员。

餐厅大厅里只有两三个穿着正装的客人在低声交谈，服务员们依次排列一旁，见有人过来，连忙上前迎接。

祝温书跟在令琛身侧，用不着她开口，服务员核对电话号码后则直接领着他们往后庭包厢走去。

长廊里，祝温书故意落后令琛一步，掏出手机查这家餐厅。

今日推荐套餐后面，明晃晃地写着她一个月工资的金额。

祝温书："……"

错觉，她刚刚在车上的想法一定全是错觉。

令琛但凡对她有一丁点儿的意思，都不会让她来这种地方请客。

正想着，前方的人脚步骤停，祝温书还没回过神来，手腕忽然被人紧紧攥住。

下一秒，她被拉进怀里，他的气息猝不及防灌入她的所有感官中。

脑子里轰然白茫茫一片，祝温书睁着双眼，直到鼻尖、脸颊与整个上半身都被令琛的体温包裹，才反应过来发生了什么。

她下意识想推开，刚抬手撑住他胸膛，却被他更紧地抱在怀里，手臂圈着她的头，外界所有光亮皆被隔绝。

祝温书不明白令琛为什么突然抱住她，只感觉自己的心跳很快，似乎要蹦出胸腔似的。

而引路的服务员听到动静回头看了一眼，很快就收回目光，转身继续默不作声地朝前走。

一秒、两秒……

两个人都没出声。

直到长廊那头一个举着手机的男人经过他们身侧，没有停步，也没有给他们一丝目光。

"宝贝儿，这家餐厅装修是真的漂亮。"他一边对着手机里的人说话，一边挪动镜头，方便视频对象看清景色，"不愧是公主来吃饭的地方，等你回国了我就带你来。"

原来不是偷拍，是在和女朋友视频。

男人走远，令琛眼里的戒备逐渐消失，再垂眼，看着自己怀里的人时，突然愣住。

他的手臂扶着她的头，没有立刻松开，却也没有其他的动作，就那么僵硬地抱着她，一动不动。

四周再没有其他声音，祝温书慢吞吞地抬起头，对上令琛的目光。

她的力气像突然被抽走了一大半，双手还撑在他胸前，耳边嗡嗡作响，却清晰地感觉到，他的心跳比她更快。

32

陌生的脚步声越来越小。

而祝温书还愣着，在令琛手臂和胸膛形成的狭小空间里，一点点找回支撑身体的力气。

直到男人的身影彻底消失在长廊尽头，令琛才松了口气。

"我以为是偷拍。"

他松开手，在空中凝滞片刻，又拍了拍祝温书的头："走了。"

哦，原来是这样。

知道了原因，祝温书却依然没能从刚刚的亲密接触中迅速抽离，站了几秒，才转头跟着令琛进了包厢。

落座后，两人都没说话。

祝温书垂着眼，鼻尖似乎还萦绕着令琛身上的味道。

若有若无，有点好闻，但又不是香水的味道。

"您好，这是菜单。"服务员出声，打断了祝温书的思绪。

足足五分钟过去了。

服务员站在桌边，几度想开口说话，都被这包厢里诡异的气氛堵了回去。

男的不说话，还戴着个口罩，帽檐压得贼低，偶尔翻翻菜单，也不说要点什么，一副心不在焉的模样。

对面的女生也好不到哪儿去，认认真真地翻完了菜单，却也没点菜，搞得像上级匿名来视察工作似的。

只是服务员不知道，这两人的沉默各不相同。一个是还没从刚刚的插曲中回过神来，另一个则是看着菜单价格握紧了拳头。

"请问，"服务员终于忍不住开口，"需要介绍菜色吗？"

令琛看了她一眼，随后索性合上菜单，问对面的人："祝老师，需要吗？"

"啊？不用了。"

祝温书定睛一看，连忙又翻了两页，凝神细看了会儿，指着一份套餐说："要不就这个双人套餐？"

令琛："行。"

服务员上前收菜单，同时说道："这个套餐的主菜西班牙山火腿Jamón Serrano，经一年多的自然风干，只用粗盐调味，简单天然，稍后会由厨师现切……"

"啊？"祝温书就只听见一个重点，"什么腿？"

服务员："西班牙山火腿。"

"噢。"祝温书点头，"那就这个吧。"

"好的。"

服务员拿着菜单退出包厢后，令琛才开始摘帽子和口罩。

祝温书看着他慢条斯理的动作，瞬息间，已经预料到他做完这一切后两人又将陷入沉默。

也不是第一次见面了，之前也有过单独吃饭的时候，只是因为刚刚进门前的小插曲，打破了她预设的平静与坦然。

"西班牙山火腿是生的吧？"过了会儿，祝温书决定没话找话，"我很少吃生的东西。"

"嗯。"令琛仔细地叠着口罩，没抬头看她，"那你刚刚怎么不点鸡腿？"

"……什么鸡腿要五百五？"

祝温书嘀咕："我们学校食堂的才五块五。"

"不是三块五？"令琛顺嘴接道。

"我说的是实验小学的教师食堂，不是我们一中食堂。"

祝温书笑了笑："没想到你居然还记得这种小事。"

令琛依然没抬头，只是低低地"嗯"了一声。

好几年前，物价还没飞涨，他们高中食堂的卤鸡腿只需要三块五一个。

高三学习任务繁重，又加了晚自习，他们每天午饭和晚饭都在学校食堂解决，每周三中午食堂的卤鸡腿几乎是祝温书枯燥的学习生活中所剩不多的乐趣。

有一天早晨，祝温书起晚了，早餐没吃几口就匆匆去了学校。

几节课下来饿得饥肠辘辘，在走廊外吃着钟娅给她的救济小面包，嘴里含混不清地说着今天中午要买两个鸡腿才能弥补她今天挨的饿。

谁知最后一节数学课，老师拖堂讲试卷。

其他班的学生热热闹闹地下了课，经过他们班的时候还没有素质地嬉笑打闹，惹得人心痒痒。

过了会儿，后排几个艺体生开始从后面溜出教室，老师也没管，依然不紧不慢地讲着题。

"所以这是什么集合？"

祝温书没想到班里没人回答，就她一个人摸着肚子有气无力地拉长音调说："空——集——"

底下哄笑一片。

"子集！"

老师听到回答的人是祝温书，声音里终于有了点情绪："一个个蔫头耷脑的，连高一的内容都忘了，你们这样怎么参加高考？"

几句不痛不痒的教训起不了什么作用。

祝温书眼睁睁看着门窗玻璃的倒影里，一个又一个同学溜走，心里很不是滋味，磨皮擦痒地在座位上抠手指，一个字也没听进去，满脑子都是鸡腿。

果然，等老师讲完课放学，她和钟娅赶去食堂的时候卤鸡腿已经卖完。

将就着几样剩菜吃了个半饱，祝温书满腹牢骚走回教室。

她的座位在第一排，刚进门就看见桌上放了个透明塑料袋，里面装着她心心念念的卤鸡腿。

"谁的鸡腿？"祝温书问。

教室里的同学要么在午睡要么在刷题，没人应她。

"没人认领的话我就吃了啊。"

后桌的男生终于开口："不是你买的？我回来就看见有了。"

"我到现在都不知道是哪位英雄施舍的。"餐桌旁，祝温书絮絮叨叨说完这件事，总结道。

"英雄？"令琛端起水杯，"至于吗？"

"至于，我当时开心了一天。"祝温书说道，"要让我知道是哪个男生放的，我现在一定请他吃十顿鸡腿。"

"……你怎么知道是男生？"

祝温书拂了拂头发，装模作样地叹了口气："当时钟娅说可能是哪个暗恋我的人给我买的。"

杯子轻轻晃动了一下，令琛抿了半口茶水，低声应和她："或许是吧。"

"不过现在想想应该也不是。"祝温书摇摇头，"哪个男生会给暗恋的女生送大鸡腿啊，当时都是送费列罗什么的。"

说话间，服务员推开门进来上菜。

令琛熟练地转了个身背对人，拿起手机滑了下。

等人出去了，祝温书见他又转了回来，心想自己努力找的话题终于熬过了等菜的尴尬期，于是拿起刀叉准备开吃。

"那你吃了吗？"令琛冷不丁又问。

"啊？"祝温书的刀叉停在半空，"当然吃了啊。"

令琛盯着她问："不知道是谁放在那儿的东西你也敢吃？"

他说的有道理，换现在的祝温书肯定会谨慎。

但那时候才十几岁，还没踏出过单纯的校园，哪儿想那么多？

"当时是有点担心来着，不过我想着反正教室有监控，要是吃出问题了就去调监控找那人赔钱。"

"看来是没吃出问题。"令琛很敷衍地笑了下，然后潦草地总结一句，便把面前的生切火腿推到祝温书面前，"这个火腿不是匿名送来的，放心吃吧，祝老师。"

行吧。看来令大明星对她讲的这些鸡毛蒜皮的小事提不起兴趣，那还是闭嘴吃饭吧。

但这顿饭其实吃得祝温书有点煎熬。

她很认真地细嚼慢咽，品了又品，想不明白这火腿凭什么要她一个月工资。

难道猪比她值钱？

最后，她看向那盘据服务员说是来自澳大利亚的什么橙子。

吃了两口后，祝温书擦了擦嘴，盯着它们无语凝噎。

"不好吃？"令琛见祝温书表情怪异，问道，"太酸了？"

"不是。"祝温书吸了口气，拿起包准备出去买单。

迈腿前，她说："只是刚刚它们跟我老实交代了，它们根本就没去过澳大利亚。"

令琛："……"

他看着祝温书视死如归的背影，许久才收回视线，盯着眼前精致的餐盘，脑海里却浮现出高中食堂那油腻腻的鸡腿。

"英雄。"他轻笑，自言自语。

几分钟后，包厢门被推开，一颗脑袋探了进来："你买过单啦？"

"不是我。"

祝温书："啊？"

令琛回头看她："可能是哪位不愿意透露姓名的英雄买的。"

知道他在开玩笑，祝温书无语了几秒，又问："……多少钱啊？"

也不知道加没加什么餐位费服务费。

"怎么？"令琛一边戴口罩一边说，"想跟我 AA？"

祝温书心想"我倒也没有这个意思"，嘴里说出来却是："也不是不行。"

令琛好像笑了一声，没再说什么，只是戴好口罩和帽子后起身朝她走来。

擦肩而过时，他顺手拍拍祝温书的头："行了，走了。"

自从成年后，很少有人对祝温书做出这种亲昵的动作。

她站在原地没动，看着令琛的手指不经意钩起她一缕发丝，滑落后，被一股风吹到她鼻尖。

又来了。

那股若有若无的香味。

令琛发现原本在饭桌上还挺有话聊的祝温书上了车就又沉默了。

一个人安安静静地坐在副驾驶座，既不看手机，也没看他。

于是令琛也没急着启动车。

他坐了会儿，见祝温书还是不开口，便问："你——"

刚说了一个字，手机不合时宜地响起铃声。

令琛看了眼来电显示，随即接起。

原本在神游的祝温书逐渐被他说话的声音拉回注意力。

听了半天，才后知后觉地意识到他是在说工作的事情，什么灯光特效之类的。

等他挂了电话，见他毫不拖拉地发动汽车，于是便问："你要去忙？"

"嗯。"令琛应了声，转头问，"怎么了？"

"没怎么。"

只是觉得他既然这么忙，怎么还陪她优哉游哉地吃了顿晚饭？

突然，祝温书的手机也响了，不过只是微信消息。

施雪儿：祝老师，我是不是打扰到你了，你怎么不回我消息呀？

后面跟着一个"可怜"的表情包。

祝温书连忙往上翻了翻，发现前天的消息她确实没回。

祝温书：不是不是，那天太多人给我发消息，我就忘了。

施雪儿：哦哦，那你现在有空聊会儿吗？

祝温书：有空的，什么事？

施雪儿：也没什么大事，就是跟你八卦一下。

施雪儿：那天令琛不是来你们年级的运动会了吗，森森说他差点把令琛当成坏人赶出去，你呢？你看见令琛了吗？他真人是不是跟电视上一样啊？

祝温书扭头看了眼身旁的男人。

嗯，一样。甚至比电视上还要好看一点。

祝温书：他当时戴着口罩和墨镜，我也没太注意。

施雪儿：噢噢，那他侄子呢？乖不乖呀？跟他像不像呀？

祝温书：挺乖的，不是很像。

施雪儿：我好羡慕你啊，都是老师我怎么就没这个运气教到他侄子，说不定以后你还能在学校见到他呢。

施雪儿：呜呜呜到时候你一定要帮我多看他两眼。

祝温书又扭头看了眼令琛，心想：我不仅能在学校见到他，我现在还坐在他车上。

大概是想得太出神，冷不丁对上令琛看过来的目光，她莫名慌了神，就那么定住。

"干吗一直看我？"令琛问。

祝温书眨眨眼，自认为很幽默地说："有个你的粉丝拜托我帮她多看你几眼。"

令琛没什么别的表情，漫不经心地说："帮别人看，我是要收费的。"

意思是她看就不用收费？

施雪儿的信息还在源源不断地进来，祝温书却没什么心思再回。

夜色早已笼罩了这座城市。

下车时，祝温书有些心不在焉。

这么说也不准确，比如她现在刚刚走了几步，没听到身后汽车开走的声音，她就有预感，令琛一定会叫住她。

果然，下一秒。

"祝温书。"

晚风穿过树梢，裹挟着令琛的声音，吹得祝温书发丝飘扬。

好一会儿，她才转过身："怎么了？"

隔着车窗，令琛压了压下颌："你手机忘拿了。"

"……噢。"祝温书默不作声地走过去，没开门，直接伸手穿过车窗拿起自己的手机。

快要抽出手机时，她抬眼，和令琛四目相对。

这样的夜晚，这样的月色，在昏黄的车厢灯光里对视了好几秒。

她又觉得，令琛有话要说。

但他偏偏不开口。

最后，祝温书忍不住问："还有什么事吗？"

"没事。"令琛没什么语气地说。

祝温书："哦……"

道了个别，她朝小区大门走去。

不过刚转身，她就拿出手机，看了眼施雪儿的消息。

大概是做梦都没想到自己和偶像之间的距离居然只有一个小孩和一个老师，她特别激动，即便祝温书没回，也自言自语地发了好几条消息。

施雪儿：他居然去参加侄子的亲子运动会，这是什么绝世好叔叔啊呜呜呜。

施雪儿：哎，你不知道令琛平时连综艺都不参加的，非必要不露面，都知道他是个特别淡漠的人。

施雪儿：好羡慕他侄子，被令琛宠爱着到底是什么感觉，呜呜呜。

祝温书：那你觉得——

祝温书：令琛这样的人会喜欢什么样的女生？

施雪儿：啊？

祝温书：闲聊嘛，我也好奇。

施雪儿：首先确定一点，他会喜欢凡人吗？

祝温书：？

施雪儿：肯定是电视里那些跟仙女一样漂亮的女明星才能入他眼啊呜呜呜呜呜。

施雪儿：等会儿，祝老师你是不是发现了什么？

施雪儿：那天他是不是还带了哪个女明星？

施雪儿：谁啊谁啊我好好奇！

祝温书："……"

是啊。

她觉得施雪儿说的很有道理。

像令琛这样的生活环境，平时接触的都是美艳不可方物、倾国倾城的尤物。怎么可能把目光放到一个小学女教师身上?

思及此,祝温书忽然笑了。她觉得自己大概是在这个小圈子里受到的追求比较多,就总容易浮想联翩。

那是令琛!

不是没见过什么世面的小男生!

你不能因为人家关心侄子多来了学校几趟又出于礼貌请你吃了顿饭就想那么多!

说不定一转头人家回了家就跟哪个女明星卿卿我我去了呢。

谁记得你祝温书是谁?

正想着,手机突然又振了一下。

以为是施雪儿追问,祝温书没急着点开看,还在回忆着自己今天有没有什么孔雀开屏行为。

直到进了电梯,祝温书确定自己肯定没有把自作多情表现得太明显,才打开手机。

入目跳出一条新消息。

c:周末有空吗?

33

电梯已经到了楼层,双门打开,但祝温书愣着没动,眼睛还盯着已经熄灭的手机屏幕。

这是令琛的约会邀请吗?

祝温书突然被自己脑子里冒出的"约会"二字吓了一跳。

但这两个字就像火星,一点点地在空气里燃烧,烧得祝温书脸颊发热,心跳加快。

过了好一会儿,令琛大概是见她这么久没回消息,又发了个问号。

祝温书定了定心神,回了一个字。

祝温书:有。

随后她又带着迟疑和紧张,补充了一个字。

祝温书:吧。

电梯又关上，已经开始下降。

但祝温书浑然不觉，紧紧盯着手机，看着微信对话框顶头的"对方正在输入中"。

几秒钟后。

c：令思渊过生日，想请老师吃个饭。

刚刚还灼热不堪的空气里，仿佛有一盆冷水忽然兜头泼了下来。

c：有空吗？

c：没空就算了。

祝温书：有……

c：周六晚上七点，就在家里，人不多。

祝温书：哦，好。

如果不是热爱教师行业，祝温书想，自己投身演艺事业算了。

不拿个奥斯卡影后都对不起她给自己加的戏。

她长长地呼了口气，抬头一看，电梯已降到了一楼。

重新按了楼层，祝温书耷拉着脑袋，进行深刻的自我反思。一定是因为单身太久了，这脑补过多的毛病得改掉。

忽然，手机又响了一下。

c：到时候来接你？

祝温书此时像个惊弓之鸟，对令琛发的每个字都很谨慎。

祝温书：你要来接我？

过了好一会儿。

c：也不是不行。

祝温书："……"

她皱眉，深深吸了口气才打字。

祝温书：我不是这个意思。

令琛没跟她纠缠这点儿小事。

c：早点睡。

是啊。祝温书想，还是早点洗洗睡吧。

也不知是不是有点做贼心虚，到了周六这天，祝温书刻意打扮得很素净。

没化妆，穿得也简单，就在楼下的书店挑了几本课外读物当礼物。

"又来买儿童读物啊？"书店收银员跟祝温书挺熟了，见这会儿没什么客人，就闲聊起来，"到了很多新书，你要不要看看？"

书店的新书就陈列在门口的展示台上，祝温书随便看了两眼，没什么意思，便拎着包出去了。

刚走了没几步，她的手机突然进了新消息。

c：在家吗？

祝温书想，自己在小区门口的书店，也算在家吧？

祝温书：在，怎么了？

c：我正要回家，顺路来接你。

祝温书想到昨天自己加的那么多戏，有点儿难为情，觉得还是别麻烦他了。

但她还没来得及拒绝，令琛的下一句话已经过来了。

c：已经在你楼下。

啊？这么快？

祝温书立刻左右看了看，没看到令琛的车呀。

c：回头。

她一转身，果然在拐角的路边看见了令琛那辆商务车。

那这就没办法推托了。

虽然这会儿路上人不多，但祝温书还是谨慎地环顾四周，才钻进车内。

天气已经很冷了，有的行人已经穿上了羽绒服，而令琛大概是待在室外的时间很少，只穿了件浅灰色卫衣。

他头发又长了些，这会儿靠着座椅，微微垂头，发梢正好盖在眉间，显得他眼窝更加深邃。

祝温书听人说，眉眼深邃的人，会让目光自带含情脉脉的效果。

正好令琛侧头看过来，半张脸隐在昏暗的日光里，只那双眼睛的眼神尤为情意绵绵。

所以祝温书觉得，她的自作多情也不能全怪她。

令琛这人有时候即便不做什么，一个眼神也很容易让人多想。

"唉。"祝温书轻轻叹了口气。

"怎么了？"

她没想到令琛听觉这么好，连忙垂头系安全带，低声说："没事，就感觉有点冷。"

令琛看了眼她身上裹的羊绒大衣，回头吩咐司机开空调。

总觉得她今天有点反常，令琛余光看了她好几眼，却也没见她怎么样。

过了会儿，安静的车里响起手机铃声。祝温书看了眼，是施雪儿打来的。

"喂？"祝温书接起，"有什么事吗？"

"祝老师，晚上有安排吗？"施雪儿那边的背景音有点吵闹，像在大街上，"要不要出来吃火锅啊？"

"不了。"

祝温书想说自己今天有事，心里又想着这施雪儿怎么每周都找她玩，不用跟祝启森约会吗？

嘴一瓢，说出来就变成了——"我今天有约会。"

话音刚落，车里的空气好像突然凝固了。

祝温书一口冷气直接倒吸进天灵盖，没敢侧头去看身旁男人的反应。

"啊？约会啊，哈哈哈，好的好的。"

施雪儿笑得很欢："那祝老师你玩开心，我们下次再约。"

直到听筒里响起忙音，祝温书都没歪一下脑袋，始终保持着目不斜视的状态，慢吞吞放下手机。

好几秒过去，身旁的男人一直没动静，祝温书自己倒是坐不住了，偷偷摸摸地侧头去看他。

这一看，就猝不及防四目相对。

他目光随着流转的昏暗日光几经变化。

祝温书有点儿不懂他眼神里想表达什么，只觉得被他盯得浑身不自在，然后就听到他说："你要把今天当约会……"他顿了顿，"我也没意见。"

"……"祝温书僵硬地转过头，干扯了扯嘴角，"我其实是……晚上还有第二场。"

"哦。"令琛坐了回去，松散地靠着椅背，沉沉地说，"那你还挺忙。"

"还行。"

没听到令琛再说什么，祝温书清了清嗓子，挑个话题出来转移车里的气氛："今天有哪些人啊？"

"我哥的几个朋友。"令琛说，"还有两个同龄孩子过来玩。"

挺好，就普通的一个生日聚会。

祝温书点点头："就在家里吃个饭对吧？"

"是的。"

令琛转过头，一字一句道："放心，不会耽误祝老师去约会。"

祝温书："……"

这些年许多家长都致力于和老师搞好关系，逢年过节或者小孩生日都会邀请老师。

这不是什么新鲜事，祝温书也常常听办公室的老师聊起这些，所以她也就当作是一顿普通的生日聚餐，何况还就是在家里。

结果她一进门——

屋子和平常倒没什么区别，就是桌上摆了许多蛋糕零食，电视墙上贴着一堆五颜六色的气球。

而坐在客厅看电视的那几位客人……

怎么都是平时在电视里才能看见的人？

祝温书愣在门口，一个个地看过去。

除了几个坐在沙发上的家喻户晓的演员和少儿频道主持人，居然还有两三个刚红起来的选秀歌手在客厅陪令思渊和另外两个小孩玩。

"老师！"令思渊是屋子里第一个看见祝温书的，他头上戴着寿星帽，穿着美国队长的衣服，兴奋地朝她挥手。

客厅里的人都看过来。

一瞬间，祝温书腿都麻了。

被一群明星盯着看是什么感觉？祝温书说不出来，只觉得自己在做梦。

她一脸蒙地侧头去看令琛，眼神里的询问很明显。

——你怎么没告诉我都是这种客人？

令琛耸了耸肩，眼里的意思也很明显。

——我说了都是我哥的朋友，有问题吗？

没问题。

祝温书就是觉得，早知道自己今天怎么也好好打扮打扮啊！

于是，她顶着一群明星的目光，一步步走向客厅，把手里的东西递给令思渊："渊渊，生日快乐。"

"谢谢老师！"

令思渊一看她送的是书，笑容已经消失了一半："老师请坐。"

"好……"

坐哪儿？祝温书回头看了眼，坐那两位主持人中间还是演员身边？

正愣怔着，她垂在腿边的手腕突然被人拉住。

很轻的力度，甚至都没有拉紧，只是松松地钩着，令琛便带着她走到了沙发旁，随后松开了手。

"你先坐，我去倒水。"

他说话的声音不大，沙发上几位客人也没怎么注意祝温书，只是礼貌性地跟她点了点头。

倒是旁边一位三十多岁的女演员见祝温书不自在，便主动朝她拍拍身旁的位子："老师来这儿坐吧。"

祝温书前几天还在看她的剧，此时听到她跟自己说话，感觉整个人都飘飘忽忽的，根本没注意到令琛手上的小动作。

她只顾着看女明星，亮着双眼点头："好的，谢谢。"

刚落座，在厨房里忙活的令兴言探了个脑袋出来。

"来了？您先坐，休息会儿。"

这时，一个年轻男人从过道里出来，盯着祝温书看了几眼。

祝温书感觉到这股视线，回过头，觉得这人好眼熟。

她仔细看了看，突然回想起来，这不是前几天同事群里还讨论过的叶邵星吗？

两人片刻的视线交错后，叶邵星转头，看见令琛倒了杯热水，递给祝温书前，用食指碰了碰杯壁，好像是在确认水温的样子。

其实刚刚他从洗手间出来就看见令琛拉着祝温书的手走过来，这会儿又看他做这些事儿，于是问道："琛哥，你女朋友啊？"

祝温书差点儿没接住令琛递过来的水杯，昨晚那股自作多情的尴尬感瞬间弥漫全身。

"不是不是。"她连忙否认,"我是令思渊的班主任老师。"

"抽空来吃个饭而已。"令琛瞥叶邵星一眼,转而把水杯放到桌上,"人家今晚还要去约会。"

祝温书:"……"

就在祝温书和叶邵星都不知道该怎么接话的时候,一旁的令思渊高举双手:"这是我们气质绝佳素颜女神江城实验小学第一大美女祝老师!"

祝温书:"……"

闭嘴吧!

然后令思渊手臂一滑,直直指向令琛:"我叔叔才高攀不上呢!"

小孩子两句话在刚刚出口的时候吸引了所有客人的注意力,大家齐齐转头看向祝温书和令琛,眼里带着调侃的笑意,都没当回事,只觉得是小孩子童言无忌。

但祝温书没法充耳不闻,再次想到自己昨晚的自作多情,她脸都红到了耳根后。

"渊——"

正想让令思渊别这么说,令琛却突然开口了:"是的吧。"

他应了令思渊的话。

在祝温书愣住的时候,他又转头看向她,嘴角带着很淡的笑。

"所以今晚是谁高攀上了呢?"

34

令琛回应令思渊的玩笑话时,客人们还当他是自我调侃,正准备顺应着氛围笑。

但等他下一句话说出来,满屋的气场悄然变化,一双双眼睛接二连三瞥向祝温书,在她和令琛间逡巡。

怎么觉得,这两人之间怪怪的。

她不是令思渊的班主任老师吗?

在一屋子的明星视线围攻下,祝温书觉得自己像一只被反复灼烤的乳猪。

"没有没有，是我高攀不上。"她努力地想表现镇定一些，伸手去端水杯时偷瞄了一眼令琛的神色，见他依然似笑非笑，于是琢磨片刻，补充道，"前几天才教了新词，小孩子乱用呢，是我没教好。"

四周的客人笑了，令琛嘴角的弧度却彻底淡下来。

他半侧着身弯腰，一只手插着袋，另一只手伸到祝温书面前拿走被人用过的杯子。

身体靠近时，祝温书听到他淡淡说："怎么会？"

四周言笑晏晏，祝温书捧着杯子的手指却紧了一下，沉默不语。

可能是身处一个非常陌生的环境，祝温书没法儿插入别人的聊天，一个人安静地坐着，只能默默地想，他那三个字，到底是在否认她说的哪句话。

好在没多久就到了饭点。

今天人多，大家都转移到餐厅那张大桌上，祝温书见现场大咖云集，也没好意思太主动，等大家都落座得差不多了，她才找了个空位坐下。

右边还是那位女演员，左边的位子空着，祝温书落座后，环顾四周，桌上还有四个空位，令兴言在阳台接电话，叶邵星在洗手，而她回头看着厨房，保姆阿姨还在忙碌，令琛站在一旁帮忙摆盘。

这时，令琛好像感觉到什么，突然回过头，视线和祝温书的在空中短暂交汇后，垂眼看向她身旁的空座位，然后抬了抬眉梢。

祝温书眨眨眼，也顺着他的目光看了眼自己身旁的座位。

片刻后，她看见忙到一半的令琛放下手里的东西，去客厅端起自己喝过的水杯，放到祝温书旁边的桌上。

人倒是没看她，对着满座客人说："你们先吃。"

"等会儿咯。"有人说，"兴言哥还在阳台接电话呢。"

"他一个电话不知道要说多久，不用等。"

说着，令琛还从裤袋里掏出手机，摆到了碗筷旁。

等他转身回了厨房，祝温书把头埋得很低，余光瞥见他用来占座的水杯和手机，心里百转千回。

她刚刚看他，真的只是因为拘谨，想看看熟人在做什么。

不是暗示他坐过来！

忽然，一道阴影落下，祝温书抬眼，见叶邵星一屁股坐到了她旁边。

没等他说话，对面的令思渊突然说："你不可以坐老师那边！"

"哦？"叶邵星挑眉，余光瞥了一眼祝温书，问，"为什么呢？"

桌上几乎所有人的目光都集中到了小寿星身上，等着他说出什么逗乐的话。

只有祝温书呼吸紧了几分，没去看令思渊，总觉得他又会说出什么惊天动地的话来。

"因为，"令思渊气鼓鼓地说，"你刚刚说了今天给我当手下，要给我剥虾！"

祝温书松了口气，闷着头没出声。

"那不行。"叶邵星撑着下巴说，"手下是要去斩妖除魔的，怎么能给你剥虾呢？这叫，大材小用。"

"你怎么说话不算话！我不管！今天我最大，你要过来给我剥虾！"

"不要，我就要挨着美女老师坐。"

两人说着说着，令思渊起身朝叶邵星跑来拽他。

叶邵星也是成心要逗小孩子，两人拉扯间，令琛端着一盘咖喱牛肉走过来。

他本来已经有了避开的准备，谁知叶邵星的动作比他想象中大，手肘往后一撑，正正撞到他的手臂。

盘子一斜，两三块牛肉连带着咖喱酱不偏不倚地落到了祝温书胸前。

"啊！"旁边的女演员叫了一声，连忙递来纸巾。

祝温书本人倒是没觉得有什么，她教惯了小学生，对这种意外早就有了情绪免疫力。

等她接过纸巾，准备随便擦擦就行了时，却感觉四周气氛不对劲。

·抬头，看见令琛拧眉看着叶邵星和令思渊，周身都浮着一股怒意。

在座的客人就算跟令琛不是很熟，但身处一个圈子，多少对他都有点了解。

他平常看着淡淡的，但脾气着实算不上好。

不管是大咖还是小喽啰，只要不招惹他，他能一视同仁，待你彬彬有礼。但真要点燃他怒火，不管你是谁，他都不会给面子。

有些媒体为了噱头，提问说话没下限，换作别人避而不谈也就罢了，而令琛能当场甩脸色走人。

　　还有一次颁奖典礼的红毯直播，主持人开他跟一个女歌手的黄色玩笑，面对镜头，令琛是一丁点儿情面没留，撑得主持人面如土色。

　　至今那视频片段还常常被人翻出来品味。

　　不过脾气大归大，让他发火的也确实不是鸡毛蒜皮的小事。

　　所以大家都没想到，在这个生日宴上，就洒了点儿咖喱酱，他能变脸如变天。

　　"令思渊，"他沉声道，"不会好好吃饭是不是？"

　　令思渊被令琛的神色吓坏了，两只手都不知道往哪儿放，连忙说："对、对不起。"

　　一旁的叶邵星脸色也不太好，都是成年人，他知道令琛虽然在说令思渊，实则在表达对他的不满。

　　也太不给他面子了。

　　正满场怔然时，一道温柔的声音响起："你别凶他。"

　　祝温书见令琛还僵着脸，下意识伸手拉了拉他垂在裤边的袖口："他又不是故意的，擦擦就好了。"

　　可能是当惯了小学老师，祝温书在这种时候，不自觉地就带上了哄小朋友的语气。

　　于是，大家看见令琛浑身凛然的劲儿忽然消逝。

　　他抿抿唇，低头看向祝温书："没烫到吧？"

　　祝温书摇头："不烫，毛衣厚着呢，没感觉。"

　　这时，打完电话的令兴言走过来，见桌上气氛不对，问道："怎么了？"

　　"没事。"祝温书说，"洒了点汤汁。"

　　"啊？"

　　令兴言蒙着，还想问点儿什么时，令琛说："你跟我去换件衣服。"

　　两人起身朝房间走去。

　　见桌上人的目光都黏着他们的背影，令兴言突然反应过来，连忙开口道："刚刚雅姐说她等下要过来，已经在停车了。"

　　邢雅是一家顶刊的亚太地区总裁，在时尚圈颇有地位，和令琛一直保持着合作关系，令兴言跟她关系也不错。

大家一听她名字，注意力果然被拉走。

叶邵星问："那等她到了再开饭？"

"不用。"令兴言说，"她吃过了，过来看看渊渊就得去机场。"

房间内。

祝温书盯着角落里的一把吉他，才后知后觉反应过来，这是令琛的房间。

刚刚她为了缓和气氛，一听令琛说带她换衣服就赶紧起身了。

这会儿才想起问："等下，你家里……有女人衣服吗？"

站在衣橱前的令琛回头看了她一眼："你说呢？"

他的声音里带了点儿笑意，使得这句话表达的意思似是而非。

到底是——当然没有，还是——我家有女人不是很正常？

他不明确回答，祝温书只好也给个模棱两可的反应。

"那这给我穿，会不会不太合适？"

"确实不太合适。"

令琛的声音平平淡淡，似乎在说什么理所应当的事情。

祝温书的心却因为他这个回答重重地沉了一下。

"那我还是……"

话没说完，又听令琛开口道："我的衣服对你来说太大了。"

祝温书："……"我求求您，有话一口气说完！

"算了。"想到上次穿他高定西服的后续，祝温书觉得自己是借不起的，连忙说，"我穿不上，就这样吧。"

"这不好吧。"令琛没看她，手里滑动着衣橱里的衣服，"你穿这样怎么去约会？"

祝温书：……这事儿怎么还没翻篇儿？

她闷闷地说："那我总不能穿男生的衣服去约会吧？"

四周气氛突然又沉了。

房间里没开灯，令琛在昏暗的衣橱前，手指顿了会儿，舌头顶着腮，点了点头，随后说："等会儿。"

他关上衣橱门，迈腿走出去，过了会儿，推门进来，手里拿着一件女士白色毛衣："这件的尺码你应该能穿。"

祝温书看了他一眼，没接。

两人对视许久，令琛见她没有要穿的意思，拧着眉一股别扭模样，便开口道："新的，放心穿。"

祝温书也不是在意这个。

她张了张嘴，很小声地说："你女朋友的？"

"……你别造谣。"令琛偏过头，轻哂，"我单身。"

"哦。"祝温书的肩膀有松懈的感觉，徐徐伸手去接，"那这是？"

"令思渊妈妈的。"令琛说，"当初离婚的时候没带走。"

听着还挺惨的。

祝温书点点头，接过衣服后，令琛转身朝外面走去。

刚开了门，他突然想到什么，又回头问："等下要我送你去约会吗？"

"……"祝温书真后悔今天接了施雪儿的电话，"这就不麻烦你了。"

令琛靠着门框，背着外面的光，眸色被对比得很黯淡。

"其实是同事约的局。"祝温书脱口而出，"就……你被看到也不好吧？"

昏暗的光线里，影影绰绰看不清令琛的表情，却感觉四周的空气包裹感没刚刚那么紧。

"哦。"他懒洋洋地直起身，松散地说，"行吧。"

祝温书总觉得他这话里，遗憾的味道很重。

在他转身出了房间时，她突然开口道："你——"

令琛抬眼："嗯？"

你本来晚上是有什么安排吗？祝温书差点问出这句话，还好她抬头看见令琛头顶上的过道镭射灯，像舞台的追光灯，拉回了她的理智。

唉。

她低声说："没什么，你快回去吃饭吧，记得别凶渊渊。"

令琛没走，就站在过道上盯了她一会儿，问道："聚餐是几点？"

祝温书随便诌了个时间："九点。"

"挺晚。"

转身后，令琛丢下一句："一会儿我让司机送你去约会吧。"

听着好像有一股被迫大度的感觉。

门被关上后，祝温书拉住衣服下摆，准备脱下来。

转身一看，床上的被子有点乱，似乎是下午刚睡了起来没整理，仿佛还带着他的余温。

面对这样一张床脱衣服，祝温书总觉得有点儿不对劲，于是背过身走到了衣橱前。

祝温书换好衣服出来时，令兴言和一个女人在过道上说话。

她五官硬朗，妆容精致明艳，穿着丝绒吊带裙，虽然上了年纪，但看着依然有一股女明星的架势。

她大概是没想到会有年轻女人从令兴言家的房间内出来，又见祝温书长得这样好看，下意识就调侃地朝令兴言挑挑眉："谁呀？"

"老师。"令兴言连忙解释，"是令思渊的班主任老师。"

"哦，这样啊。"

这位陌生女人没了兴趣，礼貌性地跟祝温书点点头："您好。"

"您好。"

祝温书没多停留，继续朝餐厅走去。

桌上客人又热闹了起来，祝温书还是有一点拘谨，所以走得也不快。

"你们两兄弟还真就单着，怎么，我给你介绍的女孩不满意？"

这过道不短，祝温书没走远，身后女人的说话声清晰地传来。

"您就别操心我了，看我有时间谈恋爱吗？"

"你没有，那令琛呢？"女人问，"好一阵儿没过问了，他跟他那'白月光女神'怎么样了？"

闻言，祝温书脚步倏然一顿。

等她意识到自己在偷听人家说话时，做贼一般加快了脚步。

但她还是听到了令兴言的回答："哎哎别，今晚别提这个。"

回到饭桌，客人们已经恢复了其乐融融的局面，令琛也坐到了祝温书身旁的座位上，而叶邵星则挤在令思渊身边，戴着手套给他剥虾。

祝温书刚刚落座，令琛侧头看了她一眼，眉心皱了皱："你怎么了？"

"啊？"祝温书有点蒙，"我没怎么啊。"

令琛还想说什么，这时邢雅走过来，拿起外套，对着一桌人说："那我就先走了，你们慢慢吃。"

桌上人大部分都起身道别，令琛也不例外。

他是主人，和令兴言一同把人送上了电梯。

再回来时，他盯着祝温书想把刚刚的话问完，却见她一直笑吟吟地和令思渊说话，也就没插嘴。

大约过了一小时，客人们酒足饭饱，给令思渊切了蛋糕。

祝温书吃了两口就没胃口，放下了勺子。

令琛倒是不喜欢甜食，一口没动，起身去房间接电话。

他走后没多久，祝温书另一边的女演员也牵着自己孩子起身，说明早还有马术课，就先回家了。

等令兴言把人送到门口，祝温书想了想，也说："我也还有点事情，就先走了。"

令兴言看了眼令琛房门，还想说什么，祝温书却已经起身去穿了外套。

"行。"令兴言说，"那我送您。"

"不用不用，您忙吧。"

祝温书的语气很坚定，听起来是真不想让他送。

"好，今天感谢祝老师过来哈。"令兴言说，"以后还得拜托你多多费心，令思渊皮得很。"

"应该的。"

拎上包和自己的衣服后，祝温书看了眼旁边空落落的座位，默不作声地出了门。

由于女演员刚刚走，电梯还在下行中，祝温书低着头，视线盯着显示屏上跳动的数字。

过了一会儿，身后传来门锁被打开的声音，紧接着一阵脚步声响起。

祝温书直觉是令琛出来了，肢体突然有些僵。

但她也没回头，假装自己什么都没注意到。

脚步声越来越近，也越来越快。

还剩几步之遥的时候，电梯门忽然打开。

祝温书心跳跟他的脚步一样快，人却逃也似的往电梯里钻。

就在她迈了一条腿进去时，手腕突然被人拉住。

"你跑什么？"

祝温书僵了半晌，徐徐回头："啊？"

"聚餐不是九点吗？"令琛问，"这么早过去？"

他出来时没关门，过道里隐隐能听见大家的笑闹声。

祝温书脑海里又回荡起"白月光女神"五个字，原本想说自己临时有事，话到了嘴边，却变成了——

"不要你管。"

第 八 章

给你留的

35

祝温书从来没有用这种语气跟令琛说过话。

因而话音落下，两人都有片刻的愣怔。

令琛还攥着她的手腕，不太明白她这突如其来的情绪变化是为了什么。

直到电梯间的沉默被电梯机械的提醒音打断，祝温书眉心跳了跳，也后知后觉发现说的话不太合适。

她心里懊恼不已，又没法装作什么都没说过，只好讪讪道："我的意思是……里面还有很多客人，你不用管我，我有点事情。"

说完，没听到令琛的回应，倒是发现自己的手腕还被他握着。

令琛的掌心很热，温度透过手腕处轻薄毛衣面料渗进她的皮肤，细细密密地顺着手臂蔓延至全身。

祝温书想抽出自己手腕，挣了下没挣脱，又不好弄出太大动静。

正僵持着，过道那头突然响起开门声，祝温书浑身一紧，立刻用力抽出了自己的手，还退了一步。

等她凝神看过去，发现只是旁边一户人家开门放了个纸箱子出来，根本没注意电梯间这边的情况。

还好。

祝温书松了口气，再抬起头时，眼前的男人还盯着她看："你慌什么？"

令琛的目光沉甸甸压在祝温书身上，她下意识看了眼自己手腕。

"我……没慌啊。"

他还是直直地看着她，眼里仿佛有很多东西要探究。

可最终他什么都没说，只是叹了口气。

"没慌吗？"他抬手，钩住她挂在手臂上的外套，"衣服都没穿就跑。"

原来是说这个啊……

不说不觉得，一提起来，电梯间好像真有点冷。

祝温书出神的片刻，臂弯一松，厚重的大衣突然罩到身上。

令琛比她高出一个头，用外套把她包裹起来是一件轻而易举的事情。

他手指拎着大衣领子，顺势往下滑动，在她胸口的位置将衣服收拢，裹得严严实实。

"行了。"令琛垂下手，"那你走吧。"

祝温书的视线早在他帮她披外套的时候就集中到了他手上，此时她愣愣地盯着他垂在裤边的手指看了好几眼，才回过神来。

"哦，好的。"

令琛目送着她进电梯。

在电梯门即将合上前，祝温书见他穿着一身日常的衣服，袖口挽到小臂，脚上还趿拉着拖鞋，歪着头跟她说："到家了说一声。"

"嗯，好。"

那一刻，祝温书有一种感觉——令琛的生活，好像离她也不是很远。

食色，性也。

即便是令琛，也得吃饭睡觉，也得冬天加衣夏天纳凉，也需要情感的慰藉。

那他有一个"白月光"不是很正常的事情吗？

回家的路上，祝温书一直在想这个问题。

她不明白自己为什么听到令兴言和那个女士说起令琛有一个"白月光女神"后，就一直感觉胸口有一股气沉沉地压着。所有兴头上的情绪也因此熄了火，做什么都提不起劲儿。

直到此刻，她走在路边吹了会儿冷风，突然清醒过来。

纠结这些干吗呢，她又不是娱乐记者。

而且令琛一个二十多岁的男人，心里惦记过某个人不是很正常的事情？

只是当她想到这里时，脑子里还是像翻相册一样滑过许多女明星的脸。

虽然娱乐圈美女如云，但能被称为令琛的女神的人，应该也不多。

回到家，祝温书发现应霏在客厅拆快递，取了个印着人物大头的抱枕出来。

由于形状被挤压，祝温书也没看清上面是谁。

想到应霏平时追星，于是她顺嘴问道："霏霏，你觉得哪个女明星最漂亮？"

"啊？"应霏抱着抱枕扭头看祝温书，"女明星？"

祝温书点头："就演员啊，歌手啊，或者模特什么的。"

"这个……那美女可太多了。"

应霏想了想："邵咏吧，我最喜欢她的长相。"

这不就是今晚来给令思渊过生日的那个女演员？

漂亮是真漂亮，祝温书坐到她旁边的时候都感觉晕乎乎的。但人家孩子都六岁多了，肯定不可能。

"确实很美，那其他的呢？"祝温书补充，"年轻点，未婚的。"

应霏有点儿狐疑，祝温书平时从来不会主动跟她说这些。

但她也没多想，反正大晚上的没事干，随便聊聊罢了。

"田又晴啊！"应霏说，"你可能不知道她，上个月才播了一部小甜剧，最近有点热度。"

祝温书觉得这个名字有点耳熟，却对不上脸。

"有空我看看剧去。"

"好看的，很下饭！而且我眼光一向很准，她肯定会红的。"

应霏说："本来是个平面模特，人家第一部剧呢，但演技比那些当红的演员好多了，这年头已经很少有人能把傻白甜角色演得这么好了。"

祝温书点点头："还有其他的吗？"

应霏寻思祝温书这是职业病犯了在抽她答题呢？

"你要这么问，我得给你列个表格了，明艳款的、清冷款的，还有甜美系的，这都没法横向比较嘛。"

也是。

祝温书笑了笑，回了自己房间。

她本来打算赶紧把弄脏的衣服洗干净，结果进房间一坐下来，不知不觉又掏出了手机。

等她想起泡在盆里的脏衣服时，手机屏幕正停留在微博搜索框的界面，顶头三个字——田又晴。

祝温书：……自己真是，太八卦了！

但既然搜都搜了，那就再看两眼吧。

前几条都是营销号发的田又晴在新剧里的片段剪辑，祝温书懒得点开视频，想直接看几张照片，往下滑了滑，却敏锐地看到"令琛"两个字。

@娱乐新鸽：最近田又晴的热度很高，除了刚播出的《心心相印》，还有人知道她是令琛的《小蚕同学》MV女主角吗？

配图六张，其中四张是MV截图。

由于这首歌的MV没几个女主角的正面镜头，所以截图基本都是和专辑封面差不多的背影。

倒是剩下两张的写真很清晰。

确实……挺好看的。

祝温书的八卦欲戛然而止，退出了搜索界面。

今天洒在身上的咖喱酱虽然不多，但浸在毛衣里就像生了根似的，祝温书洗了一遍又一遍，过水后还是有一团黄色的痕迹。

这衣服也没穿几次，就这么扔了也可惜，于是祝温书又下楼去买了些漂白剂，小心翼翼地弄了好一会儿，才彻底清理干净。

再等她洗完澡出来，提醒睡觉的闹钟正好响起。

由于最近总熬夜，祝温书感觉这样下去不行，所以前几天专门定了个夜里十点的闹钟。

铃声吵得人心烦，祝温书两三步走过去摁掉，同时看见手机里有未读消息。

c：还没到家？

二十多分钟前发的。

才摁下去的那股淡淡的烦闷感又被挑起，祝温书隔了好一会儿，才回了两个字：到了。

但想到自己是八点离开的，这会儿才给人回消息，于是祝温书又补充了一句。

祝温书：刚刚有点忙，忘了说，抱歉。

261

c：嗯。

c：你在干吗？

祝温书盯着令琛发来的这几个字，目光有点儿飘忽。

她也不是没有异性朋友，像祝启森，从来都是有事说事，不会问她在干吗，除了有求于她的时候惺惺作态一下。

但令琛显然不可能有求于她。

祝温书：洗衣服洗澡，准备睡觉。

c：？

祝温书：？

c：不是去聚餐？

祝温书："……"她这脑子。

祝温书：临时被鸽了……

发完这句，祝温书怕令琛再问点什么，会越说越露馅，于是她赶紧转移话题。

祝温书：客人都走了？

c：早走了。

c：寿星都做两个梦了。

c：只有我还在等。

祝温书：等什么？

c：没什么。

c：已经等到了。

祝温书忽地站起来，踱了两步，胸腔里有莫名的情绪在缠绕，在翻腾，她又坐回去，却还是没压住。

如果发财了，她一定花钱去给令琛治治这不把话说明白的病。

祝温书：那你早点休息吧。

他没说其他的，而是发来一张照片。

今晚才见过的那张床，被他堆满了衣服，旁边开着一个行李箱，里面丢了件短袖。

祝温书：你这是在干吗？

c：明天去澳大利亚，在挑要穿的衣服。

其实这会儿祝温书的情绪没那么平静，她捧着手机，第一次不知道该怎么和一个人聊这种平常的话题。

想了半天，她才发出一句话：哈哈，这种事情你居然都亲力亲为。

c：不然？

祝温书：就……你不是有助理吗？

c：我是歌手，不是皇帝。

祝温书原本以为，令琛去了南半球的澳大利亚，就会带走她这两天心里那股若有若无的，说不清道不明的情绪。

可他们明明隔着几千公里的距离和完全相反的季节，"令琛"这两个字却总是出现在祝温书的生活中。

比如周一这天，祝温书到了办公室，就听到有老师在刷小视频，背景音乐是令琛的歌。

去教室上课，又发现有几个高年级的学生趴在窗边，指着令思渊说："是他！他就是令琛的侄子！"

这些清清楚楚出现在耳边的声音，总是会和这些日子频繁出现在她面前的令琛，在她脑海里交错浮现。

像平行蒙太奇一般，互相烘托，形成对比，让她觉得自己活在梦里。

这天下午，她把学生都送走后，打算去对面的快餐店吃点东西。

抬头一望，发现那家店里坐着的身影有点熟悉。

祝温书凝神看了会儿，迈腿过去。

还没进去，昂着头似乎在张望什么的施雪儿也看见了祝温书。

"祝老师？"她问，"你放学啦？"

"嗯，刚刚把学生送完。"祝温书看了眼她面前摆着的面条，"你来等祝启森啊？"

施雪儿："不是啊，他这几天在外地培训呢。"

祝温书原本也是打算在这儿吃饭，便坐到了她身旁。

"那你过来是？"

"我今天下午没课，在这儿附近逛街呢。"施雪儿说到一半，压低了点儿声量，"然后我想着，反正闲着也是闲着，不如来你们学校碰碰运气，

263

说不定就遇到来接侄子放学的令琛呢。"

祝温书：……又是令琛。

她用手机扫了下菜单，随口说道："那你白忙活了，他这几天在澳大利亚。"

"啊……"施雪儿这声遗憾的感叹半途中拐了个弯，尾音高高扬起，"你怎么知道？我都没看到行程。"

祝温书手一顿："……他侄子说的。"

"哦，对哦。"

施雪儿呜咽起来，语气十分夸张："真好，真羡慕你。"

突然，她的语气又一个一百八十度大拐弯："他去澳洲干吗啊？"

"这我不知道。"祝温书垂着头，任由头发挡住自己的脸颊，以免被施雪儿看出来她在撒谎，"我不关心这个。"

"哦……"

施雪儿低头吃了两口面条，突然没了胃口，掏出手机看了眼时间，决定给祝启森打个电话查岗。

祝温书坐在一旁等她的水饺，耳边是小情侣的腻歪，眼前又是熙熙攘攘的车流与行人。

一切都很平常，很普通，和她这二十多年的大多数傍晚一样。

直到一个人的消息突然发来。

c：水饺还是面条？

祝温书吓了一跳，下意识扭头看了眼施雪儿，确定她注意力没在这里，才松了口气，再看向手机时，又觉得自己真是草木皆兵。

就这么一个普通的头像和昵称，施雪儿就算看到了也不可能会多想什么吧。

祝温书：什么？

c：在想吃什么，选择困难。

祝温书：你不是在澳大利亚吗？不吃西餐吃这些？

c：我就算在火星也是中国胃。

祝温书先是唇角弯了弯，盯着这话品了一下，没忍住扑哧笑出了声。

正好服务员给她端来了一盘水饺，祝温书便埋头打了三个字。

祝温书：水饺吧。

等了一小会儿，令琛又发来一张照片。

还真上了一盘水饺，只是摆在西式风格的餐桌上，看着有点格格不入。

祝温书又看了两眼，突然双指摁着屏幕，放大照片。

在照片的左下角，令琛露了只手，握着刀叉，看起来有点僵硬和无措。

"真就只是去吃火锅？不喝酒？"施雪儿的声音飘进她耳朵，"那等会儿你到了地方拍照给我看，记得用手比个……今天比个一。"

看照片的间隙，祝温书笑道："查这么严呢？"

"嘻，他们那一群体育老师出去就跟酒鬼聚会似的。"

施雪儿侧头瞟了眼祝温书的手机，想到她前两天说约会，便叹了口气："他要是像你男朋友这么老实报备，我也不用这么操心了。"

"他们体育组的其实……"祝温书说到一半，忽然一僵，大脑神经瞬间紧绷，"不是，他不是我男朋友。"

36

"啊？不是吗？"

施雪儿听到这个答案只是小小地意外了一下，注意力很快被电话里祝启森的声音拉回："没什么，我跟祝老师在一起吃饭呢。"

祝温书再看向手机屏幕里的照片。

明明就是一张普通得不能再普通的照片，连张脸都没露。

她余光瞥向施雪儿，突然很想问问她，为什么这么说。

但显然施雪儿现在没空理她。

在祝温书踌躇的时候，令琛又发来一句话。

乚：好难吃。

大概是施雪儿嘴里的"男朋友"冲击力太大，祝温书看着令琛这句话，一阵恍惚，心跳比往常还快。

坐在闹嚷的小吃店里，却仿佛听到令琛在这烟火气中跟她窃窃私语。

祝温书：毕竟是国外嘛。

祝温书：其实水饺的味道都大差不差，我也没觉得哪家的水饺特别好吃。

c：等我回国后，带你吃个好吃的。

祝温书再次陷入怔然。

她捧着手机，好一会儿才回复。

祝温书：渊渊想吃？

c：？

c：我请你吃饭关他什么事？

半晌后。

祝温书：……噢！

令琛没再说话，祝温书也没放下手机。

等施雪儿挂了电话，扭头看过来，有点莫名："祝老师，你发什么呆呢？"

"嗯？没什么。"

祝温书回神，刚想去拿筷子，手伸到一半顿住，侧身看向施雪儿，小声说："对了，你刚刚……为什么说是我男朋友啊？"

施雪儿捧着手机发消息，闻言"扑哧"笑出了声，但就是不看她，也不说话，手指摁得飞快。

"你说话呀。"祝温书戳戳她手臂，"别光顾着跟祝启森聊了。"

施雪儿果然停下了动作，却也只是转过头盯着她，笑得老神在在，然后垂眼看向祝温书面前的水饺。

"水饺都快凉了还在那儿聊天，"施雪儿慢慢抬眼，朝祝温书挑眉，"不是男朋友是什么啊？"

祝温书："……"

她立刻夹了块饺子入口，含混不清地说："明明还热着。"

施雪儿觉得好笑，撑着下巴看着祝温书。

"又不是小孩子了，祝老师怎么这么害羞呀？"她说，"你这么漂亮，有男朋友或者追求者很正常嘛，遮遮掩掩干吗呢？"

有男朋友或者追求者是很正常。

但如果这个人是令琛，就很不正常了。

过了会儿，祝温书放在桌边的手机又振动两下。

她还没动作，一旁的施雪儿就揶揄地盯了她一眼，虽然没说话，但又似乎调侃了很多。

　　搞得祝温书拿手机的时候也有点紧张。

　　打开一看，不是令琛的消息。

　　仿佛是该松口气，那口气却松得太彻底，有空落落的感觉。

　　徐光亮：祝老师，最近忙不？

　　徐光亮：我最近终于忙完了，之前婚礼也没好好招待大家，周末有空来吃个饭不？

　　徐光亮：就咱们几个在江城的高中同学，当作是我办个小型同学会，怎么样哇？

　　祝温书和这群高中同学严格来算不是江城本地人，老家在汇阳，一个七八十公里外的属江城管辖的地级市。

　　这些年大家东奔西走，天南地北，有的留在汇阳，也有一部分来了江城。

　　祝温书：好呀，没问题。

　　徐光亮：行，周六晚上，订好了餐厅我联系你。

　　祝温书：好的。

　　吃了两口饺子，祝温书想起什么，又拿起手机。

　　施雪儿在一旁埋头吃面，没看她，却抿着嘴憋笑。

　　祝温书：这周六徐光亮请大家吃饭，你去吗？

　　过了会儿。

　　c：我赶不及。

　　c：周天才回。

　　祝温书：好吧。

　　放下手机，令琛盯着面前那半生不熟的水饺，想了会儿，还是决定将就一下。

　　澳大利亚比国内早两个小时，这会儿已经暮色沉沉，餐厅里客人逐渐多起来。

　　令兴言坐在他对面，切牛排的间隙看了令琛一眼，"啧"了一声："吃不下就别吃了，回头人家还以为我虐待你，再点份牛排吧。"

"不用。"

正好服务员拿来了筷子，令琛接过后，埋头吃起来："浪费什么钱。"

令兴言无言以对。

他小时候家里条件一般，虽然没让他饿着冻着，但也就刚刚到了温饱线，没吃过什么好的。这些年赚了大钱，他便很舍得犒劳自己，全世界的各色珍贵食材也算尝了个遍。

他觉得这是人之常情，有了条件后都想弥补小时候的遗憾。

但令琛以前条件比他家差多了，却没出现他想象中物极必反的现象。

现在稍微有点儿名气的艺人，哪个不是被捧着哄着，酒店一定要五星级，服装必须大牌，食物更不必说，他前不久还听业内同行私底下吐槽某个演员拍戏的时候要求剧组必须每天提供米其林餐厅的午餐，某天晚上吃到的鲍鱼有点儿不新鲜，第二天就甩脸子罢拍。

结果令琛倒好，山珍海味他能吃，清粥小菜也不嫌弃，平时自己一个人待着的时候更是随便，一两个菜就着一碗白米饭就能对付。

还基本没什么剩的，这要说出去别人可能又要认为令琛在立人设。

一开始令兴言觉得他是省惯了，后来又有点心疼。

灾后不一定能废墟重建，物极也不一定会反，还可能变成抹不掉的烙印。

不过看他本人都没什么怨言，令兴言也不好再多说什么。

正好这时令思渊给他发来了视频。

"干吗呢？"

小孩儿的脸出现在屏幕上，令兴言笑了笑："吃饭没？"

"吃了。"令思渊闷闷地应了声，就不说话了。

令兴言看出自己儿子不开心，便问："怎么了？被老师批评了？"

"不是，老师今天还奖励我吃饼干了。"

令思渊嘟着嘴，委屈巴巴地说："刚刚下楼去玩滑梯，一直没等到位子。"

"没位子就玩别的去。"令兴言笑，"这也值得你不高兴？"

"果果他一直霸占着滑梯不让我玩！我去找他爸爸，他爸爸就像个傻子一样——"

令琛手里的筷子突然顿了下。

本来放松地跟儿子聊天的令兴言听到这句话的时候正下意识去看令琛的反应，见状，几乎是不假思索就吼了出来："令思渊！"

小孩被自己爸爸这突如其来的怒火吓了一跳，镜头后的小脸顿时通红一片，不知道自己怎么了。

令兴言顺了口气，才拧眉盯着屏幕里的人："你怎么可以这么说人家爸爸？！谁教你的？"

手机里的小孩吓得说不出话，身后的保姆阿姨也噤若寒蝉。

令琛抬头看了令兴言一眼，伸手拿走他的手机："我都没生气，你凶他干什么？"

翻过屏幕，他朝画面里的小孩儿抬抬下巴："等叔叔房子装好了，给你摆个滑梯，你一个人玩，没人跟你抢。

"写作业去吧，不然明天你老师又要生气了。"

挂了视频，令琛把手机还给对面的人："看我干什么，不吃了？"

片刻后，令兴言见令琛自个儿低头继续吃饭，似乎没什么异样，也没再说什么。

"吃完早点回楼上休息，你从下了飞机还没睡过觉。"

"好。"

他草草填饱肚子，见令兴言面前还有盐焗蜗牛和炙烤鹅肝没动，于是说："你慢慢吃，我先回去睡觉。"

"我陪你，你等会儿。"

令兴言急急忙忙地放下刀叉，连嘴都没擦就站起身。

却见令琛已经戴着帽子转身走了。

他盯着令琛的背影沉沉地叹了口气，又坐下。

令琛一直垂着眼帘，神色没什么异常，脚步却很快。

即便是不同的人种，人们对于极其出挑的身形外貌也有敏锐的感知度。

不少客人纷纷向令琛投去目光。

然而他完全没感觉到，直到和一群亚洲面孔的人擦肩而过时，听到了熟悉的母语。

"刚刚那个……是不是令琛？"

"我也感觉好像啊，是他吗？"

"啊？令琛？他在这里吗？"

听到自己的名字，令琛注意力有片刻的回笼，视线一落，才发现口罩还捏在手里忘了戴上。

他皱了皱眉，下意识地加快了脚步。

要是平时在公共场合被人认出，抓着合照什么的他都不会拒绝。但这会儿他实在是没什么心情，憋不出笑。

可这群人偏偏不如他愿。

就在令琛的身影即将消失在这群人的视线里时，他听见一道沉沉男声，有些耳熟："令琛？"

令琛脚步突顿，回过头来。

十一月的澳大利亚正值春夏季，是一年中最舒服的时候。

男人穿着宽松的短袖长裤，面容清隽，与身边一群打扮潮流的人区别明显。

"还真是你。"他上前几步，笑着朝他伸手，调侃道，"大明星，刚刚还跟徐光亮说呢，同学聚会你不来，我还以为没机会见到你了。"

祝温书吃完饺子，准备买单的时候，发现施雪儿已经付过钱了。

她觉得有点儿不好意思，打算把钱转给她，打开微信时，却被徐光亮在几分钟前给她发的消息抓走了思绪。

徐光亮：对了，我觉得还是得问一下你，尹越泽也要来，你介意吗？

祝温书发了个问号过去。

尹越泽怎么会来？

徐光亮：他之前在澳洲嘛，就没赶上我结婚，这周他要回来了，非说要请我吃饭。

徐光亮：我寻思着我本来这周就要请大家吃饭，不叫他好像也不好吧？

徐光亮：不过我还是问问你的意见，如果你介意的话，我分开请一下也没问题。

哦，这样。

祝温书没什么表情地打了几个字：你问过他吗？

徐光亮：问过了，他说他没关系。

祝温书沉默。

其实她可以跟徐光亮说自己就不去了。但转念一想，何必呢？

过去多少年的事了，人家尹越泽都说没关系，或许对她的回忆早消散在异国他乡的风里了。

她也没必要扭扭捏捏还麻烦人家徐光亮分开请客。

祝温书：那就 OK，我也没关系。

徐光亮：那……就周六见？

祝温书：好。

"哎呀，给什么钱呀。"身旁，施雪儿收拾好东西起身说，"等下你请我喝杯奶茶就行了。"

"好。"

祝温书没再坚持，不过刚走出去几步，她手机又响。

她突然有点烦，怎么还有事？

一打开手机，却见是令琛的消息。

c：周六在家等我。

祝温书：啊？

c：我来你家接你。

祝温书：等等……接我干吗？

c：不是同学聚会？

祝温书：你不是不来吗？

c：现在要来了。

祝温书：？？

c：周六见。

37

令琛这次来澳大利亚，是因为定居于此的一位享誉国际的作曲大师邀请他参观自己的玫瑰庄园。

为此，令兴言兴奋了好些天。

这位大师的曲风诡谲妖异，青年时期无人赏识被埋没了好些年，如今肥田耕开万人争，在各个国际音乐大奖上出尽了风头。

邀请令琛参观玫瑰庄园，不就是抛来了合作的橄榄枝？

不过据令兴言所知，但凡是鬼才，性格都好不到哪儿去。

来的时候他还担心，令琛这性格会不会跟大师合不来，两人话不投机半句多转头就订机票回国。

没想到两人相谈甚欢，聊到兴头上，大师"唰"地一下撕了好几张稿纸，语无伦次地说着自己的母语德语。

当时令兴言还有点忐忑，也不知道令琛是不是说什么话激怒了人家。

结果第二天上午，大师的助理就打来电话，说临时改变了原来的安排，想邀请令琛一同前往西澳去看黑天鹅。

当时令兴言高兴得呀，仿佛国际大奖已经在朝自己堂弟招手了。

结果转头令琛说，他要回国。周五就走，一天也不多留。

即便令兴言当时暴跳如雷，也拦不住令琛的脚步，发着火说让他自己去跟人家大师解释。

当天晚上，令兴言坐在酒店套房客厅，面如死灰地盯着墙上的壁画，听不清阳台上的令琛跟人聊了什么。

总之，西澳之行没了，令兴言觉得自己心心念念的合作也凉了。

直到周五清晨，他们启程回国前，酒店前台打来电话，有客人来访。

来的是一位年轻男人，大师的助理。

他捧着一束新鲜的玫瑰花，说是大师清早从自己庄园里摘下来送给令琛的。

这事儿把令兴言吓得不轻，想说弟弟咱现在的成就也不错了，千万别为了更大的国际舞台就委曲求全啊。

结果人家助理下一句是，大师还有句话带给你——

All your wishes come true.

晨光呆呆，令兴言拖着大号行李箱前往机场，心情一直很沉重。

时间紧急，他只订到了两张头等舱机票，卢曼曼他们则留在澳大利亚，按原计划回国。

登机后，令兴言疲惫不堪，换上拖鞋放倒座椅。

闭眼睡觉前，他扭头问旁边的人："到底为什么要回去？"

令琛身侧的空隙放着那束新鲜的玫瑰花。

他看着窗外跑道，低声说："同学会。"

令兴言："……"

他看了眼令琛身侧的花，差点在飞机上上演一场刑事案件。

"咋的？你要在同学会上求婚还是怎么？人都能往家里带了你就缺这一个同学会？！我以前咋就没发现你这么恋爱脑——"说到一半，令兴言发现有个刚登机的男人扭头看向他这边，于是立刻闭了嘴。

"令琛？"男人开口，"巧啊，又遇见了，你也今天回国？"

令琛扭头，和面前的尹越泽对上视线："嗯。"

"认识？"令兴言在一旁悄悄问。

"高中同学。"令琛低声回了他一句，便用余光注视着尹越泽坐到和他隔着一个过道的位子上。

"听徐光亮说你有时间参加同学会了，看来同学们要高兴好几天了。"尹越泽坐下后，一边系安全带一边说，"到时候得喝两杯。"

"抱歉。"令琛说，"我不喝酒。"

尹越泽愣了下，随即点头："哦对，你得保护嗓子。"

说到这儿，尹越泽垂眼看见令琛身旁的玫瑰花："欸，你这花这么远带回国，给女朋友的？"

令琛沉默片刻，才淡淡道："还不是。"

尹越泽闻言顿了片刻，才反应过来令琛什么意思。

他随即笑道："这花这么漂亮，又千里迢迢带回去，送出去肯定就是女朋友了。"

"谢谢。"令琛垂睫，"承你吉言。"

"不客气。"

两人的对话到此结束，尹越泽转头便去做自己的事情，对令琛这种不冷不热的态度也没在意。

毕竟他俩高中也算有点交集，知道他一直是这种性格。

倒是一旁的令兴言感觉有点不对劲。

和令琛朝夕相处这么多年，令兴言对他的情绪变化很敏感。

他明显感觉到，自从这位高中同学走过来，身旁的令琛虽然保持着原来的姿势没动过，说话也淡淡的，但周身的气息悄然间紧张了一些。

于是他偷偷瞟了好几眼那边的尹越泽。

对方安置好后，便和身旁的同伴说话，也没什么异样。

而令琛侧头靠着窗，像是发呆的样子，令兴言也就没多问了。

过了会儿，飞机开始滑行。

令琛透过玻璃映出的景象，看着尹越泽和朋友谈笑风生的模样。

他好像一直没有变过。阳光，热情，讨人喜欢。

令琛最狼狈时，尹越泽这样对他。

令琛最耀眼时，他也没有一丝的谄媚与讨好。自小优渥富足的成长环境和傲人的家庭背景给了他这样的从容与自信。

就像高中时的篮球赛，投进一个三分球，他会肆意张扬地回头朝祝温书挑眉炫耀。投歪了，他也只是摸摸脑袋，笑出一口大白牙。

而那时候的自己在做什么呢？

令琛抿着唇，沉沉地呼了口气。

十余个小时的飞行后，飞机落地江城国际机场。

出发时还朝霞泛金，下飞机时却已经暮色四合。

令兴言和令琛各自拖着一个行李箱，距离却越拉越大。

令琛走得很快，令兴言几乎要拖着箱子小跑才能跟上。

不知道他急什么，差这一时半会儿吗？

经过漫长的步行，两人终于到了海关处。

由于动作快，他们前面几乎没排什么人。只是工作人员好像准备还没到位，不知道在磨蹭什么。

好一会儿，旁边的窗口也排上了长龙，工作人员才开始检查放行。

好巧不巧，尹越泽就排在他们旁边的队伍，距离不远。

感觉到他的目光，令琛回头，和他对视片刻。

尹越泽只是点头示意，没说什么，随即低头看手机，像是有什么急事。

就在这时，令琛的手机响了一下。

祝老师：那个，明天你不用来接我啦，我有朋友顺路一起。

令琛迟迟没有回复。

他捏着手机，再次回头看了一眼那个男人。

尹越泽的手指不疾不徐地摁着屏幕键盘，目光比刚刚温和多了。

"您好，这玫瑰花不能过海关。"

工作人员说完，对上令琛的目光，他愣了下，立刻低头又确认了一下证件，声音突然变得有些忐忑："根据规定，为了防止外来物种，农贸产品不能……"

"好。"令琛没说什么，只是叹了口气，"你们处理吧。"

祝温书本想发完这条消息就去洗澡，但她见令琛没有立刻回复，于是又补了一条。

祝温书：就是钟娅，你还记得吧，她明天想找我一起看电影，她买车了，看完了我们就一起过去。

刚发出去，祝温书又有点儿后悔。

她是不是太事无巨细了？

唉。她也不知道自己为什么要解释这么多。

可能是因为人家令琛说好了要来接她，她却临时爽约了，有点过意不去吧。

过了会儿。

c：……

果然很无语。

祝温书：……

c：下次有话请一次性说完。

啊？这前后两句有什么反转吗？

祝温书摇了摇头，心想大明星要求真多。

祝温书：还不是跟您学的。

c：我今天在飞机上遇到尹越泽了。

"你自己说话也总——"祝温书字打到一半，盯着令琛刚来的消息怔了一会儿，随后删了那半句话。

祝温书：啊？他不是在美国吗？

c：不清楚。

祝温书：噢……

很奇怪。

祝温书感觉跟令琛聊起自己的初恋男友，总有一种不对劲的味道。

以前有同学来问她尹越泽的情况，她虽然不算是一丁点情绪都不带，但也不会有此刻这样抵触的感觉。

祝温书：我先去洗澡了。

c：嗯。

第二天，钟娅如约来祝温书家接她。

钟娅才考到驾照不久，一路上磕磕绊绊，电影迟了几分钟不说，后来去餐厅的时候又因为她走错道被迫左转，绕了一大圈才到目的地。

好在祝温书早有预料，看完电影没让她再去买奶茶，直接把人拉到了停车场，这才没迟到。

可能是因为有令琛和尹越泽这样的同学到场，徐光亮订了一家挺高档的中餐厅。

祝温书和钟娅进去时，里面除了徐光亮以及上次婚礼出席的那两个男生，还有个好几年没见的女同学向格菲。

祝温书之前听说向格菲在帝都工作，没想到今天会在这儿见到她，挺意外的。

"呀，好久不见。"

"是呀，好久不见。"向格菲撑着下巴看向她，"你怎么一点儿没变呀，看起来还跟个高中生似的。"

祝温书承认向格菲这些年变化挺大，妆容精致，穿着时髦，头发也是妩媚的大波浪，和高中素面朝天的样子简直判若两人。

但祝温书今天也是穿了高跟鞋的，怎么也不像个高中生吧！

"可能跟小孩子待的时间比较长吧，心态比较年轻。"

向格菲笑了笑，没再说话。

其实祝温书只是顺口一说，没什么别的意思。

她看见向格菲旁边位子空着，直接坐了过去。

这是一张十人位的大圆桌，三个男生和向格菲挨着坐下，再加上祝温书和钟娅，便只剩四个连排的空位对着窗户。

几个人闲聊了会儿，徐光亮看了眼手机，说道："他们都快到了。"

在座的都知道徐光亮嘴里的"他们"是谁，除了向格菲，这些人虽然不久前在婚礼上见过令琛，但这会儿也都有点小紧张。

加上还有一位老同学是祝温书的前男友，今天这桌聚会元素有点多，大家都默契地不再说话。

倒是向格菲突然起身对大家说："有点挤，我换个位子吧，大家都宽松点。"

她神色自然地坐在那四个连排座位中间一个，和钟娅隔了一个空位，和另一头的徐光亮隔了两个空位。

向格菲刚落座，包厢门被推开。

在所有人的目光都朝门口看去时，祝温书迟了一拍，在转头前莫名迫切希望此时先出现的是令琛而不是尹越泽。

然而当她回过头，目光却顿住。

两个人居然一起来的。

"你们一起的？"徐光亮惊讶。

"嗯。"尹越泽朝里扫了眼，视线在经过祝温书时停留片刻，朝她笑了笑，"门口遇到的。"

一旁的令琛倒是没说话，先一步迈腿进来。

刚靠近桌边，向格菲起身拉开了身旁的椅子："哎呀，令琛同学，真是好久不见呀。"

令琛侧头看向她，目光里有淡淡的迷茫。

但他也没把那句"您是哪位"问出来，只是客气地点点头："好久不见。"随即脚步不停，掠过钟娅，行动目标明显是祝温书身旁的空位。

这时，向格菲突然指着那个座位说："尹越泽，你怎么还不过来？专门给你留了座位呢！"

话音落下时，令琛正好拉开椅子，椅子腿摩擦地面发出的声音在这包厢里格外刺耳。

徐光亮从来没想过八个人的聚会能安静成这样。

包厢里像按了暂停键一样，连空气似乎都停止了流动。

除了向格菲不明所以，其他人全都面色僵硬，想开口又不知道说什么。

令琛确实也因为向格菲这句话停下了动作。

他的手还搭在椅子上，看了眼尹越泽，又看向祝温书。

"给他留的？"

因为他这句话，所有人的目光都集中到了祝温书身上。

在这尴尬的气氛中，祝温书终于明白刚刚为什么希望令琛先进来。

她直觉预料令琛会坐到她旁边，占了这个位子，也就可以隔绝尹越泽坐过来的可能性。

却没想到，这样尴尬的场面还是出现了。

"不是……"

顶着满场注目，祝温书抬头看了令琛一眼，目光交汇那一刻，她几乎是下意识就说："给你留的。"

<h1 style="text-align:center">38</h1>

一开始，包厢里知情的老同学们在为祝温书和尹越泽尴尬，脚趾工程悄悄动工。

但当她说出那句话，气氛又悄然变化。有的人悄悄打量她和令琛，有的人则直接看过来，就差把"你俩什么关系"这个问题写在脸上了。

但现在也不是解释她和令琛什么关系的时候。

向格菲的脸色不太好，也不知是意识到自己在多管闲事还是其他的，总之，她紧紧盯着祝温书，看起来心情十分复杂。

"我和尹越泽……"祝温书看着向格菲说，"我们现在是朋友。"措辞很委婉，但意思很直接。

向格菲这要还是听不懂就白长了这些岁数。

其实她这些年虽然和老同学们没什么联系，但在发现祝温书和尹越泽没有一同出席的时候就已经隐隐有了这个猜测。只是她当时的注意力被令琛抢走，情急之下没考虑那么多，只想着自己千里迢迢回来参加这么个同学会，不能什么收获都没有。

好在祝温书的回话没有驳她的面子。

于是她讪讪笑道："噢……这样啊……不好意思，我不知道，我还以为……"

没等她说完，徐光亮突然插嘴道："那我让服务员上菜吧，都点好了，大家看看合不合胃口，想吃什么随便加，不用为我省钱哈。"

有他开这个口，其他人赶紧附和起来想打破此刻的僵局。

钟娅也说道："快上吧，我都要饿死了，一个个站着干什么呢？"

"嗯，吃饭吧，都是过去的事了。"

尹越泽笑了笑，走到徐光亮旁边落座："没赶上你的婚礼，还要你破费，太不好意思了。"

徐光亮："这哪里破费了，你们都给了红包，哈哈，我其实赚了一大笔。"

在对面的谈笑声中，令琛也拉开椅子坐下。

在这瞬息间，最尴尬的事情算是解决了，但祝温书明显感觉到好几个同学的目光都若有若无地往她和令琛身上瞟。

特别是旁边的钟娅，偷偷看了她几眼，想说什么，却又极力忍住。

而另一旁。

当令琛落座后，两人之间明明有一臂的距离，祝温书却感觉自己仿佛被他的体温和气息包裹着，被隔绝在这聚餐氛围之外。

唉。刚刚怎么就……没过脑子说出了那句话。

她下意识就觉得令琛可能很在意这个位子是不是留给尹越泽的。

其实，人家可能只是顺着向格菲的话问了一句而已。

思及此，祝温书悄悄瞥向令琛。

令琛没看她，垂眼盯着面前的水杯不知在想些什么，却紧抿着唇，下颌线绷得很紧。

祝温书慢吞吞地收回视线，再抬头，却又猝不及防地对上尹越泽的视线。

两人也有七八年没见了，相比令琛的判若两人，尹越泽似乎没什么变化。除了头发长了些，轮廓稍显硬朗，给人感觉还和高中一样。

可他的目光像蒙了一层雾，看起来心事重重的样子。

祝温书也不知道说什么，只好点点头。

这时，祝温书感觉另一道视线也射了过来。

她一扭头，见令琛正直勾勾地盯着她。

"干吗？"祝温书莫名有一种跟前男友联系然后被人抓包的心虚感，生硬地嘀咕一句，把令琛面前的水杯推了下，"喝水，别看我。"

"哦。"令琛端起水杯捉了一口，下颌还是绷紧，嘴角却上扬着。

祝温书发现，当令琛脸颊的肌肉很用力时，腮边会形成一道浅浅的凹陷。没到酒窝的程度，却让他整张脸都生动了起来。

几秒后，祝温书感觉自己被许多道目光注视着，她注视令琛的行为。

莫名地，她开始庆幸今天有尹越泽在场——同学会才不会调侃她。

但也因为尹越泽在场，令琛和大家也不是熟稔的关系，所以这顿饭吃得还蛮拘谨。

喝酒的人不多，徐光亮只点了瓶红酒。

大家不咸不淡地聊了几句，直到话题转到高中回忆后，场面才稍微热了起来。

可惜令琛在这一块儿始终没什么参与度，他只是一杯又一杯地喝着清水，听大家回忆往昔。

"说起来，变化最大的除了令琛就是老向了吧。"有个男生喝了几杯酒，红着脸说，"早知道你现在这么漂亮，高中的时候我就追你这个潜力股了。"

向格菲瞥他一眼，也笑着回话："说得好像你高中就追得到我似的。"

"唉是是是，是我高攀了。"

男生没把她的话往心里去，毕竟向格菲现在确实很漂亮："那你现在有男朋友吗？不可能单身吧？"

"怎么不可能，这几年忙着打拼事业，哪儿有空啊。"

向格菲说话的时候没看那个男生，捧着手机回了条消息。

其间尹越泽出去接电话，向格菲目送他出去后，又转头看向祝温书："你呢？趁着尹越泽不在咱们八卦一下，听说你是小学老师，应该很好找男朋友吧？"

这话听着怎么像是在说她是事业女性，没空谈恋爱，而祝温书当了个小学老师，就应该早早嫁人生孩子似的？

从来都被人尊称一声"老师"的祝温书第一次感觉到了自己的职业竟然也会被看不起。

"没。"她说，"在当班主任，很忙。"

"啊……"向格菲语气还挺遗憾，"唉，不过也是，老师这职业以前是很吃香，但现在很多人都更倾向于各方面的实力匹配。"

一直闷头吃饭的钟娅想开口反驳两句，但她还没想好怎么说，思路就被旁边一道不轻不重的脆响打断。

令琛虽然一直没怎么说话，但他的存在感却是全场最重的。

所以当他冷着脸把水杯往桌上一搁的时候，包厢里的气氛忽然紧张起来。

就连向格菲，心也悬了一下。她没想到令琛会在这个时候有反应。

令琛："确实。"

听到这两个字，向格菲松了口气，但这口气还没松完，又听令琛说："祝老师名校研究生，又在最好的学校教书。"

"要不是怕她嫌弃我就一个烂二本——"他慢悠悠转头，看向祝温书，"我都想追祝老师。"

好不容易热闹起来的包厢又陷入沉寂。

气氛非常微妙，没一个人说话，却又像有千言万语飘在空气中。

只有祝温书的脑子轰然空白，怔怔地看着令琛。

不知他说这话是在为她解围，还是心里话。

这个问题除了令琛，谁都不知道答案。

祝温书只能听到自己的心跳一下比一下更快。

就在这时，有人突然开口打破了沉默。

"越泽？你——"那人声音有点慌，"你、你打完电话了？快来吃饭，刚刚上的乌鸡汤，都要凉了。"

祝温书猛地回头，发现出去接电话的尹越泽不知何时站在了门口。

令琛也和众人一同朝门口看去。

但他只是瞥了一眼，随后视线落到祝温书那不自在的背影上，便沉沉地垂下眼。

"刚回来。"尹越泽神色很正常,笑吟吟地说,"都顾着吃饭吗,这么安静?"

看来他没听见令琛的话。

主人家徐光亮松了口气:"说学校呢。"

"唉。"他又重重叹了口气,"现在孩子读书真的太有压力了,我看家里那些亲戚个个都挤破了头想把孩子往好学校送。"

他又转头看祝温书:"祝老师,你可能都不知道你们学校有多难进,上个小学跟高考似的,以后我孩子要是能去你们学校,还得麻烦你照顾照顾。"

"嗯,"祝温书心不在焉地笑了笑,"肯定的。"

"有你这句话,以后我累死都得把孩子送你们学校让你来教,给别人我都不放心呢。"

徐光亮把话题转到这里,有人自然接了下去。

"你知道为什么大家都想把孩子往好学校送吗?因为你永远不知道那些差的学校都是什么人在当老师。"

一个男生说道:"我那天看朋友圈,你们还记得刘浩毅不?他现在当初中体育老师了,这种人也能当老师,不得教坏人家小孩?"

徐光亮:"他当老师?哪个初中啊?我防一下。"

他们嘴里说的这个刘浩毅,大家都有点印象,是高中时期出了名的体育班的混混刺儿头。

逃课打架不算,大家不齿的是他拿女生乱开玩笑。

这些事情或许没传到老师耳朵里,但学生们多多少少都听到过这些言论。

"这种人都能当老师……"

钟娅正想评价几句,突然想起什么,转头看向令琛:"对了,你以前是不是跟他打过架?"

此话一出,大家都想起来了。

这件事本来很多人都忘了,直到几年前,令琛刚红起来,营销号们正指着他增流量,正好就有人投稿,说他在高中时是个嚣张的混混,当时跟人打架,差点闹出人命,但也不知道私底下做了什么,老师硬是要包庇他。

当时令琛正处于流量风口，任何一个黑料都会被放大。

徐光亮记得很清楚，自己当时跟人"大战三百回合"，说根本就没有闹出人命这么严重，令琛也不是混混，他就打了那么一次架而已。

但这件事最后也不了了之，毕竟徐光亮自己也不知道令琛为什么和刘浩毅打架。

令琛也没正面澄清过，喜欢他的人不在意，不喜欢他的人，到现在还把这事儿当黑料来说。

"是吗？"令琛垂着眼，低声说，"不记得了。"

"啊？你当时差点被退学欸，这也能忘？"

钟娅追问："你为什么跟他打架啊？你们有什么过节吗？"

她这么一问，大家都带着好奇的目光看向令琛。

其实当时发生这件事的时候，同学们都很震惊，没想到平时沉默寡言的令琛会跟那种人起冲突。

可惜当时令琛没说，也没人问得出来。

事情过去了这么多年，加上令琛的身份有了变化，大家的好奇心重新被勾起来。

就连尹越泽，也注视着令琛。

当年的令琛不会说出原因，如今和祝温书还有尹越泽坐在一起，他更不会说。

但这件事，他没忘过。

那是高三的事情。

四月初春，学校举办春季运动会。

这向来是高一高二的盛会，面临高考的高三学生只是走个形式，参加一下开幕式的方队。

大家连队形都没怎么训练过，更别说定制班服，直接套上了去年的衣服。

作为举牌手的祝温书也一样，翻出了高二运动会定制的白衬衫和黑色短裙。

但不知道是她长个子了，还是衣服缩水，那条裙子穿起来有点短。

开幕式结束后，高三生陆陆续续回了教室。

令琛走在队伍最后面，和同学们拉开了很长的距离。

而那时候的尹越泽和祝温书并肩走在最前面。

春光明媚的操场，令琛突然听见有人在说祝温书的荤话。

"你看那腿，又白又长……"

令琛停下脚步，回头看去。

但刘浩毅的注意力全在祝温书的腿上，根本没发现令琛在看他。

"啧啧，清纯得。"

"那可不好说。"

"啧，便宜了尹越泽。"

"你这说得我也心痒痒，她声音那么甜，哭的时候更好听吧。"

他们越走越远，令琛站在原地没动。

如果是尹越泽听到了这些话，他会怎么做？

或许他都不需要大动干戈。

他家里条件很好，本人成绩又好，在学校很受重视。他那么护着祝温书，可能只需要一句话，学校查实后，刘浩毅就得吃不了兜着走。

可令琛没有能力这样体面地解决。

当天晚上，刘浩毅和他那兄弟照例逃了晚自习。从后面围墙翻出去时，他们借着远处路灯微弱的光，看见了站在暗处的令琛。

"你——"

话没说出来，一棍子闷头打下。

他们一开始还以为令琛找错人了，但两个人平时在学校称王称霸，这个时候也不会去解释，打回去才是他们的性格。

刘浩毅和他兄弟是体育生，跟人单挑就没输过。

何况他们面对的还是个瘦不拉唧的令琛。

但再怎么样，这两人也架不住令琛不要命的劲儿。

一开始他们还占了上风，后来发现这人像是不要命，心里开始发虚。

恍神的瞬间，刘浩毅被令琛摁在地上。

他的眼神比摧城的黑云还阴沉，声音哑得像死神的低语："再嘴贱，撕烂你这嘴。"

那天晚上，令琛自始至终没跟刘浩毅说过为什么打他。

他也知道他们吞不下这口气，当下的认怂只是暂时的。

这场恶斗，令琛自己也不知道会持续多久，直到他们被路过的老师发现，拎去了政教处。

虽然刘浩毅这种人平时没少干坏事，但今天他们不是过错方，加上有爸妈撑腰，语气非常横，一定要令琛退学。

而且政教处主任不管怎么吼，令琛只是认了自己是先动手的一方，但就是不说原因，从头到尾只说了一句"看他们不顺眼"。

按照这个发展，令琛知道自己退学是铁板钉钉的事情。

没想到关键时刻，他的班主任站了出来。

张老师是个五十岁的老教师，人送外号"鬼见愁"，平时别班的学生见到她都要绕道走。

本以为这么铁面无私的老师定会严惩不贷，谁知她全程没怎么说话，最后才跟政教处主任说要单独谈谈。

令琛不知道她后来是怎么跟校方斡旋的，只知道几天后的周一，他没等来退学通知，只是被全校通报批评，记了大过。

大多数知情人都以为事情就这么结束了。

但没过多久，咽不下这口气的刘浩毅拎着木棍带着人，又出现在他面前。

……

"那他们后来找过你麻烦吗？"

祝温书的话打断了他的思绪。

"没。"令琛回神，扭头看她，淡声道，"真不是什么大事，就是遇到的时候起了口角。"

"哦……"

祝温书是相信的，毕竟以令琛的性格，真不至于和刘浩毅这种人有什么过节。无非就是高中男生气血方刚，一言不合打起来的情况也不少见。

令琛都这么说了，其他人信或不信也都没好意思再追问。

只有尹越泽沉沉地看着令琛，眼里有不同于他人的复杂神色。

"我上个洗手间。"令琛起身道，"你们继续吃。"

餐厅的公共卫生间人不少，令琛戴了口罩出去。

洗手时，他抬头，从镜子里看见尹越泽站在他身后。

两人就这么一前一后站着，利用镜子对视，却没人开口说话。

过了会儿，尹越泽上前，拧开了水龙头。

令琛垂下头，拿纸巾擦擦手，随后把纸团丢进垃圾桶。

转身时，他听到尹越泽说："叔叔这些年还好吗？"

他的声音不大，却带着同情。

令琛脚步顿了下，没回头："去世了。"

自令琛上完洗手间回来后，祝温书就发觉他的情绪有点不对劲。

但又说不上为什么。

要是因为刘浩毅的事情，也不应该，刚刚大家提起的时候他都没什么大反应。

总之，本来就话少的令琛更不怎么参与话题，只是在大家酒过三巡时，也倒了一杯酒。

这场尴尬又莫名的同学聚会最后还是以徐光亮的甜蜜婚姻生活话题收了场。

"那……差不多我们就散了？"徐光亮说，"今天也没弄什么好吃的，咱们下次再聚哈。"

众人纷纷起身准备离场。

后半段一直没怎么说话的向格菲见大家真的都要走了，也不知道下次还有没有机会见面，于是鼓起勇气说："令琛，咱们加个微信吧。"

她掏出手机，打开二维码："我现在做自媒体，以后有机会可以合作一下。"

令琛坐在靠里侧，这会儿刚刚走到她面前。

"你做什么自媒体？"

向格菲噎了一下："就时尚那一块儿。"

令琛抬了抬眉。

"美妆博主啊！令琛你不知道吗？"门口一个男生回头道，"老向现在还挺有名的。"

"那抱歉。"令琛说，"这个领域和我的工作没有交集。"

"噢噢，行，那以后有机会再说。"向格菲点点头，也没再说什么。

倒是一旁的钟娅一声"哇哦"，把向格菲吓了一跳。

"怎么了？"

"你是美妆博主啊！"钟娅睁大了眼睛，"怪不得化妆这么牛！"

向格菲："……"

虽然这是她吃饭的工具，但被一个女生夸"化妆牛"真不是什么令人舒服的事情。

"还行吧。"

"你这睫毛是贴的吧？"钟娅说着还往人家面前凑，"我刚刚还没看出来，以为你睫毛天生这么长，太牛了！有空教教我啊，我每次贴假睫毛都被人说能戳死人。"

向格菲的脸色明显已经很不好了，钟娅仿佛没看出来似的。

钟大哥今天的发挥也很稳定呢。

祝温书无语半晌，想让她别说了。

刚准备开口，令琛拽了下她的袖子："走了。"

一行人陆陆续续到了餐厅门口。

徐光亮先帮几个喝了酒的男生叫了出租车，又问女生们怎么走。

向格菲说她回酒店，钟娅一听地址顺路，就提出自己开车送她。

也不管向格菲拒绝，她拽着人家手臂就走，走出好几米祝温书还能听见她一口一个老同学地问人家怎么化妆这些事情。

这样一来，还没送走的客人就只剩了令琛、祝温书和尹越泽。

徐光亮看了一眼，突然就觉得场面好像很尴尬。

"那……我叫了代驾。"徐光亮看向祝温书，"要不……"

令琛："我送吧。"

尹越泽："我送吧。"

两人几乎异口同声。

话音刚落，徐光亮的表情僵在脸上，想着装醉一头栽地上算了。

没有下一次了。他绝对不再组织这破同学会了！

两个男人说完话后就没动，纷纷看向祝温书。

今天晚上下过雨，地面上还有没干的水迹，空气里也飘着若有若无的雨丝。

看着这两个齐齐望着她的男人，祝温书突然觉得这天也不冷了，就跟被架在火上烤似的。

"那……"祝温书扭头去看徐光亮。

徐光亮立刻一副四处看风景的模样避开她的眼神。

祝温书只好去问尹越泽："你现在住哪儿啊？"

"酒店，"尹越泽说，"华尔道夫。"

闻言，令琛插在兜里的手指忽然颤了下。

华尔道夫酒店，就在距离祝温书家不到一公里的地方。

"噢噢。"祝温书说，"我住得远，不顺路，就不麻烦你了。"

"我顺路啊！"家完全在另一个方向的徐光亮突然接话道，"越泽，那我送你吧！"

尹越泽没应声。

夜色浓重，餐厅的灯光却亮如白昼。

他沉沉地看着祝温书，许久，只是叹了口气。

这个天气，空气里已经有隐隐约约的白雾出现。

"走吧。"他下了台阶，经过徐光亮身旁时，轻轻丢下一句话。

等两人上了车，祝温书目送着车尾灯远去，这才转过身。

"走了。"她扯了扯令琛的袖子，"好冷，愣着干吗？"

好一会儿，祝温书都走出几步远了，令琛才迈腿跟上。

司机早已开着车等在路上，祝温书轻车熟路地钻进去。

系好安全带后，她见令琛上来，立刻把头扭向窗边。

令琛上车后并没有再说话，两人就这么沉默着到了目的地。

眼看着要下车了，祝温书解安全带的动作磨磨蹭蹭。

其实这一路上，她都有点害怕令琛会说什么，同时，却又隐隐期待他说点什么。

直到解开安全带他也没动静，祝温书悬着的心沉了下去，身侧的门打开时，她一条腿已经迈了下去。

"那我先回家了，你也早点休息。"

令琛却直勾勾地盯着她。和他以往的眼神都不一样，一旁的路灯映在他眸子里，像闪烁的星星。

"祝温书。"他突然沉沉开口。

祝温书心跳快了一拍："嗯？"

"嫌弃吗？"

"什么？"祝温书不明所以。

"烂二本。"令琛垂下眼，盖住了眸子里闪烁的星光，"也没怎么读书。"

耳边此起彼伏的鸣笛声突然飘得很远，像隔绝在真空外。

祝温书听见她胸口"怦怦怦"的声音，震耳欲聋，都听不见自己说了什么。

"……不嫌弃啊。"

番 外 篇

番外一 · 很想你

这天清晨，祝温书刚刚睁眼，就收到钟娅发来的某娱乐八卦论坛帖子链接——

L姓"男顶流"要结婚了，和他的素人女友，婚纱照已经流出，甜的是他们！哭的是万千少女！

钟娅只转发了链接，什么都没说，却像一盆水直接浇没了祝温书的睡意。

前几天是拍了婚纱照，但还在精修阶段，她自己都还没收到成品图呢，怎么就先流传出去了？

祝温书沉着脸坐起来，一边打开帖子，一边盘算着要找律师去质问那家摄影公司。

> 楼主：如题，L姓"男顶流"，不用我多说是谁了，哪个少女没把他当作过幻想中的初恋？没想到说结婚就结婚了，婚纱照是这几天才拍的，还没来得及精修，有点儿粗糙，新娘状态不是很好，上镜也有点儿显胖显黑，大家先凑合着看看。

什么？

显胖吗？显黑吗？

看完这段话，祝温书已经有点儿窒息了。

偏偏楼主空了一大段，她下拉了许久，才终于看见——

一张流川枫和一个普通女生的P图婚纱合照。

祝温书一脸无语。

她把手机一丢，直挺挺地倒回床上，弄出的动静惊醒了睡在一旁的人。

"怎么了？"令琛呢喃一声，睁开惺忪的眼睛，细密的红血丝还隐隐可见，然后一动不动地盯着祝温书看。

"没事，被电话吵醒了，你再睡一会儿吧。"

令琛这几天没怎么睡好。

祝温书能感觉到他的兴奋，却又察觉到他的精神在兴奋之余的游离，好像一直在状况外。

这种症状应该是从他们领证那天开始的，然后在试穿婚纱那天达到顶峰。

那天祝温书换好了婚纱，问令琛觉得怎么样，他却答非所问，让她莫名其妙了好几天。

祝温书的婚纱是定制款，从敲定款式到成衣到店，前后经历了几个月。

到店试穿的时候，令琛和其他准新郎一样坐在试衣间外的沙发上等待。

祝温书把自己的手机递给他，让他注意一下，有家长来电的话叫她一声。

负责接待的店员笑盈盈地看着这两人，轻声道："我入职几年了，还是第一次遇到真正的从校服到婚纱，像你们这样爱情长跑这么多年的，真的很少见。"

她早就听说过令琛和他的"小蚕同学"，如今见到本尊，看他们相处的模样，便以为两人谈了很久的恋爱。

谁知祝温书在进入试衣间的同时回头笑道："我们不是你想的那样，高中毕业后我们得有七年多没见了。"

七年零三个月。

在试衣间的门关上那一瞬间，令琛默默想着。

祝温书不知道，她轻描淡写的那"七年多"，于令琛而言，却是人生中最漫长的七年多。

漫长到凝固成了几个刻骨铭心的瞬间，其他时光却已经模糊。

其实在散伙饭的第二天，他和爸爸就搬家了。

令琛没什么行李，加上爸爸的东西，一共就两个背包，外加那把当年邻居搬家时送给他的吉他。

他早就打算好了，直接去他读大学的城市，在学校外面租个小房子，一边读书一边打工看着他爸爸。

于是他找令兴言的爸妈借了一些钱，带着爸爸忙叨叨地上了火车。

此时距离尹越泽向祝温书告白，也才不到二十四小时。

汽笛声响起时，令琛望着窗外，视线在空荡荡的月台没有目的地回望，直到火车越开越远，视野里只剩苍茫的雾。

身边是人头攒动的陌生人，令琛夹在其中，没来由地开始烦躁。

他烦自己除了懦弱，一无所有，只能这么灰溜溜地逃走，却又不停地回头张望。

要是有一天，他忍不住给祝温书打电话，不对，他只敢发短信，那祝温书会不会不回……

令琛伸手去摸裤子口袋，这才想起，他那手机在昨晚打架的时候就被弄丢了。

被迫早熟，早就不会怨天尤人的少年突然靠着窗户，紧紧绷着下巴，委屈地红了眼眶。

"祝温书你知不知道，能在平安夜捧着手机给你发一句'生日快乐'，是我每一年最庄重神圣的时刻。"

大三那年的平安夜。

那时令琛初尝走红滋味，每天累得连手都抬不起来。

曾经从来没想过能接触的人全都拥簇在他身边嘘寒问暖，称赞之词不绝于耳。而令琛在编辑短信时误触了"拨打号码"，反应慢了好几拍，愣怔地盯着屏幕，脑子里闪过了千万句祝温书接起电话后他要说的话。

可是几秒后，听筒里传来机械的女声："对不起，您拨打的号码是空号。"

像是忽然踩空了阶梯，令琛陷入突如其来的怅惘之中，反而骤生出一股置之死地而后生的勇气，找到了祝温书的微信。

——我是令琛，你还记得我吗？

——祝温书开启了朋友验证，你还不是他（她）的朋友。请先发送朋友验证请求，对方验证通过后，才能聊天。

那天之后，令琛感觉自己好像被连根拔起，飘浮在空中。

一场接一场的演出有什么用，此起彼伏的快门声好吵，就连对着镜头都不知道该看哪里……

当初张瑜明找到他的时候，信誓旦旦地说："我会让你成为大明星，我会让令琛这个名字家喻户晓，所有人都会喜欢你。"

他明明已经站到了很高的地方。

到底要多耀眼，才能被你看见？

在那之后的四年，令琛都没再回过汇阳。

他怕在这座小城市，猝不及防地遇见祝温书和尹越泽，他没办法保持冷静克制。

可是祝温书好像无处不在。

令琛总是会莫名其妙地出神，在人来人往的街头，在行色匆匆的机场，在烟火喧哗的餐厅……

他会盯着某一个背影，于脑海中幻化出祝温书在这里的安稳生活。

偶尔会偷偷幻想，如果猝不及防和祝温书重逢了，现在的他，"家喻户晓"的他，会不会被祝温书多看几眼？

然而这个世界太大了，总是听别人说起曾经和朋友多么有缘地偶遇，令琛却从来没有再见过祝温书。

直到有一天，他来江城参加品牌活动。

商场人声鼎沸，摩肩接踵。令琛在人山人海中看见一个平平无奇的背影，裹着白色长款羽绒服，头发绑在脑后，拎着一个购物袋急匆匆地离开这片拥挤的地方。

令琛连一个侧脸都没看见，却笃定那就是祝温书。

因为在看见她背影的那一刻，令琛耳边轰隆作响，眼前天光大亮。

就像初三暑假那年的书店初遇。

他确信祝温书就生活在江城。从此，江城对他有了不一样的意义。

每一次踏上这片土地，都感觉和她呼吸着同一片空气，照着同一抹月光。

他就像漂泊已久的人，终于扎了根，即便祝温书对此一无所知。

生活的轨迹一点点偏向这座城市。

后来，令琛在这里安了家。

但他没想过要找到祝温书。

都说红气养人，这些年来，令琛逐渐像个耀眼夺目的大明星了，在追捧与夸奖之中游刃有余，自信见长，偶尔还会逗逗歌迷。

不过他空闲的时候，依然会戴上帽子和口罩走街串巷，在早餐店的蒸气和夜市的灯火中闲逛，在水果摊前挑挑拣拣，在公园的长椅上发呆。

他没有跟任何人提起过"祝温书"这个名字。

日子在声色浮华与平淡无奇中无缝切换。

身边所有人都惊叹，横空出世、红极一时的令琛竟然这么快就找到了生活的平衡，这是许多人在娱乐圈摸爬滚打几十年都做不到的。

但没有人知道，这些年来，令琛生活里的每分每秒……

"哗啦"一声，试衣间的帘子被拉开。

穿着洁白婚纱的祝温书背对着他，羞赧地低头，徐徐转身。

她抿唇，双手提着裙摆，低声问："怎么样？"

令琛原本俯身垂头看着地面。听到祝温书的声音，他抬头，定定地看着眼前的女人。

视线仿佛穿透了这些年的时光，幻想中的祝温书终于和眼前的人重叠。

令琛的眉头紧蹙，伴随着轻微的颤抖。

没有人知道，这些年来，令琛生活里的每分每秒……

他喑哑着说："祝温书，我真的很想你。"

番外二 · All your wishes come true

今年的七月格外炎热，江城被蒸烤了半月，丝毫不见气温有所下降。
天气预报倒是时不时给人落雨的希望，但从没实现过预言。

直到今天早上。

"天上钩钩云，地上雨淋淋。"祝温书望着窗外缕缕云丝，低声念叨，"今天果然要下雨。"

"没事啦。"施雪儿说，"早上十点多就停了，不会有影响的！"

下雨，对宾客来说自然没什么影响，甚至还该庆幸气温的骤降，不至于在室外被晒掉一层皮。

可对新娘来说，则要惋惜洁白的婚纱会沾上泥水。

不过想想雨后清新的泥土香气、宜人的气温、宾客尽欢的场面，祝温书突然又觉得这何尝不是天降甘霖？

今天是令琛和祝温书的婚礼。

祝温书听酒店那边的人说，天擦亮时，酒店外面就围满了闻讯而来的粉丝。

这场婚礼从开始筹备就对外保密，今天也没有邀请媒体，连演艺圈的宾客都不多，来的都是至亲好友，总共也就订了十桌酒席。

但一场婚礼要对接无数人，也不知道是哪个环节泄了密，总之在上个月，很多粉丝就知道这场婚礼的时间、地点了。

临时改期、改地点未免太过，而且这座深山里的酒店是祝温书精挑细选的，于是她干脆叫人去给他们送了喜糖和雨伞。

而后，婚车在雨幕中开进酒店时，隔着水汽蒙蒙的车窗，祝温书看见他们并排站在大门两边，齐刷刷地举起手机。

令琛降下车窗，挥了挥手，车外一片喧哗。

有一个女生带着哭腔喊道："令琛！你要幸福！"

令琛没说话，比了个"OK"的手势，随后转过头看着祝温书，想说什么，祝温书却先一步指着他："今天不准神游。"

"……"令琛别开脸，几不可闻地笑了一声。

令琛站在落地窗前，看着陆陆续续进来的宾客，一遍遍地深呼吸。

人群中，有他和祝温书的几个高中同学，有作为证婚人出席的高中班主任，有祝温书的父母、朋友，还有张瑜明和几位老师。而令兴言则负责引导其他客人入座，令思渊跑来跑去，像一条小狗。

令琛掖着下腹的西装扣子，再一次深呼吸。

玻璃窗倒映着祝温书的身影，她和施雪儿还有钟娅正在拍照。

几个女生叽叽喳喳的，伴着摄像机的快门声，有点儿吵。

令琛回过头，想催催她们，可目光一落在祝温书身上，就忘了自己要说什么。

试婚纱的时候、拍婚纱照的时候，还有今天早上接亲的时候——祝温书穿婚纱的模样虽然他已经见过好几次，却还是会摄走他的心魂。

整个人像是飘在半空中，连做梦都没有出现过这样的场景。

以至于他几乎不知道自己是怎么到的婚礼现场。

十一点刚过，淅淅沥沥的小雨果然停歇了。

艳阳悄悄从云层里溜了出来，只见明媚，不觉燥热。

清晨刚摘下来的鲜花还沾着露水，轻缓的音乐声在郁郁葱葱的树林一遍遍回荡。

酒店依山而建，这是一片野蛮生长的森林。

今天的一场小雨仿佛给这片树林上了一层油墨，高山密林，枝繁叶茂，雨后初晴的阳光映在翠绿草叶的水滴上，像洒在半空中的水晶。

宾客们也过来了，有人已经在花团锦簇的拱门下开始拍照。

令琛一遍遍地告诉自己要稳住。

他是开过万人演唱会的，是见过大世面的，眼前才多少人。

但当宾客都落座，现场安静下来时，令琛还是清晰地听到了自己的呼吸声。

十一点十九分，距离新娘入场还有三分钟。

令琛站在正中间，镇定地拿起小提琴，闭上了眼。

弦乐和风穿过树叶，林间鸟语在为他伴奏。

令琛轻拉琴弦，奏响《小蚕同学》，等着他的小蚕同学。

可是这段宾客们熟悉的弦音，在今天这个日子响起，听起来依然有几分遗憾。

令琛闭着眼，没说话，没人知道他在想什么。

或许是为了这七年的空白而遗憾，也或许是因为前排双亲席有两个空缺的座位。

一曲还未结束，弦音戛然而止。

令琛睫毛颤了颤，再睁开眼，果然见祝温书已经出现在远处的入口。

他的手抬了又抬，却始终没能继续握紧琴弓，只是看着祝温书，千言万语不知如何表达。

随后，琴弓干脆落到了地上。

那几个在一旁候场的乐队朋友见状，纷纷拿上自己的乐器，接替令琛奏响未完的音乐。

令琛第一次发现人原来可以同时有这么多种情绪，喜悦涌上心头，可眼眶也发酸。

他原本想了很多话，可此刻却一动不动地看着一身洁白婚纱的祝温书踏着湿润茂密的草地，一步步朝他走来，走过了年少的暗恋，走过了这七年的等待，就好像遥不可及的月亮，终于来到了他的人间。

当祝温书近在咫尺时，令琛终于忍不住，上前抱住了她。

四周静谧，只有琴音和鸟鸣。

没人知道这个无言的拥抱有多久，只记得乐队弹奏了一遍又一遍《All your wishes come true》。

应霏是在婚礼开始之后才进来的。

在一周前，她还嘴硬，说自己特别忙，来不了。

她根本无法想象，她怎么能出现在令琛的婚礼？简直荒诞。

祝温书也没说什么，告诉她人到，礼金免；人不到，礼金到。

应霏大骂她俗气，然后悄悄去买了一身新衣服。

可是她今天早上准备出门时，却接到了一个学生的电话。

应霏如今在教小孩子水彩画，虽然累了点儿，小孩子也皮，但她的脾气居然比之前好了。

而且她跟祝温书说自己特别忙也不是撒谎，前段时间她妈妈住院了，应霏连请了三周的假回去照顾妈妈。

再加上今天的婚礼，她得有整整一个月的周末不能给小孩子们上课。

但有个女孩儿的家长忘了时间，以为今天要复课了，就早早带着孩子来了教室。

听到女孩儿的小奶音，应霏看了眼时钟，一咬牙就去了画室。

反正小孩子上课就一个钟头，她结束了再赶来婚礼现场也没什么。

谁知她给学生上起课来就忘了时间，再一抬头，距离婚礼开始只剩四十分钟，祝温书的未接电话有十几个。

应霏拍了拍自己的额头，也不顾衣服上还沾了颜料，背上自己的画具就冲出了门。

可惜紧赶慢赶，还是晚了几分钟。

应霏低调地进来，找了角落的座位。

她不是第一次参加朋友的婚礼，但今天的新郎可是令琛，应霏还是止不住好奇，悄悄地打量四处。

然后，她看见最前排的双亲席位，有两张空着的椅子，上面摆着两束新鲜的百合花。

她知道那是令琛缺席的父母。

应霏的胸口慢慢地有些闷。她想到了自己的妈妈，如今正在病房里挂着水，还有因为照顾妈妈而日益憔悴的爸爸。

盎然的兴致突然被浇灭，应霏看着前方的新婚夫妇，拿出了自己的画板和颜料。

后来这幅画被摆到了祝温书和令琛的房间里。

画里有童话般的森林、相拥的新郎新娘、满座的宾客。

那原本空缺的双亲席，添上了两道身影，一个慈祥和蔼，另一个温柔恬静。

番外三·圆满

祝温书有强烈的预感,她肚子里的宝宝是个女孩儿。

虽然才三个月,也没有任何的科学凭据,但她已经连续梦到三次自己生下女孩儿了。

于是她开始注意班里那些自信又快乐的女生是如何成长的。

这是祝温书带的第二届学生了。

令思渊小学毕业后,令兴言已经转交了大部分业务,大多数时间用来陪儿子。

面对几十个全新的面孔,祝温书的注意力很快就被两个女生吸引了。

一个小名叫饭饭,另一个小名叫星星,长得都很漂亮,人也格外机灵。

但不知道是不是"正正得负",这两个小孩儿凑到一起就特别让人头疼。

比如总有说不完的话,说着说着还会吵起来。

祝温书没办法,把两人调到了对角线的座位,可即便这样,他们也能制造点事端。

有一天下午,祝温书上完语文课,告诉大家下节课主题是"我的妈妈",希望大家回去能想想,要怎么和同学们介绍自己的妈妈。

结果一下课,那两小姑娘就较起劲儿来。

饭饭得意洋洋地说:"我妈妈超漂亮!全公司最漂亮!"

星星说:"我妈妈也超漂亮,公司的海报都是她。"

饭饭又说:"我妈妈上过电视!"

星星轻描淡写:"我妈妈也上过电视,还上过热搜。"

饭饭想了想,说:"我妈妈会写文章,超长超长的。"

看见星星沉默了,饭饭挺起胸口,正要宣布自己的妈妈获胜,却听星星冷不丁说:"我妈妈会开飞机。"

饭饭好一会儿才想明白，什么叫"开飞机"。

真的是在天上飞的那种大飞机。

于是饭饭握紧小拳头："我妈妈还会骑马！骑得很快！"

星星："我妈妈会开飞机。"

饭饭："……"

星星："时速八百公里。"

饭饭转着眼珠子，绞尽脑汁："我妈妈会跳舞！"

星星："我妈妈会开飞机。"

饭饭："我妈妈会做蛋糕！三层的那种！"

星星："我妈妈会开飞机。"

饭饭："我妈妈会写诗！"

星星："我妈妈会开飞机。"

那天晚上，祝温书刚吃完晚餐，就接到了饭饭妈妈郑书意的电话。

对方温柔和气地问："祝老师，今天饭饭在学校里遇到什么事情了吗？"

祝温书想了想，说："没有什么特别的呀，就是上午和同学玩的时候摔了一跤，不过没有受伤。"

郑书意轻声道："哦……这样啊……"

祝温书问："怎么了吗？"

"也没什么。"郑书意叹气，"就是不知道为什么，她今天放学回家就非要缠着我去学开飞机，哈哈。"

祝温书："唔……可能是因为班里有一个同学的妈妈是飞行员。"

"原来如此。"郑书意郑重地说，"小孩子之间怎么能这么攀比呢？"

祝温书连连点头，可不是嘛，小小年纪攀比可不好。

郑书意："回头我亲自跟那位同学的妈妈比画比画。"

祝温书："……"那成年人之间也不是必须要攀比的。

放下手机后，祝温书问令琛："你说我们的女儿会比较像谁啊？"

"像我吧，都是女儿随——"令琛突然定住，惊讶地看着祝温书，"你怎么知道是女儿？"

"就……梦见了呗。"

令琛松了口气，还以为祝温书有什么特异功能呢，这才三个月就知道性别了。

"那如果是儿子呢？"

"我相信我的直觉，肯定是个女儿。"

祝温书碎碎念道："哎，儿子有儿子的好，女儿也有女儿的好，让我选我都选不出来。"

此时屋子里朦胧的灯光将两人罩在沙发一隅。

令琛将祝温书抱在怀里，把头埋在她脖颈边。

"那我们要两个孩子，一儿一女。"

"噢……"祝温书的嘴角止不住上扬，"说的好像你令琛无所不能一样，想要一儿一女就要是吧？"

这段状似玩笑的话在祝温书心里悄悄生根发芽。

她肚子还没有显怀，就已经开始规划什么时候能有机会要第二个宝宝。

然而当日子日益久了起来，令琛却渐渐地打消了这个念头。

十月怀胎何其辛苦，除开自然的生理反应，比如孕吐和四肢浮肿，更折磨人的是做不完的医疗检测。

那段时间，祝温书扎针都快被扎成筛子了。

要不是祝温书实在喜欢小孩子，令琛简直想回到当初决定要孩子的那个晚上，克制住自己。

后来，祝温书住进了医院。

生产那天，她疼得脸色发青，一阵阵冒冷汗，连一句完整的话都说不出来。

令琛第一次看见祝温书这么痛苦，虽然她一直虚弱地说自己没事，可她不知道她连声音都在发抖。

整整十八个小时，从阵痛开始，到听见小孩哭声响起，令琛的衣服已经彻底被汗水打湿。

他无力地半蹲在手术床旁，紧紧握着祝温书的手，喉咙像是被堵住，说不出一个字。

即便祝温书看见宝宝后笑得很开心，但令琛也不想她再受一次这种苦了。

一旁的妇产科医生见令琛满头汗水，眼眶发红，还久久地握着老婆的手，不知道的还以为生孩子的是他。

总之在那之后，令琛再也没有提过再生一个宝宝的事情。

令琛和祝温书的女儿小名叫果果。

很长一段时间，令琛都喜欢静静地盯着果果看。

和母亲怀胎十月的天然亲情不同，作为父亲的令琛一开始还处于梦游状况。

他每天起床第一件事就是赶紧去看看果果，不然他觉得自己很快就会忘了女儿长什么样。

遇到工作外出时，这种感觉更强烈。

他似乎无时无刻不在想着自己居然有女儿这件事，但是仔细一想，又很难在大脑里描绘出女儿具体长什么样子。

和祝温书视频的时候，看见镜头里的果果，令琛总觉得她不只是一个孩子，更是他和祝温书无法分割的一部分。

"我们的孩子。"他总是对着果果一遍遍地碎碎念，"我们的孩子。"

午夜梦回的时候，令琛偶尔还会盯着天花板发呆。

他和祝温书结婚了，还有了一个孩子。

斗转星移，寒来暑往。

果果的小手小脚慢慢长大，五官也逐渐清晰。

她比较像祝温书，大眼睛高鼻梁，笑起来还有两个小酒窝。

但她的性格更像令琛，总是安安静静的，饿了冷了也不哭，就是眼巴巴地看着爸爸妈妈。

慢慢地，祝温书觉得果果好像有点孤单，没有兄弟姐妹和她一起长大。

可是她和令琛早就决定不会再生了。

那怎么办呢？

商量许久后，他们终于下定了主意。

果果四岁那年，令琛和祝温书去了很远的地方，带回来一个两岁的小女孩。

祝温书原本是想领养一个男孩的，一儿一女更圆满。但看见这个女孩亮晶晶的眼睛，她就走不动路了。

他们把女孩儿带到果果面前，告诉她，从今以后，你有妹妹了。

果果懵懂地看着"妹妹"，许久之后，伸手摸了摸她瘦小的手。

至此，令琛想，原来只有少年时一眼心动的人，能给他如此圆满的人生。

换了谁，都差之千里。